パンと野いちご

戦火のセルビア、食物の記憶

山崎佳代子

ХЛЕБ И ДИВЉЕ ЈАГОДЕ

Кајоко ЈАМАСАКИ

肉詰めパプリカ（プーニェナ・パプリカ・サ・メーソム)、作り方は 282 頁

豆スープ（パスリ)、作り方は 284 頁

肉のサルマ（サルマ・サ・メーソム）、作り方は 287 頁

スラバのパン、スラバの説明は 29 頁

パンと野いちご——戦火のセルビア、食物の記憶

あのころの私たちは、いつも逃げていたか、逃げる準備をしていた。

スミリャ・エデル、「私の子供時代」

目次

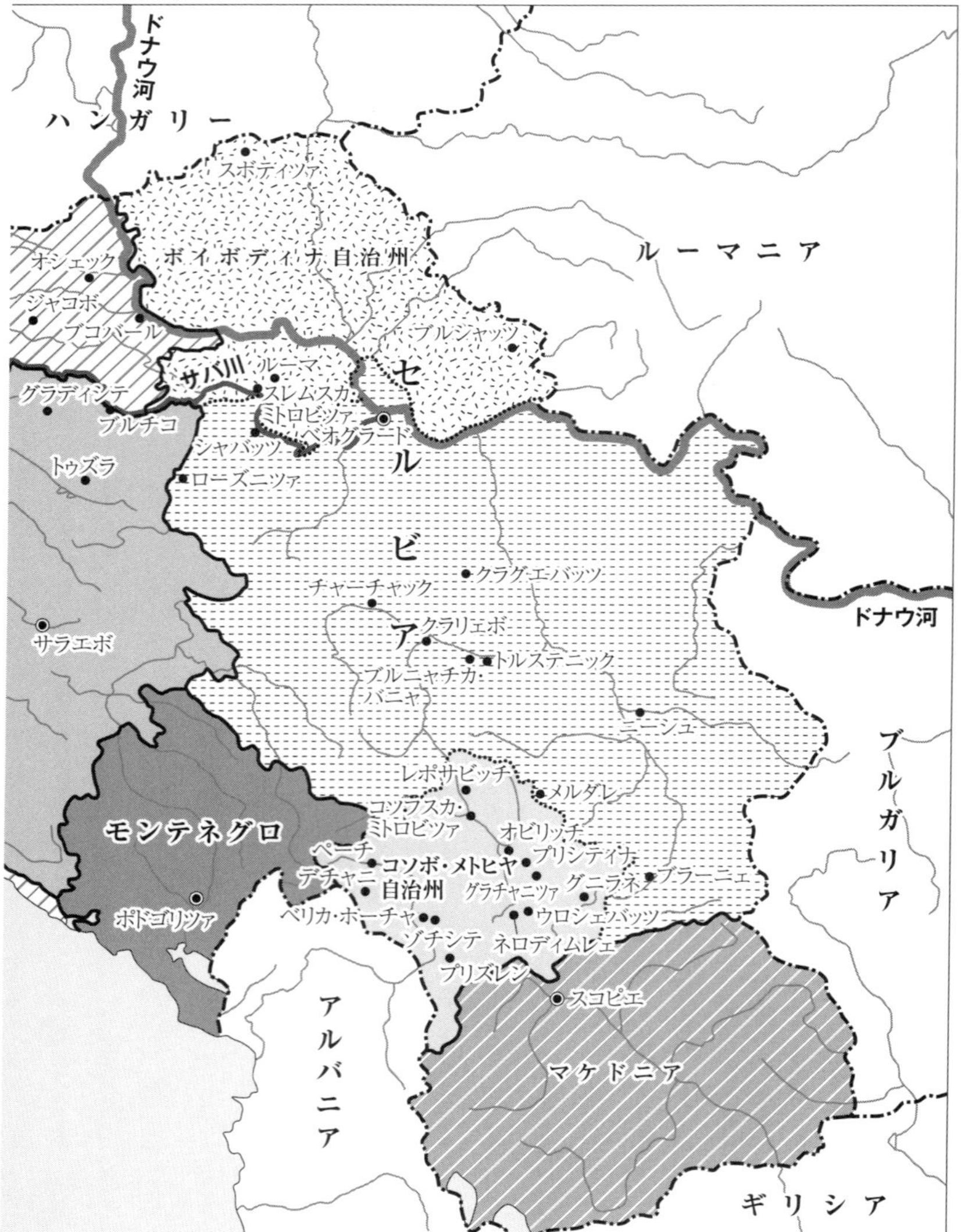
ドナウ河
ハンガリー
スボティツァ
ボイボディナ自治州
ルーマニア
オシェック
ジャコボ
ブコバール
ブルジャッツ
サバ川
ルーマ
スレムスカ・
ミトロビツァ
セ
グラディシテ
ブルチコ
ベオグラード
シャバッツ
ル
トゥズラ
ローズニツァ
ビ
クラグエバッツ
チャーニチャック
ドナウ河
サラエボ
ア
クラリエボ
トルステニック
ブルニャチカ・
バニャ
ニーシュ
ブルガリア
レポサビッチ
メルダレ
コソフスカ・
ミトロビツァ
モンテネグロ
オビリッチ
ペーチ
プリシティナ
コソボ・メトヒヤ
自治州
デチャニ
グラチャニツァ
グニラネ
ブラーニェ
ポドゴリツァ
ベリカ・ホーチャ
ウロシェバッツ
ゾチシテ
ネロディムレェ
プリズレン
スコピエ
アルバニア
マケドニア
ギリシア

本書にでてくる地名

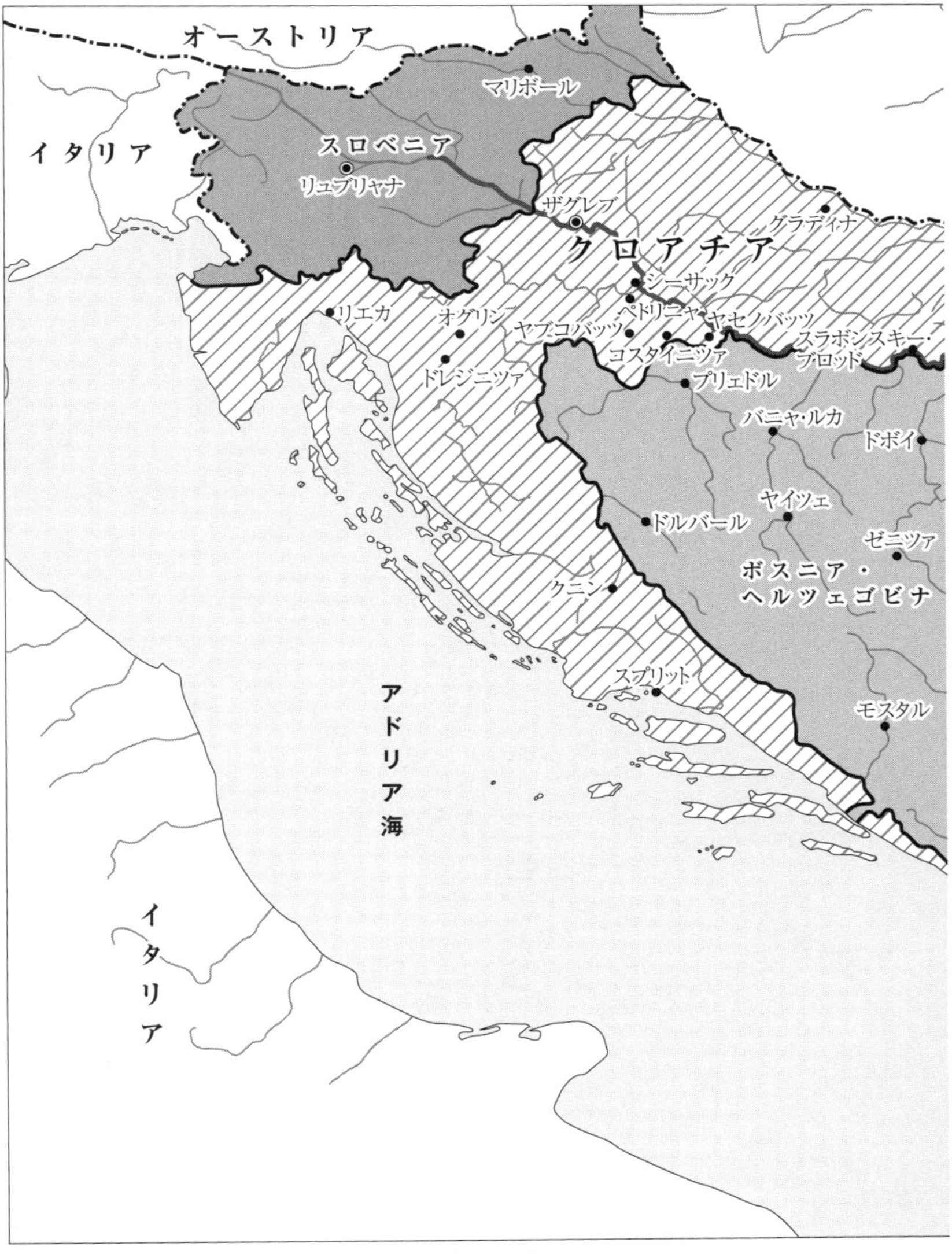
オーストリア
マリボール
イタリア
スロベニア
リュブリャナ
ザグレブ
グラディナ
クロアチア
シーサック
リエカ
オグリン
ペドリニャ
ヤセノバッツ
ヤブコバッツ
スラボンスキー・ブロッド
コスタイニッツァ
ドレジニッツァ
プリェドル
バニャ・ルカ
ドボイ
ヤイツェ
ドルバール
ゼニツァ
ボスニア・ヘルツェゴビナ
クニン
スプリット
アドリア海
モスタル
イタリア

ユーゴスラビア

はじめに

夏のセルビアの西部、タ－ラ山の森に続く道は、オマンという黄金の花々に彩られる。大きな葉は虫たちに食われて緑のレースのようで、花は蜜蜂と蝶の朝の食卓だ。昆虫たちは忙しい。食べるということ、食べさせるということ。命と命が支えあっている。

この書物は、バルカン半島の多民族国家ユーゴスラビアを解体させた内戦のお話である。私の友たちが、一九九一年から十年ほど続いた内戦のことを語った。ほとんどが難民となった仲間だが、笑顔が優しい。虫も鳥も獣も、そして人も、食べずには生きられない。生きるために食べ、食べるために生きる。ここでは食物の記憶をたよりに、友が語る戦争をまとめた。

バルカン半島のセルビアには、豊かな口承文学の伝統がある。それは、ゲーテやグリム兄弟を感嘆させたほどに、豊かな詩想に溢れている。トランクをたずさえて日本を離れた私が、サラエボ大学文学部で留学生活をはじめた一九七九年のこと。最初に心を奪われたのは、セルビア語文法の父、ブーク・カラジッチ（一七八七―一八六四）の収集した民謡であった。ブークは、セルビアにとどまらずクロアチア、ボスニア、ヘルツェゴビナと旅を重ね、歌い手から民謡を聞き取り、言葉を書き記した人である。

ブークによって、バルカンの南スラブの文化は、異なる複数の民族の伝統が豊かに混ざり合っていることを私は知った。言語学、民俗学、翻訳学の礎を築いたブーク。彼の人生にも、過酷な民族の歴史が織り込まれている。十九世紀初頭、オスマン・トルコ帝国からのセルビア独立運動に参加し、第一次蜂起が失敗に終わると、ウィーンに逃れ、スロベニア人、クロアチア人の知識人たちと交遊、困難な難民生活の中で『セルビア民謡抄』(一八一四年)を刊行する。

ブークは、セルビアの口承詩を三つに分類した。男唄(語る歌、民族の歴史を詠う叙事詩)、女唄(歌う歌、抒情詩)、そして男唄と女唄の「境の唄」(語る歌、個人の運命を詠うバラード)である。私が魅せられたのは、複雑な筋運びを持ちながら、王国や民族など集団ではなく、個人の運命を詠うバラードの「語り」だった。わけてもボスニアに伝わる民謡「オメルとメリマの死」は、私の心を奪った。ムスリム人の若き二人の悲恋死、近松門左衛門の人形浄瑠璃にもみる「心中」をテーマとしていた。ユーゴスラビア各地の口承文芸に伝わる情死を比較研究しようと考えた私は、リュブリャナ市(スロベニア共和国)の民謡研究所で八か月を過ごし、一九八一年からはベオグラード大学で研究を続けて、仕事をまとめた。

情死のテーマは、南バルカンのスラブの民謡に民族を越えて現れていた。ボスニアのムスリム人の民謡のほか、カトリック圏のスロベニアやクロアチア、正教圏のセルビア、コソボのアルバニア人の民謡にも存在する。口承文芸の研究者も民族を越えた友情で結ばれていた。民謡のテキストを通じて、ユーゴスラビアの各地で優れた先生に多くを教わった。多民族国家ユーゴスラビアが消滅した今、こうした研究は困難だろう。それは、東欧でもっとも自由だった多民族国家ユーゴスラビアが輝いていた時代だ。

一九八〇年に国家の象徴だったティトー元帥が死ぬと、潜在していた民族問題が深刻化し、一九九一年の夏、内戦が勃発、国家は解体していく。私の家族は、十年近い戦争時代を過ごすことになった。三人の息子たちも子供時代を戦争のなかで過ごした。

ベオグラードの町も難民となった人々であふれた。一時は、セルビアに逃れた難民の数は百万人にも及んだ。八人に一人が難民。だが暗い時代にも、美しい光があった。それは、ここに生きる名も無き人々の「語り」の力である。それは言葉の暴力を駆使して巧妙にストーリーを仕立てあげ、大国に邪魔となる指導者を独裁者と名付け、一つの民族を悪魔呼ばわりし、民族のステレオタイプを製造するジャーナリズムの言葉ではない。生き生きとして、素朴で、深くて繊細で、胸を打つ言葉だ。民族の記憶ではなく家族の記憶、自分自身の記憶……。聞き書きをまとめた『解体ユーゴスラビア』（朝日選書）が、私の出発点となった。

だがこのあと、私は聞き書きから遠ざかる。ユーゴスラビア内戦は、欧米が中心となり高度な技術を駆使したメディア戦争であった。英語という「大きな」言語が大量生産する不正義、土地の「中くらい」の言語が生み出す不正義。メディアが嘘を大量に生み、善悪を短絡的に決めつけ、憎悪と猜疑心と不安を煽り、無関心を生み出す。言葉とは何か。言葉が安らぎや愛、希望や救いをもたらすために、どうすればいいのか。

内戦の混乱のなかで、ベオグラードの心理学者ベスナ・オグニェノビッチ主宰の難民支援グループ「ずどらぼ・だ・すて」（「ごきげんようの会」）と出会ったことは運命であった。ロシアのビゴツキーの心理学を活動の精神とするベスナは、「象徴表現」の大切さ、豊かさを示した。西欧的な個人主義ではなく、一人一人を大切にする共同体を生みだすためにどうしたらいいか、難民支援を通じて実践していた。彼女たちのワークショップを通して、子供からお年寄りまで、すべての人に芸術表現がそなわっていること、芸術表現こそが人と人を結びつけることを知った。僻地の難民センターを巡り、詩のワークショップを子供や大人たちと分かち合い、十余年を過ごすことになる。谷川俊太郎、白石かずこの詩を難民となった人々と読んだ日々は、かけがえのない時間となった。どんな深い闇にも微かな光が溶け込んでいることを知った。私は詩人として、

「詩」という音楽や沈黙に近い言葉を紡ぎはじめていた。

しかし、二〇一一年三月十一日の東日本大震災の激しい揺れを、奇しくも東京で体験したとき、ある思いが湧きあがった。地球には、故郷を喪失して難民となる人があとを絶たない。難民となった友たちが語った言葉を、日本語で残すことはできないだろうか。内戦という時代に、私の心を支えてくれたのは、まさに彼ら「語り手」との出会い、「語り」の世界の深さ、その深さからこぼれる光であった。戦争は、震災や環境破壊と、一見異なる不幸に見える。だが、そこには同じ哀しみや喜びが、そっと織り込まれている。難民となった友たちの言葉を日本語の読み手にも届けたい。

食物の記憶を手がかりに戦争を語るとき、明らかになるものがあり、それは遠い国の人々に心にも伝わるのではないか……。こうして、ふたたび聞き書きを始めたのだった。ユーゴスラビア内戦が「記憶」となった今、二十年という時の隔たりは、「語り」の言葉に錆色の重さ、それと同時に、光沢を与えている。彼らの「語り」は、男唄でも女唄でもない。まさに「境の唄」たち、すなわちバラード。それぞれの運命の唄。それは民族を越え、新しい血まみれの国境を、軽やかに超えるはず。高い空をわたる鳥のように。

難民となった友たちの「語り」は、バルカン半島を舞台としている。今はなき多民族国家ユーゴスラビアである。それぞれの運命の縦糸に、この地の歴史が織り込まれている。バルカン半島は、トルコなど中近東とオーストリアをはじめとする西欧を結ぶ中間地点に位置し、西と東を結ぶ通り道にある。

複雑な民族地図は、外側から大国の思惑によって、絶えず新たな民族紛争を引き起こし、この地に生きる民に政治的な混乱と分裂をもたらし、バルカン半島を「世界の火薬庫」とした。いずれの戦いも虐殺を引き起こし、難民を生み、人々を移動させた。二十世紀から今世紀までの戦争はどれも、過去の歴史と切り離して考えることはできない。第一次世界大戦、第二次世界大戦、そして一九九一年から始まるユーゴスラビアの内戦、今日のコソボの民族紛争にいたるまで……。あらゆる戦争のなかで、内戦はかぎりなく不幸だ。生活圏は縮小され、ここに勝者はない。

今、あなたが「語り」に耳を傾けるとき、バルカン半島の慣れない地名、人名、複雑な史実に、最初、戸惑うかもしれない。三十八年もこの地に住む私にさえ、いやこの地に生まれた者にさえ、どんな戦争だったか、なぜ起きたのかを説明することは容易ではない。それは人間が太陽の光線を、裸眼では直視できないのに似ている。森では、樹木たちが、太陽の強い光線を、木の葉で受けとめ緑に和らげる。木漏れ日となった陽光を、あなたは和やかに見上げることができる。この地の人々の言葉が、言葉の葉ごもりとなって、戦争という閃光を和らげ、一人一人の歴史の豊かな色彩を見せてくれることを信じている。

本文の大切な地名、料理の名前、重要な歴史的事件などには、現地表記を附しておく。必要があれば、インターネットで検索することができる。画像や動画で土地の風景を見ていただけたら幸いだ。それを機に、旅に出ていただけたら、さらに嬉しい。

巻末の料理手帖には、難民となった仲間から聞き取った伝統料理を記しておいた。いずれも、大勢で楽しむことのできる料理、甘い物の作り方もある。飛ばし読みをしたとしても、最後には、セルビアの料理をあなたの台所で作り、友達や家族と一緒に味わっていただけたらと思う。

二〇一七年八月七日　ターラ山にて

小さな歴史手帖　語りの声に耳をすますまえに

ここにお届けする「語り」の声をお聞かせする前に、少しだけ、セルビアの歴史について触れておく。

この土地にスラブ系民族が南下するのは、六世紀から七世紀のこと。当時は、東ローマ帝国、すなわちビザンチン帝国の領土であった。セルビア人は、バルカン半島の中央部から南部（ボスニア・ヘルツェゴビナ、コソボ、アルバニア北部とモンテネグロ）に定住し、コソボを中心としてセルビア王国を形成する。クロアチア人はバルカン半島の北西部、アドリア海沿岸北部に定住し、クロアチア王国を築いたが、後継者問題からハンガリー帝国に編入され、後にオーストリア・ハンガリー帝国の一部となった。

だが十四世紀に、オスマン・トルコ帝国が版図を北へ広げると、バルカン半島に戦争の時代が訪れる。オスマン・トルコ帝国とオーストリア・ハンガリー帝国が覇権を争い、各地で戦いが起こり、難民があふれ、民族大移住がはじまり、複雑な民族モザイクが形成された。

バルカン半島に定住を始めたセルビア人は、一一六八年、ステファン・ネマニャが大族長を称しセルビアの地を統一、セルビア王国ネマニッチ王朝を築く。次男はローマ教皇から王冠を授けられ「初代戴冠王」となり、西方教会（カトリック教会）との関係を保ちつつ、東方教会（正教会）との関係を深めていった。

三男ラストコは僧籍に入りサバを称し、ニケーアの東方総主教座から大主教に叙聖され、セルビア正教会の独立を得ると、ジチャ（クラリェボ市近郊）に大主教座を置き、兄のステファン初代戴冠王に、今度は改めてセルビア東方教会から冠を授けた。これによってセルビア王国の独立が打ち立てられた。サバは後に聖人となり、聖サバの名で親しまれ、セルビア口承文学にも記憶される。

中世セルビア王国は、肥沃な土地、鉱物も豊かなコソボ・メトヒヤ地方を政治、経済、文化の中心として栄えた。ステファン・ドゥシャンの治世においては、エーゲ海、イオニア海、アドリア海の三つの海に面した大きな国家となり、ドゥシャンは自ら皇帝を称した。セルビア王国の栄華は、コソボ・メトヒヤ地方にいまなお残る数多くのセルビア正教会、世界遺産のペーチ大主教座修道院やビソキ・デチャニ修道院などの建築や壁画に見てとることができる。

しかし、ドゥシャン大帝の死後、セルビア王国は分裂し、群雄割拠の状態が生まれた。十四世紀のボスニアでは、ネマニッチ王朝の流れをくむコトロマニッチ王朝が領土を拡大し、トブルトコ一世は一三七七年、セルビア・ボスニアの王を名乗った。

一三八九年、コソボの戦いで、ラザル侯の率いるセルビア諸侯連合軍がオスマン・トルコ軍に敗れ、一四五九年には、セルビア最後の要塞が陥落、セルビアの中世国家は消滅し、約四百年にわたるオスマン・トルコの支配が始まった。「コソボの戦い」は、セルビアの悲劇の象徴として、ブークの採集したセルビア叙事詩にも詠われている。中世セルビア王国の中心であったコソボへは、アルバニアからイスラム教に改宗したアルバニア人が移住を始める。

ほぼ時期を同じくして、一四六三年、ボスニア王国もまたトルコに征服される。オスマン・トルコ帝国は、バルカン経営の拠点をサラエボに置き、イスラム化を推し進めたので、ボスニアではイスラム教に改宗する者が増え、イスラム文化が浸透していく。

一方、バルカン半島北部に定住したクロアチア人は、九二五年にトミスラブ王がローマ教皇から戴冠しカトリック文化圏に入り、クロアチア王国が生まれた。だが一一〇二年にはハンガリー王国の版図に入り、ハンガリー王国がオスマン・トルコ帝国に敗れると、オーストリアのハプスブルグ王朝に組み込まれる。一六八三年、オスマン・トルコ帝国が第二次ウィーン包囲戦に敗れ、一六九九年のカルロビッツの和平条約によりオーストリア・ハンガリー帝国とオスマン・トルコ帝国の国境が定められると、オーストリア・ハンガリー帝国は国境に軍政国境地帯（ボイナ・クライナ）を設け、皇帝直属の屯田兵を配置し、トルコとの戦いに備えた。屯田兵の多くは、オスマン・トルコ帝国の支配を逃れて、オーストリア・ハンガリー領内に移住したセルビア人の農民であった。

十九世紀に、ヨーロッパから民族覚醒の波がバルカン半島にも届くと、オーストリア・ハンガリー帝国の版図にあったクロアチア人の間には、自治を拡大して軍政国境地帯のセルビア人をウィーンの支配から自分たちの支配下に置こうと考える潮流と、セルビア人と力を合せオーストリア・ハンガリー帝国からの祖国解放を勝ちとろうとする知識人の潮流（イリリア運動）とに分かれていく。平和時には共存派が優勢だが、外部からの影響が大きくなると、セルビア人に対する排他主義派が優勢になっていく傾向があった。

セルビアは、十九世紀に入ると、オスマン・トルコ帝国に対して蜂起を繰り返し、一八七八年のベルリン会議によって国際的にセルビア王国の独立が承認された。だが、オスマン・トルコ帝国が撤退したあとのボスニアは、オーストリア・ハンガリー帝国に併合されることになり、それが原因となってバルカン半島の緊張は続き、後にサラエボ事件が起こり、第一次世界大戦が勃発する。

ペタル一世の率いるセルビア王国軍は、百万人もの犠牲を払いながら、戦勝国となり、一九一八年、セルビア・クロアチア・スロベニア王国を建国、一九二九年、ユーゴスラビア王国と改称して南スラブの多民族国家の礎が築かれる。だが、それぞれの民族の思惑は異なり、国家の出発に暗い影を落とす。民族対立を克服しようと、中央集権体制の強化を試みたアレクサンドル一世が、一九三四年、マルセーユで暗殺され、混迷はいっそう深まり、第二次世界大戦に突入する。

一九四一年、ファシズム諸国の攻撃を受けユーゴスラビア王国は崩壊する。ナチス・ドイツは、セルビアを占領した。ドイツは、イタリアに亡命していたウスタシャ運動の主導者、ファシストのパベリッチをザグレブに呼び戻し、クロアチア、ボスニア・ヘルツェゴビナ全土を含むナチス・ドイツの衛星国家「クロアチア独立国」を作り、ムスリム人の有力者もこの国家に従った。クロアチア独立国の政権を握ったパベリッチはナチスにならって人種差別政策をとり、ファシストのウスタシャを動員し、ユダヤ人、ジプシー、セルビア人を「劣等民族」として大量殺戮を行った。反ファシズム運動に参加したクロアチア人も犠牲となった。アウシュビッツより残酷といわれるヤセノバッツ強制収容所、シーサック児童強制収容所などが作られ、その犠牲者の数は七十万人とも言われる。スロベニアはドイツとイタリアによって分割され、アドリア海沿岸のダルマチア、モンテネグロはイタリアの占領下に置かれた。イタリア占領下のコソボでは、アルバニアの民族運動が組織化されて、セルビア人が土地を追われることになる。

ユーゴスラビア領内では、ファシスト占領軍に対して、二つの解放運動が起こった。共産党の指導者ティトーの率いる「人民解放戦線」と、王国軍将校ミハイロビッチが率いるセルビア王党派の「チェトニック」である。だが偏狭なセルビア民族主義を唱えるチェトニックは、ボスニア・ヘルツェゴビナを中心に、報復的にクロアチア人、ムスリム人を虐殺したばかりでなく、積極的抵抗運動を主張したセルビア人の共産主義者も殺戮し、広い支持はえられなかった。「友愛と団結」を唱え、強い組織力をもち、民族の平等を主張したティトーの人民解放戦線は、ユーゴスラビア全域に広がり、多大な犠牲を払ってユーゴスラビア社会主義連邦共和国が誕生した。

ティトーの率いるユーゴスラビア共産主義者同盟は、経済体制として労働者自主管理制度を導入し、外交政策としてはアジア、アフリカ諸国のリーダーとともに非同盟主義運動を繰り広げ、社会主義国でありながら自由な国を創設する。六つの共和国からなる連邦制をとったが、セルビアには、他の共和国にはない自治州が二つ置かれた。北のボイボディナ自治州と南のコソボ・メトヒヤ自治州である。度重なる憲法改正を経て、分権化が進み、とりわけセルビア共和国では、自治州の権限が拡大し、共和国の機能不全が起こっていく。一九九一年には、ユーゴスラビア共産主義者同盟が解体、各共和国で複数政党制による議会選挙が行われ、各地で民族主義色の強い政権が生まれ、分離独立を主張するスロベニア、クロアチア、ボスニアのムスリム勢力と、連邦の再編維持を主張するセルビアとモンテネグロに分裂し、ついには内戦となっていった。この状況については、拙著『解体ユーゴスラビア』に詳しいので、参照していただきたい。コソボ・メトヒヤ自治州における内戦については、本文中、必要な箇所に解説を附した。

本書の語り手たちは、主としてクロアチアの一部であるクライナと呼ばれる旧軍政国境地帯であった地域(リカ地方、スラボニア地方など)、異なる民族が混在するボスニア、そしてアルバニア人とセルビア人が混在して居住するコソボ・メトヒヤ自治州で民族浄化にあって家を失い、難民となった人たちである。

旧ユーゴスラビアの内戦は、さまざまな意味で、北大西洋条約機構(ＮＡＴＯ)の在り方、大国のメディアの在り方を大きく変えた戦争である。内戦の当事者の一方を支持し、域外出動を認めぬＮＡＴＯ憲章そのものに違反して、ＮＡＴＯの軍事行動が行われたところに特徴があり、世界が無法地帯となっていく序章を用意した。

まずクロアチアではセルビア人居住地域に対するクロアチア軍の攻撃を支援する小規模の出動があった。ボスニア・ヘルツェゴビナでは、最初は国連の文民代表の出動要請がある場合に限り出動できることになっていたが、やがて文民統制を廃止して、国連保護軍の司令官(ＮＡＴＯ諸国から任命される)の要請だけで出動が可能となり、セルビア人居住地に対して大規模な攻撃を行った。

一九九九年に、ＮＡＴＯはセルビア・モンテネグロを空爆。セルビア南部のコソボ・メトヒヤでは、国連決議にも基づかず、ＮＡＴＯが空からアルバニア武装勢力を支援(アライド・フォース作戦)、空爆を繰り返した。劣化ウラン弾が大量に使われた。コソボ・メトヒヤ自治州を占領し、アルバニア人武装勢力の政権をプリシティナ市に樹立し、セルビアの主権を定めた国連決議一二四四を無視して、セルビア共和国の合意なしにコソボ共和国の独立を承認した。プリシティナ市にはクリントン大統領の銅像が立ち、郊外には、ヨーロッパ最大規模の米軍基地ボンドスチールが置かれている。

ジェネリカの青い実

一九九二年春、外科医のブランコ・グリンフェルドとその家族は、サラエボ（Sarajevo）にいた。私の夫、洋氏の遠い親戚にあたる。三月に内戦が勃発、町が戦場となった。四月の終わり、妻のヤスナは、息子のユリエと娘のソーニャとともに、ユダヤ人協会が準備した軍用機でベオグラードに難民となってやってきた。ブランコは病院勤務の医師で、兵役義務のため、激戦の続くサラエボを直ぐには出ることができず、ザグレブ経由でなんとか脱出したのは夏の終わりだった。

ブランコは洋氏のはとこである。オシェック（Osijek）生まれのユダヤ人の祖母たちが姉妹という間柄である。彼らの二人の子供と我が家の三人息子が同じような年齢で、家族ぐるみのお付き合いをしていた。クロアチアのフバール島（Hvar）で、二つの夏を過ごしたのは忘れられぬ思い出だ。鄙びた浜辺の村は、フェンネルやラベンダーや松が香り、のどかな休みを過ごす子供連れの家族でにぎわっていた。

簡素な宿は、ヤコブさんとスネジャナさん夫妻が切り盛りをし、手料理が食卓を飾った。サバの唐揚げ、トマトのサラダ、「怠け者パイ」という名の素朴な林檎のパイ……。夜は、子供たちが寝静まると、葡萄棚の下で潮鳴りを聞きながら、黒ワインのグラスを傾け、おしゃべりを続けた。男たちは政治について、女たちは料理から映画にいたるまで……。一九八九年と翌九〇年の夏。しかし、その次の九一年の夏は、クロアチアで内戦が勃発、海の休暇は二度ともどって来なかった……。内戦の炎は、ボスニアにも広がった。

ヤスナと子供たちは、ベオグラードに着くと、ユダヤ人協会が確保した駅の近くのホテルで最初の数週間を過ごすことになった。胸が痛いほどに果物の花の香る季節だった。到着した次の日、三人は我が家にやってきて、夕食を一緒にした。子供たちは久しぶりの再会に大喜びして、ユリエと長男の萌は、さっそく団地の公園に飛び出して行った。

突然のことで、とりあえず家にあったインスタント・スープを作り、ソーセージを焼き、キャベツ・サラダを用意し、私たちは食堂で話し続けた。サラエボの戦争のこと……。それはメディアが伝えることからは、ほど遠いことばかりだった。「醜い戦争よ」と、ヤスナが言った。

日が沈んだころ、萌とユリエが、外から戻ってくる。ポケットに沢山、青い木の実を入れている。「お隣の建物の庭にあったよ。これ、食べられるよね」と顔を輝かせて、二人は嬉しそうにしている。まだ硬い未熟な実。「あら、いやだ。ジェネリカじゃない。まだ熟していないのを食べたら、下痢しちゃうわよ」とヤスナ。残念そうに、二人はジェネリカの実をポケットから全部出した。捨てるのが惜しいほど、青い実は美しい。しばらく、食堂がしんとする。それから食卓にお皿が並び、夕食が始まった。

ブランコがサラエボから脱出してきたとき、我が家五人と彼ら四人、合計九人で囲んだ食卓は、グーラッシュとキャベツのサラダだったと思う。彼がとばす冗談に、みんなの笑い声が響いた。ヤスナたちは、どんなにほっとしたことだろう。

一家はやがて、ベオグラードの隣町、やはりユダヤ人協会の用意したパンチェボ市（Pančevo）のホテルに移り、移民としてカナダへ向かう手続きを進め、出発の日までの三か月ほどを過ごした。ドナウの支流、タミッシュ川のほとりの質素なホテルだ。赤十字の難民センターなど比べたら、ずっと人間らしい暮らしであったと言える。まわりは、サラエボから難民となった家族たちで、やはり移民として国を出ていく日を待っている。「ちょっとチェーホフの戯曲に出てくる場面みたいだ。働き盛りの大人が、本を読んだり、トランプしたり、おしゃべりしたり……。没落貴族の夏の休暇みたい。どの家族も外国に行く日を待っている……」。これまで暇がなかったから、ちょうどいいと、ブランコは、我が家の本棚から、ユーゴスラビアのノーベル賞作家アンドリッチの『ドリナの橋』など長編小説を取り出して、読んでいた。ヤスナは聖書を取り出した。これを読む習慣なんかなかったから、と。

彼らのホテルには、洗濯機がなかった。そこで週末は、我が家で洗濯ということになった。バスを乗り継ぎ、二時間ほどかけて我が家の団地にやって来る。まずヤスナが洗濯物を洗濯機にかける。子供たちは、居間でわいわい遊びはじめ、夫たちは国際政治や戦争や歴史の話をはじめ、私はヤスナとおしゃべりをしながら、台所でみんなの昼ごはんの支度を続ける。

九人分の料理作りは楽しかった。大量の野菜は、週末の市場で買うこともあれば、団地のジューロとスラビツァの八百屋で買うこともあった。あのころはジューロも元気だった。スラビツァは、この書物にも登場する。大きな籠に二つ、野菜を入れて家に戻ってくる。あの食材のどっしりとした確かさを思い出す。

八百屋のスラビツァには、いくつも料理を教わった。キャベツと牛肉の煮込みが今の季節は最高だ、と彼女。「それは美味しそう。お野菜を選んでよ」と頼むと、スラビツァが屋台の野菜の山から、キャベツ、セロリ、パプリカやトマトを選んでくれて、肉の量や煮込むときのコツを教えてくれる。

キャベツと肉の煮込み、ピーマンの肉詰めなど、彼女の店の野菜で作った献立が食卓を飾る。おしゃべりで始まる食卓に、大きな鍋がどっかり運ばれ皿に盛られると、食卓が静まる。この瞬間は料理がうまくできたという合図。みんな平らげてしまうと、お菓子とコーヒーになる。デザートも手作りだ。子供は居間を駆けまわって遊び、さまざまな話が続く。食器は淡いピンク色の花模様が縁についたお皿で、高価なものではなかったが優しい気持ちになった。この週末の食卓のために、団地のマーケットで買ったのだった。

食卓を囲み、いくつも聞いた戦争の話のなかでは、彼らの両親の話が今も心に残る。ブランコの父親はユダヤ人であり、第二次世界大戦のとき、クロアチア独立国による虐殺の対象者であったが、ザグレブ（Zagreb）で医者をやっていたため、死を免れ田舎町ムルコニッチ・グラド（Mrkonjić grad）に軍医として送られるが、後にパルチザンの部隊の医師となった。母は町のセルビア人であった。

戦争が終わると父は亡くなり、ブランコと兄のボリスは、母の手一つで育てられた。「僕たちが学校を出るまで、母は大変な苦労をした。豆スープばかりでね、いつもお腹をすかせていたよ」と、彼は笑う。そして続けた。「クロアチア独立国に住むユダヤ人の親戚のなかには、大戦が始まる直前に、アメリカやイスラエルなどに移住して無事だった者もあったが、弁護士だった叔父の一人は、ヤセノバッツ強制収容所（Jasenovac）に送られ、そこからドイツの強制収容所に移されて死んだ」と。

ヤスナは、お母さんのゾリツァについて語ってくれた。「母のゾリツァはね、ボスニアのセルビア人のドーニ・バクフ村（Donji Vakuf）に生まれたの。第二次大戦が始まったころは少女だった。ムスリム人のファシストによるセルビア人殺戮を避けるためにね、両親は、まだ幼いゾリツァを隣村のムスリム人の仲良しの家族に預けた。ムスリム人の家族は、ゾリツァにディミエという民族衣装の裾がゆったりしたズボンをはかせて、頭はスカーフで被い、ムスリム人の娘のようにして、親戚の娘だと偽って匿うことにした。ところが、夏の日のこと。暑い日で、ゾリツァは川で水浴びをしていたの。すると、近所のムスリム人が通りかかり、彼女が足を引きずっているのに気が付いてね、これはセルビア人の村のゾリツァだぞ、あの娘は足が悪かったぞ、と見ぬいてしまった。そこで、ゾリツァはそのお宅にはもういられなくなってしまう……」ヤスナの話は続いた。「父のレシャドは、サラエボのムスリムの家族に生まれたの。第二次大戦が始まると、まだ青年だった父は、共産主義者となり祖国解放運動に身を投じ、パルチザンとなった。戦後、二人はサラエボで知り合い結婚したの。私たちは異なる民族の血が流れる典型的なユーゴスラビア人なの」。

カナダ大使館から、トロントに移住する許可が出たと知らせがあったのは、秋の初めだったと思う。「楽しかった日曜日ごとの食卓のお礼に、ボスニアの名物、アイバルを作ろうよ」とブランコが言い出した。ヤスナは、「私の母のやり方が最高よ」と、すぐに賛成した。私は大喜びで、すぐにガラスの大きな空き瓶をいくつも準備した。アイバルとは、茄子とパプリカで作る野菜のペースト。ユーゴスラビアの家庭では、長い冬に備えて、夏から秋にかけて、ジャムやピクルス、サラダの類を大量に作り、瓶詰めの保存食にする。シュパイズと呼ばれる食品庫は、家族の誇りと言ってよかった。とくにアイバルは各家庭の秘伝の味があり、保存食の王様である。

まだ夏の名残の残る陽ざしの中を、朝の団地の市場へ三人で出かけた。野菜選びは二人に任せる。屋台の野菜の山から、二人は手際よく選び袋に入れる。肉の厚いパプリカを選ばなくてはならない。十キログラム入りの大きな網の袋に詰めたパプリカをブランコが担ぎ、ヤスナは茄子の大きな袋を車輪のついた古いカートに乗せ、私は二人のあとから、食用油などを籠に入れて運んだ。

コンロに火を入れる。大量の野菜を洗い、順番に焼き、皮をむく。ひき肉をひく器械は、隣のベータおばさんから借りてくる。部屋は青い煙とパプリカの焦げた臭いでいっぱいになる。皮をむき終わった野菜を、ひき肉をひく器械でつぶし、大きな鍋に入れて食用油と混ぜ、ゆるゆるの火にかけて、木のヘラでかき回し続ける……。熱湯消毒をしたガラス瓶につめ、ラベルを貼る。化学のエンジニアのヤスナは、さすがに上手だった。実験室のフラスコで鍛えている。夕方には、我が家の食品庫に八本の大きなガラス瓶のアイバルが並んだ。なんと幸せな気持ちだったろう。ラベルに日付を記しアイバルと書いて貼った。

秋は深まってゆき、ますます日は短くなっていく。来週、家族はカナダへ向かう。とうとう最後の日曜日になった。あの日、何を食べたのか、思い出すことができない。ただ、洗濯物はもうなかった。ヤスナが鞄のなかから、小さな袋を取り出した。中から深い緑色の袋が出てくる。

「これはね、援助物資に入っていたの。NATOの兵士の食べる食料、一つ記念に食べてみてね。こんなもの、あなたたち見る機会もないでしょうし」と彼女は言った。いわゆるレトルト食品であることは分かる。何一つ文字はなく、製造月日や賞味期限も記されてない。「そんな情報を敵に知らせるわけにいかないからさ」と、洋氏が言う。

「こっちの小さい袋はピーナツ・バター、なかなか美味しいわよ。大きい方は、なんだったかしら……」。

家族がベオグラードを発ったのは、十一月の中ごろだった。国連による制裁で空路は閉ざされ、外国へ行くためには陸路でハンガリーに向かう。ブダペスト行の夜行列車に、私も一緒に乗った。子供たちも小さいから、少しでも役に立てるだろう、と。ユリエとソーニャと長いお別れだ。ホテルのレストランで、ブランコもヤスナも、旅を前に、どこかほっとしている様子だった。戦争のない国へ行くのだ。夜の町はとても寒すぎて、散歩はあきらめた。子供たちは列車の旅に疲れて、ぐっすり眠ってしまった。

翌朝、彼らを空港に送って行き、そこでお別れになった。みんなを見送る。私の知らない言葉の街は、クリスマスの飾りつけに華やいでいた。赤や緑の花環、色とりどりのリボン、チョコレートやケーキ。私の知らないハンガリー語が聞こえてくる。一人ぼっちになってしまうと、薄い靴底から冷気が沁みてくる。もうこの町には居たくない。午後の列車で、ベオグラードに戻った。

ヤスナが残して行った濃い緑の袋を開けてみたのは、随分と後のことだった。意味もなく、長い間、大切にとっておいた。お湯で袋をあたためておき、お皿に絞り出すと、それはポーク・ソテーのアップル・ソースがけだった。ピーナツ・バターは、息子たちと夫がトーストに塗って食べた。林檎も豚もどんな土地で育てられたのか、誰も知らない。

この夏、団地のジェネリカは、いつになくよく熟れた。男の子が低い枝に登って、枝を揺すっている。淡い黄色の実を女の子が拾っている。あの春の、ユリエたちと同じような年、十歳くらいの男の子だった。「美味しいよ。こっちの枝の方が甘い」と男の子が教えてくれる。長男の萌の娘、つまり孫娘のビルマと一緒に食べてみる。ビルマは、あの日のソーニャと同じような年、五歳になった。甘酸っぱい汁が口に広がる。家に戻ると、「家の建物の前のジェネリカも、なかなか美味しい。ジャムが作れそうだね」と、洋氏が言う。家の前にもジェネリカがあったのだ。熟したジェネリカは、レモン色だと知った。

グリンフェルド家は、今は、アメリカに移り住んだ。今夏、アイバルを作るのだろうか。私といえば、あの後、まだ一度もアイバルを作ったことがない。市場のゾラさんの手作りアイバルを楽しみにしている。ヤスナが母から伝授された最高の味のアイバルの作り方をメモしたはずだが、その紙片が見当たらない。

I　第二次世界大戦の子供たち

パンは神の顔である

パンの話

ユディッタ・ティモティエビッチ

ボイボディナ自治州スボティッァ市（Subotica）生まれのハンガリー人、ベオグラード大学経済学部を卒業、ユーゴスラビアの政府機関に勤務した。夫は著名な児童文学者。二人の娘は、内戦が始まるとロンドンに渡り、それぞれ大学の博士課程を終えてイギリス人と結婚、イギリスで暮らす。ユディッタが休みを過ごすタータ山の別荘で、二〇一五年の冬に話を伺い、宿に戻って記す。

まあ、ようこそ、いらっしゃい。お部屋へどうぞ。寒かったら、暖炉の前においでなさい。これからパンを焼くところ、一時間半で焼きあがる。その間、お話しましょうよ。

私の母の友達のガリーナさんは、いつも言っていた。パンがどんなに大切かって。第二次世界大戦中に、まずハンガリーの牢獄に送られ、そこからドイツのブーヘンバルドの強制収容所に送られたの。夫は有名なパルチザンで、祖国解放運動に関わっていたため夫妻は逮捕されたのね。収容所ではパンなどもらえなかった。キャベツの屑が少しだけ浮かぶスープだけが食事だった。お皿を失くした人は、大変だったと言うわ。火傷するほどに熱いスープを、両手で受けなくてはならないの。士官たちが残したパン屑を、ごみ箱であさって食べて、生き延びたのですって。

第二次世界大戦中、私は子供だった。私の生まれたスボティツァの町でもパンは配給制だった。配給券が家族ごとに配られたの。パンの配給券を使い果たしてしまうと、決められた量の小麦粉をもらうことになっていた。まだ暗いうちから、母は、小麦粉をこねて生地をねかす。私はその生地をもってパン屋さんへ出かける。パン屋さんに大きな竈があって、黒い鉄のシャベルみたいな道具で、パンの生地をそこに入れて焼いてもらうの。パンが焼きあがるまで、私はお店で待っている。焼きあがったパンを大きな布巾に包んで、それを大切に抱いて、急いで家に駆けていくの。湯気がのぼる、あつあつのパンをみんなに一刻も早く届けたくて、走って帰るの。

パンは大切だと、心から思う。主食はどの国の人にとっても、大きな意味がある。日本なら、お米はとても大事でしょう。パンを焼くこと。それから、火を起こすこと。人が生きるためには、この二つを覚えなくてはいけない。イギリスの孫たちも、火を起こすことを知っている。この夏に教えたのよ。さあ、召し上がれ。マーマレードもどうぞ。

こんなに、簡単なことでいいのね、私たちが幸せな気持ちになるためには。

追記

冬と夏は、ターラ山に一人で山籠もりして仕事をする。朝の雪道でユディッタさんに会い、その夕方、別荘を訪ねた。パンが焼ける間に語ってくれたお話である。『戦争と子ども』（西田書店）から再録。

スボティツァは、ハンガリーとの国境の町。ハンガリー人とセルビア人、クロアチア人の混住地域。父をアウシュビッツで失った作家、ダニロ・キシュの『若き日の哀しみ』の舞台となった町でもある。

僕はスマートだった

ゴイコ・スボティッチ

一九三一年、現グラディシテ（Gradište）生まれ。セルビア科学芸術院会員。セルビアを代表するビザンチン美術研究者。二〇一六年五月二十四日、ベオグラードで、友達の消息を尋ね電話をかけると、こんなお話になった。記憶して、ノートに記し、後日、翻訳。

それは一九四一年のことでした。私は母とともにクロアチア独立国の強制収容所に入れられていました。私は小さな子供で、十歳でした。私が生まれたのは、一九三一年、グラディシテです。バニャ・ルカ市（Banja Luka）から五十キロほどのところ、今はクロアチア領です。私の兄は、すでに従兄と一緒に、町を逃げ出していました。それは夏、八月のことでした。私の父は、ドイツに連行されて、そこで死にました。医者だった父はユーゴスラビア王国の軍隊に動員されて戦場におり、そこからドイツの強制収容所に送られたのです。ウスタシャ（クロアチアのファシスト集団）は、まずセルビア人の聖職者を捕らえ、次にセルビア人、つまり私たちを捕らえました。僕の家にやって来たのは、ムスリム人で私の学校の先生だったのですよ。クロアチア独立国の警察も一緒でした。それは夏のこと、午後でした。

最初は、クロアチア独立国の首都ザグレブの強制収容所に入れられ、そこからゼムン区の強制収容所に送られました。ゼムンはドナウ河の岸辺の町、今はベオグラード市の行政区でしょう。でも第二次世界大戦中は、この町がクロアチア独立国とセルビアとの国境の町だったのです。ドナウ河が国境線になっていた。九月になると、今度は、収容された者たちは、次から次へと殺されていきました。私が生まれた町の人口は六万人でしたが、第二次世界大戦で三万人が殺されています。ゼムン区に送られたあと、そこから出て、私たちはなんとかベオグラードの叔父さんの家にたどり着きました。叔父さんは、第二女子高等学校の校長をしていました。母の姉の夫です。「ロンドン」という大きなレストランがありましたが、そのあたりに叔父さん夫妻の家があり、私たちはお世話になりました。

覚えているのは、一九四四年四月十七日と十八日の連合軍（つまり英米）による大空襲です。セルビア正教会の復活祭でした。投下された爆弾の薬莢には、「復活祭おめでとう」と書かれていたのですよ。ベオグラードの中心部、テラジエ通りのあたりの爆撃は壮絶でしたね。

私は小さかった。十歳でした。食べ物のことですって。いつもお腹をすかしていましたよ。セルビアは農業国ですからね、農民たちが都会に食物を運んできました。ですから、シャンデリアを農家の人にあげて、小麦粉をもらうという具合でしたよ。豆スープ（パスリ）とかトウモロコシのパン（プローヤ）を食べましたね。プローヤというものは、牛乳と卵を入れるものですね。でも水とトウモロコシの粉だけで作ったものを食べていました。ときに、ラードを塗ることもありました。ジャムのこともあったなあ。

戦争が終わると、グラディシテに戻り、バニャ・ルカで高校を卒業しました。それからベオグラードに来たのは、一九五〇年のことです。ほんとうに、あのころはお腹を空かしていました。だから、とてもスマートだったのですよ。はっはっはぁ。

追記

ゴイコ・スボティッチは、ギリシャをはじめセルビア全土の修道院や教会のビザンチン美術について、優れた研究を数多く発表した。ユーゴラスビア文学の翻訳家、田中一生氏のベオグラード大学留学時代の指導教官。岡山大学名誉教授、鐸木道剛氏もスボティッチ教授に指導を受けた。

セルビア南部のコソボ・メトヒヤは、中世セルビア王国のビザンチン美術の宝庫であるが、アルバニア人武装勢力によって、数多くの教会や修道院が破壊された。二〇〇四年三月十七日の破壊は大規模であった。スボティッチ氏が詳細な研究書を著わした修道院や正教会のフレスコやイコンの多くが破壊されて今は無い。

電話の話の速記のメモをもとに、ドーハのハマド空港にてノートにセルビア語で清書。翻訳したのは京都の桂坂である。

トランク一つの旅

アレクサンドラ＝セーカ・ミトロビッチ

第二次世界大戦中、家族で難民となり、サラエボの郊外の町からベオグラードに逃げ、ドルチョル区で育つ。ベオグラード大学哲学部社会学科卒業、社会福祉家。ロマ人（ジプシー）の貧困問題に取り組んだ。内戦時は赤十字の活動家として難民支援活動に携わる。二〇一五年三月四日、ノビ・ベオグラードの彼女の家の夕食に招かれ、自然に話がはじまり、ノートに鉛筆で、セルビア語で速記。後日、翻訳。

私の父の名は、ブラード・アンティッチ、一八九三年に生まれた。第一次世界大戦の発端となったサラエボ事件を覚えているでしょ。オーストリア・ハンガリー帝国の皇太子夫妻をガブリロ・プリンツィプ（Gabrilo Princip）が暗殺した事件。父は、そのグループ「若きボスニア」（「ボスニア青年党」Mlada Bosna）のメンバーではなかったけど、リーダーのチュブリロビッチと付き合いがあった。父はサラエボの商業アカデミーを出た。今風に言えばね、経済学部ということね。父の生まれた村は、イリジャの近くだった。七キロも歩いて、小学校に通った。私の母……。母はね、とても早く結婚した。小学校だけ出た。でも、それは賢い人だったの。頭の切れる人だった。私たち子供は七人。サラエボの近くの村に住んでいた。十二キロほど離れたライロバッツ（Rajlovac）という村。父はね、友達と二人で、生まれ故郷のラコビチカ村に小学校を建てた。

第二次世界大戦が始まると、サラエボは、ナチス・ドイツの衛星国家、クロアチア独立国の支配下に置かれた。父はね、税務署で働いていた。ある日、同僚が言った。「ブラード、おまえは、抹殺される人間のリストに入っているぞ」と。それを聞くと、父はトランクを一つ用意して、旅に出た。私たち七人を連れてね。長男のニコラは、セルビアのクラグエバッツ市（Kragujevac）の友人のところへ送った。ニコラは十七歳、高校生だった。

覚えているでしょ、クラグエバッツのドイツ軍による大虐殺。ニコラがどうやって助かったか、それは生徒手帳のおかげだった。アンティッチという苗字は、クロアチア人にもセルビア人にもあるし、ニコラもどちらの民族にもある名前。彼を取り調べた男は、ニコラがクロアチア人だと思って釈放して、助かったの。

ニコラは、この事件のあと、ベオグラードに来た。どうやって来たのか、知らないけど。ニコラは、バルカン通りを歩いてきた。ベオグラード駅からモスクワ・ホテルへ続く石畳の坂道、今もある通りよ。サラエボから来た人に会えるかもしれない、と。ニコラが、ベオグラードに来た日のこと、よく覚えている。彼はね、道行く人に、僕の家族がどうしているか知らないか、と尋ねながら坂道を上って行った。私たちの見つけた家はね、ドブロブニク通りにあった。小さな家で、庭がある。私はね、おてんば娘だった。生後七か月で歩きだしたの。私は、三歳半だった。そこに父さんがニコラを家に連れてきたの。父さんはね、母さんに訊いた。「ニコラに会えるのなら、何をくれるかね」って。その瞬間、父の後ろからニコラが叫んだ。「母さん」、ってね。母は気絶してしまった。その後、私たちは、パルモティッチ通りに引っ越してね、ローレ・リバル通りとの角のところよ。左から二番目の建物。それは窓のない家だった。連合軍の空襲のせいでね。その寒いことといったら……。暖もとれない。それで、次にドルチョル区（ベオグラードの下町）のストラヒニッチ・バン通りに引っ越した。建物の三階、ここに私が十九歳になるまで家族で住んだ。父は、一九五六年に六十三歳で亡くなった。父は、ベオグラードでも、年金生活に入るまで税務署で働いて、そのあとは赤十字で活動した。ボゴバジャ（Bogovađa）の保養地に松を植えて林を作ったのは父だった。ベオグラードから車で一時間ほどの村、あなたたち二人も、私たちと一緒に行ったわよね。

食べ物のことだったわね。戦争中、母さんがよく作ったのは、いろいろなものを入れたチョルバ（čorba）だった。シチュー風のとろみのきいたスープのこと。私には双子の弟がいたの。二人でね、外で遊ぶのが大好きだった。私たちは遊びがすべてだった。ご飯の時間になっても遊んでいたから、よく叱られたなあ。チョルバにはね、いろいろな野菜が入っていた。そのほかに、ピッタ（pita）もあったなあ。薄い皮を重ねて作るトルコ風のパイ。今でこそ市場で皮を買うけど、自分の家で作ったものよ。チーズ、ジャガイモ、ズッキーニなんかのピッタ。そんな料理。当時はね、たいていの家族では、必ず食卓を一家そろって囲むことになっていた。我が家の金曜日は、豆スープ（pasulj）と決まっていた。金曜は、セルビア正教会の斎《ものいみ》の日でしょ。両親は、信心深い人たちではなかったけどね。それでもね、私たちの家族のスラバ（家族の守護聖人の日）、五月六日の聖ゲオルギイ（聖ジョージ）は、お祝いしたわ。

母さんはね、私たちに台所に入らせなかった。母は上の学校に進まなかったので、私たちに勉強に励めと言っていた。でも、ジャガイモの皮むきとか、台所の掃除とかは、私たちの仕事だった。最初に覚えた料理はね、クネードレ（knedle）だった。プラムを中に入れた団子みたいなお菓子なの。団子の生地は、小麦粉と茹でてマッシュしたジャガイモと溶き卵、ベーキングパウダー。それをよくこねて団子を作り、その中にプラムを入れる。六十個から七十個くらいもクネードレを作ったのよ。すごい数でしょ。家族は全部で十人。私たち子供七人、父母、そして母方のマーラお祖母ちゃんも一緒だった。

そうそう。父には従兄がいてね、パルチザンと一緒にいたり、チェトニック（セルビア王党派）と一緒だったりした人だった。名前はブカン。一九四二年のこと。当時は、大家族制度が残っていてね、大きな家族が一つの屋敷に住んでいた。そのとき、アンティッチ一家のうち、四人の従兄弟がウスタシャに捕らえられた。クロアチアのファシストよ。ウスタシャは、四人を家畜小屋に押し込んだ。その時、ブカンは、大男で力持ちだったけどね、藁を束ねて火をつけ、家畜小屋の前で酔っぱらって坐っているウスタシャめがけて投げつけ、森へ逃げて行った。こうして、祖国解放戦線を続けるパルチザンやチェトニックたちと協力していた。村には祖国解放運動を行ったアンティッチ家のために記念碑が立てられているわ。このブカン叔父さんはね、戦後、じきにチフスにかかってね。妻と息子と娘を残して死んだ。娘のほうは脳膜炎で死んだ。息子は生き延びた。名前はブラシコ、その息子二人はボジダルとボグダン。あなたも二人のことは、よく知っているでしょ。

私の母の名はゾルカ、暁という意味ね。ゾルカ・ミヤトビッチ。母の父親はラザル、母親はマーラ。母の作ったチョルバは、アインプレ・チョルバ（ajnpren čorba）と言った。アインプレ・スープとも言う。これはドイツ語から来た名前なの。作り方はね、簡単。ありあわせの野菜を刻んで鍋入れ、水を入れて煮込む。そこにザプルシカというルーを作って入れるだけ。ザプルシカはね、鍋に油を少々、そこに小麦粉を少し入れていためる。そのルーを鍋に入れてかき混ぜて、出来上がり。少し塩を入れて、パプリカの粉を少々入れてもいい。卵があったら、一個をよくほぐして、最後に入れる。麺を入れる地方もあると聞くけど、私の家では入れなかった。あのころは、肉なんか少ししか食べなかった。村では、肉といえば鶏くらいだった。

よく食べたのは、ジャガイモのチョルバ。ジャガイモを小さなサイコロに切る。それをゆでる。最後に、ザプルシカを入れる。たいていはラード、ときどきは植物油。ここに人参を入れてもいい。ありあわせの野菜ならなんでもいい。ラードが健康にいいの、知らないでしょう。戦後は、ラードが身体に悪いと言われていたけど、実はね、とっても健康にいい。

クロアチアの穀倉地帯、スラボニア（Slavonija）ではカイマック（kajmak）を入れる。生クリームの一種、彼らはミレランと呼んでいるけど。ボスニアではね、パン一切れにラードを塗って食べた。パンの上にラードを塗って、そこにパプリカの粉をぱらぱらと振りかける。母はね、ほんの少し砂糖をかけるの。パプリカの粉のかわりに。それは、おやつだった。それからゲルシュラ（geršla）という食べ物があった。豆（白花豆や金時豆など）とグリーンピースを一緒に煮たもの。あのころは、まず子供が食べて、それから大人が食べた。私と弟はいつも叱られてばかりだったなあ。二人とも、食べようとしないからね。だってね、あのころの食べ物はひどかった、まずかった。

追記

セーカの夫、故スルバ・ミトロビッチは、セルビアの詩人。ユーゴスラビア文学翻訳者の田中一生の親友だったことから、我が家とも親戚以上のお付き合いがある。スルバ氏は、私の詩の教師だった。この晩の夕食は女三人。難民支援団体「ずどらぼ・だ・すて」の主宰者、心理学者のベスナ・オグネェノビッチも一緒だった。内戦時代の大切な仲間である。

いつのまにか、食物と戦争を語りはじめたセーカの言葉を、あり合わせのノートにセルビア語で速記し、それを後から翻訳した。普段は、滑らかに話す彼女が、この日は、一言、一言をゆっくりと語り、話は何度も蛇行した。長い付き合いになるが、戦争の少女時代を初めて語ってくれた。

セーカの父も関わった「若きボスニア」は、トルコ帝国から解放されたボスニアを一九〇八年、オーストリア・ハンガリー帝国が併合したため、祖国の解放を求める翻訳家、詩人など知識人の若者が結成した団体だった。ノーベル賞作家、イボ・アンドリッチも青年時代に参加。セルビア人、クロアチア人、ムスリム人の進歩的な青年が参加した祖国解放運動であった。

アインプレとは、ドイツ語の動詞 einbrennen（炒める）に由来している。クロアチアにはアインプレン・ユーハという地方もある。ザプルシカはルーのことを意味し、ルーに水を入れて沸かしただけの貧しいスープのことも指す。ゲルシュラは、ドイツ語の Gerste（大麦）に由来し、本来は、脱穀して茹でた大麦入りのスープをさす。

「クラグエバッツ虐殺事件」は、一日に子供も含め七千人ともいわれる数のセルビア人が殺された事件。女流詩人デサンカ・マクシモビッチが、詩作品「血まみれの童話」を書き、映画化されている。第二次世界大戦中、セルビアはナチス・ドイツの占領下に置かれた。祖国解放運動を続けるセルビア人に対し、ドイツ兵一人の死に対してセルビア人百人、負傷兵一人に対して五十人を報復的に殺すこととしたため、虐殺が各地で行われた。この詩は、拙著『ベオグラード日誌』に邦訳を収めた。

話にあったスラバ（Slava）とは、セルビア正教会に独特な習慣である。各家族には、それぞれの守護聖人がありその日を祝う。親から子へと守護聖人の儀式は受け継がれる。この日のために何日もかけてご馳走を準備し、当日は教会で祭りのためのパンと葡萄酒を浄め、家に親族や名付け親、友人などを招く。聖ニコラ（十二月十七日）、聖ゲオルギー（聖ジョージ、五月六日）を祝う家庭が多い。

橋と子供

ラドミラ

一九二七年、七月十四日、グラディシテ生まれ。私の住む集合住宅の三階に一人住まい。二〇一一年十二月三日、サバ川の川岸で、思いがけず長い話がはじまり、それを記憶し、家に戻ってすぐに記録。

私が生まれたのは、グラディシテです。コザラ地方ってご存知でしょう。第二次世界大戦のときに、あの辺りのセルビア人は虐殺されたり、強制収容所に送られたりした。家族は父母と兄弟七人。母は戦争が始まってじきに死んだ。父はナチスの収容所で死んだ。葬ることも許されなかった。姉と私も収容所に送られた。最初はシーサック（Sisak）の子供絶滅収容所だった。ご存知でしょう、世界でただ一つの子供の絶滅収容所（セルビア人、ユダヤ人、ロマ人の子供を収容）です。そこからドイツのダッハウ（Dahau）の強制収容所へ送られた。アウシュビッツと同じくらいに恐ろしい場所よ。

私は、父のことがとっても好きだった。父を暗殺するという人がいるって聞いていたから、心配でたまらなかった。私は父を守ってあげたかった。だから、どこでも父についていった。父も自分の早い死を予感していたのか、私がついて行くのを嫌がったりしなかった。森へ狩りに行くときは、自分は大きなリュックサックを背負い、私には小さなリュックサックを背負わせて、連れていってくれた。なぜ娘に荷物を背負わせるのかねと近所の人が言うと、この子には厳しい人生が待っているから準備をしておくのさ、と父は答えた。その通りになったわ。父は嘘を許さぬ人だった。父母に心から感謝している。誠実に生きることを教えてくれた。この教えがなかったら、あの戦争を生き延びられなかったでしょうね。

父は学校を出ていなかったけど、夜はいつも本を読んでいた。父が本について話しているのを、幼い私は眠ったふりして聴いているの。ある晩のこと、父の声がした。「学ぼうとせぬ者は、目をつぶっている者と同じだ」と。本を読むとか勉強することが、とても大切だって感じた。六つのときに、私は学校に入れてほしいと頼んだの。子沢山の家はそうだったけど、上の子は下の子の子守をするのが決まりだった。あと少し我慢をしておくれと両親に言われて、すぐ入学できなかった。それから戦争が始まって、学校どころではなくなった。

学校で勉強できたのは戦争が終わってからのこと。商業高校を出たの。本当は違うことがしたかったけど、弟を学校にやらなくてはならなかったから。私が何をしたかったかですって。それはねえ、私は人間が好きでしょ、先生になりたかったの。そうでなければ、小説家になりたかったなあ。

ダッハウに送られるまえ、最初にシーサックの子供絶滅収容所に入れられたのだけど、それはひどかった。六週間、水の無い生活。手も洗えないし、水も飲めない。収容所はサバ川の岸辺の沼地にあった。川の泥水を飲んだ。子供たちが次々に死んでいった。地面に赤ちゃんの死体がごろごろしている。そこを歩いた。

その夏は、馬に乗る人の姿がすっかり隠れてしまうほど、トウモロコシがよく育った年だった。トウモロコシ畑に父はこっそり、負傷したパルチザンを匿っていた。すると私たちの村にウスタシャが四人やって来た。父と私はトウモロコシ畑に連れていかれた。父がパルチザンを匿っていた場所なの。仲間が父を裏切り、密告したのね。パルチザンは瀕死の傷を負って、トウモロコシ畑に横たわっていた。父はその頭のほうに立たされ、私は足のほうに立たされた。私たちの目の前で、ウスタシャはパルチザンを撃ち殺した。それから、私たちは歩かされた。「進め」、「止まれ」と、気まぐれな命令に従って歩かされた。「止まれ」の号令で、私は止まる。ウスタシャと向かいあって立つ。後ろから父が歩いてくる。父がウスタシャに撃ち殺される、と思った。でも、父も私も撃たれなかった。それから村の人々と一緒に、私たちは強制収容所へと送られた。

ダッハウ強制収容所は大変だった。一日中、重労働。夜中の十二時に、必ず点呼があり、意味もなく起こされるの。一日中、ろくに食べ物ももらえず、肉体労働で疲れ果てている。そこを叩き起こされる。私たちを苦しめるほかに、まったく意味のない点呼、辛かったわ。

夜になると、別の棟に収容された姉に会いに行った。見つかったら危ない。でも、姉に会わずにはいられなかった。父は別の収容所に移されたらしく、とうとう会えなかった。

昼間はみんな、収容所から工場へ働きにやられる。ドイツの工員さんと働くの。最後の数か月は、ドイツの戦局が悪くなっていき、みんな敗戦を予感していた。きっと負けるぞ、と工員たちは囁きあっている。ダッハウは、連合軍による空爆がひっきりなしにあって怖かった。それでも、収容所や工場のラジオからヒットラーの演説が流れ続けた。「勝利の時が来る。他の民族たちが我らの奴隷となって働くのだ」と、ヒットラーの声が建物中に響いた。

私がどうやって生きて還れたかというと、ドイツ人の女の人が救い出してくれたからなの。まだ小さかった私は大人にまじって、鋳物工場で働かされていた。隣で働くドイツ人の女工さんが、私のことを不憫に思ってね、最初は、ココアとパン一切れにハムを一切れのせたのをこっそり食べさせてくれた。厳しい人だったけど、私のことを「私の子」って呼んで、可愛がってくれた。私の身の上を知ると、私を救い出してくれた。私、金髪でしょう。髪を三編みに編んでもらい、ドイツ人の少女みたいな服を着せられ、お家に匿ってもらった。ある日、女の人は「私はドイツ人だから、あなたがお家に居るのが知れたら、私は殺されてしまうわね」と言ったの。「いいえ、おばさんは殺されません。私におばさんの名前を教えないでちょうだい。私もおばさんに自分の名前を言わないから。おばさんはフラウ、私のフラウよ」って私は言った。捕まって拷問されたとき、女の人の名を口にして、迷惑をかけたりしないためよ。

戦争が終わって、私は父を探した。でも父は見つからなかった。死んでしまったのなら、お別れをしたい、葬らせてほしいと頼んだけど、願いはかなわなかった。それからもう一つ、残念なことがある。戦争が終わって、新しく生まれたユーゴスラビアから代表団が来て、私たちは国に戻ることになった。私はそのとき病院にいたの。体重はたった十四キロになっていた。本国までの旅行は無理だ、と言われたくらいに衰弱が激しかった。最後に、ドイツ人の女の人にお別れの挨拶をしたかったのだけど、それは許されなかった。今も心残りだわね。

戦争が終わって、私と弟だけが生き残った。弟はザグレブで医学の勉強をはじめた。私はベオグラードの繊維工場で一所懸命働いて、弟に仕送りを続けた。私の仕事ぶりは、ティトー元帥に勤労英雄として表彰されたこともあったほど。でも賞のために働いたのではないの。戦争ですべてが破壊されて、国はまさに廃墟だった。力を合わせ、国を創り直さなくてはならなかった。働くのは辛くなかった。やっと平和の国を築くことができるのだもの。弟は無事に大学を卒業し、外科医となった。「ホンジツ、ソツギョウ、アリガトウ」と電報をくれた。今でも大切にとってあるわ。嬉しかった。ボスニアで心臓外科の医師として働いていたけど、旧ユーゴスラビア内戦では同僚に裏切られ、苦労したわ。

なぜ日本が好きか、あなたが好きかというとね、ヒロシマとナガサキのことがあるからよ。原子爆弾が落とされたと知ったとき、子供たちのことを思った。あの子たちはどうしたろうかって。戦争は終わって、時が流れた。人々には命があった。なんとか人生があった。でも私にはそれが無かったわねえ。

どうやって強制収容所を脱出したかというと、あれは日曜日、強制収容所の外出日だったわ。そう、収容所の生活では、日曜日の午後二時、警察の護衛がついて、散歩する規則があった。私たちに外の空気を吸わせるためにです。河が流れ、橋がかっている。右岸と左岸、橋の袂に警察の見張りがいる。私は小さかったから、すばやく岸辺へ走り橋の下に隠れた。そこに女の人が迎えにきてくれたのよ。

父がエストニアとの国境に近い強制収容所にいると聞いた私は、父に会いたいと言った。移動強制収容所というのがあって、父はそこに入れられたと聞いたの。一つ仕事が終わると別の場所へ移動していく収容所だった。女の人は切符を買ってくれて、私と一緒に汽車に乗って、強制収容所へ父を探しに連れていってくれた。長い汽車の旅だった。でも、やっと着いたその町には、父たちはもう居なかった。とうとう父には会えなかった。

収容所にも善い人がいた。チェコ人は親切でね。父に会おうと自分の棟を抜け出したのが見つかって、罰として食事がもらえなかったとき、食べ物を分けてくれたわ。

戦争が終わってからはね、戦争のことを忘れるために、夢中で働いてきたの。仕事を一生懸命にして戦争を忘れたかった。今は、眼が悪くなってしまったけど、細い糸でレース編みもやった。みんな誰かにあげてしまったけど。このセーターも自分で編んだのよ。

追記

サバ川は長さ約九百四十キロメートル、ドナウ水系最大級の支流の一つで、バルカン半島と西ヨーロッパを繋ぐ大切な水流。スロベニアのサバ・ボヒンスカ川とサバ・ドリンスカ川がラドウリツァで合流してサバ川となり、西から東へ流れ、ベオグラードでドナウ河に合流する。スロベニア、クロアチア、ボスニアとセルビアの四つの国を結ぶ。いずれも解体前のユーゴスラビアの一部だった国々である。

ダッハウ収容所は、ミュンヘンの北西約十五キロに位置する。町をアンバー川が流れ、ドナウ河と繋がる。第二次世界大戦中、ラドミラが最初に送られた子供絶滅収容所は、ベオグラードから西へ約三百キロメートル、サバ川の岸辺の町シーサックにある。セルビア人、ユダヤ人、ロマ人（ジプシー）が大量虐殺されたヤセノバッツ強制収容所の一部。祖国解放運動に加わった共産主義者も犠牲になった。ヤセノバッツはサバ川の岸辺の広大な湿地である。ここでサバ川はウナ川に合流し、南東から東へと流れの向きを変える。第二次世界大戦当時、ベオグラードでもサバの岸辺に虐殺死体が流れついたと聞いた。

お話を聞いたのは、二〇一一年の晩秋である。日本への旅を三日後にひかえ、心が張りつめていた。気持ちを鎮めようと、我が家のある団地の岸辺へ向かった。ゆるやかな坂道を上ればサバ川の岸辺だ。すると坂道を女の人が下りてくる。金髪のおかっぱ頭に白い毛糸の帽子、薄紫のジャンパーにコーデュロイの茶色のズボン。童女のままの人、ラドミラだ。「お元気ですか」と私。「ええ、元気よ。あなたは」とはにかむような笑顔で、坂道の中ほどまで下りてくる。私は中ほどまで上る。奇跡のように、この長いお話は始まった。

ラドミラは、同じ建物の三階に住んでいる。十年ほど前の夏の日、エレベーターで一緒になったら、「三階のボタンを押してくださいな。そうドイツ語ではドライね」とおっしゃる。「ドイツ語がおできになるのですね」と私が言うと、「ダッハウの強制収容所にいたの。まだ子供だったけど、働かなければならなかった。パンのためにね。

子供は、言葉を覚えるのが早いものよ」とおっしゃる。長い話を聞かせていただいたのは、それから四年ほど後のことになる。ラドミラは、二〇一七年の七月に九十歳を迎えた。

『戦争と子ども』(西田書店)に掲載したものに加筆した。

II　料理とは、甦りのこと

誰だってお日様とパンが要る

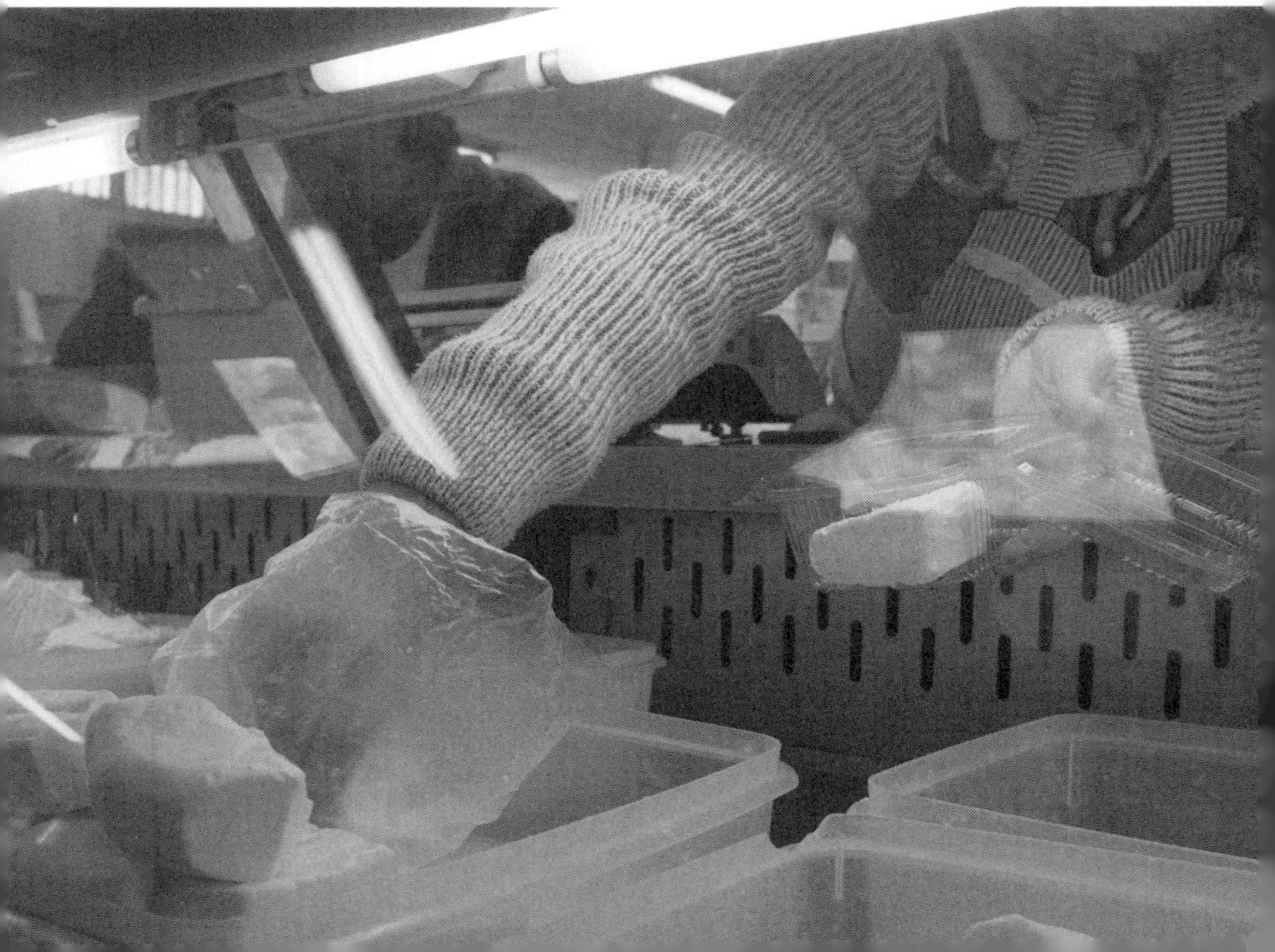

ジャガイモと薬

ドラゴスラバ・ラタイ
セルビア南部、クルシェバッツ市（Kruševac）生まれ。ザグレブ大学薬学部卒業後、薬剤師として製薬会社に勤務。一九六〇年代、クロアチア経済会議所代表として夫ヨジェが東京のユーゴスラビア大使館勤務となり数年間を日本で暮らす。帰国後、家族でドイツへ移住。一九九四年晩秋、国際電話で語ってくれた言葉を記録。

ドラゴスラバが語る

内戦が始まってから、ヨジェの親戚がクロアチアから私たちの家にやって来て、しばらく住んでいたの。若い女の子よ。この戦争は、メディア戦争ともいうでしょう。彼女の話はとても偏っていてね、セルビア人への憎悪に満ちていた。セルビア人の私が聞けないくらい。

そう、ヨジェはね、スロベニア人でしょ。第二次世界大戦中、クロアチアに住んでいた。私はセルビアの南、クルシェバッツの生まれ。私たちは典型的な異なる民族の夫婦だった。文字通り、私たち家族の祖国はユーゴスラビアなの。

ある晩のこと、私はヨジェに言った。ねえ、第二次世界大戦のときに、たくさんユダヤ人が強制収容所で殺されたでしょ。あなたが住んでいたクロアチアには強制収容所があったわね。私の住んでいたクルシェバッツではね、セルビア人の村人たちはユダヤ人を匿っていたわ。命がけだったわ。するとと彼は言った。そんなこと、僕は知らなかった、と。嘘よ、知らないわけなんかない、同じ町でたくさんのユダヤ人やセルビア人がいなくなって、どうして気が付かないわけがあるのよ、と私は言った。知らなかったよ、本当だ、僕の家は貧しくて家族が食べるのに精一杯だったから、まだ少年の僕は豚を担いで市場で売って、それで家族がやっと暮らしていた、と。

その答えに、私は押し黙った。これ以上、彼に話しても、何の意味もない、と思った。これ以上、話したら、きっと私たち二人の心に深い傷がついてしまう。家族が崩れてしまう。それはできない、と思った。そして二度とこの内戦のことも、第二次世界大戦のことも、私は彼と話すのをやめたのよ。

第二次世界大戦の前、私の父はクルシェバッツで繊維工場を経営していたの。セーターとかニット製品を作る工場だった。何人も工員さんをかかえていた。まだ少女だった私は、第二次世界大戦がはじまると非合法組織だったユーゴスラビア青年共産党同盟に入った。ナチス・ドイツの占領下にあった祖国を解放する組織。夜になって仲間と密かに情報を交換する。この恐ろしい世の中を変えなくては、と思っていたわ。

それから厳しい戦争が終わった。そのとき、新しい国家ユーゴスラビアの建国にみんなの心は希望に満ちていたわ。社会主義国家が生まれた。父が苦労に苦労を重ねて作った工場も、没収され国営化されることになる。ある晩のこと、私は言った。いいじゃない、パパの工場は社会のものとなるのだから、と。すると父は、とても静かな声で言ったわ。お前には私の気持ちはわかるまい、と。こうして私たちが愛していたユーゴスラビアが解体してしまうと、父の気持ちがわかるような気がする。

終戦を迎えた私は、薬学を勉強しようと大学へ進学を希望した。戦災のひどかったベオグラードでは、その年、ベオグラード大学は新入生を採らなかった。一年間を無駄にしてはいけない、と父は言って、ザグレブ大学に進学するのを許してくれた。ナチスのドイツ司令部があったベオグラードは、皮肉にも連合軍の爆撃を何度も受けて、破壊が激しかった。ところがナチス・ドイツの衛星国だったクロアチアの首都ザグレブは傷一つない。戦後は、多民族国家ユーゴスラビア連邦の共和国となったから、敗戦国にもならなかった。戦争ですっかり疲弊した当時のセルビアの娘たちは、とても質素な服装をしていたわ。ところがザグレブの若い女の子たちは、みんな華やかなおしゃれをしていた。何事もなかったみたいにね。冬には豪華な毛皮のコートを着ている。あまりの違いに、驚いたわ。

誰も知り合いのないザグレブで私は下宿探しをはじめた。ドアが開く。私が挨拶をして、セルビア人だとわかると、ぴしゃりと扉を閉ざしてしまう人がずいぶん居て、辛い思いをしたわね……。

今、私たちはドイツに家があるでしょう。私と同じ世代のドイツの女の人たちは、考えてみると、第二次世界大戦当時、ヒットラーのドイツで青春を過ごしたことになる。それは大人になる前の私たちがユーゴスラビア共産党青年同盟に入って、理想に燃えていたのと同じように、彼女たちにとってナチズムは一つの共通の価値観だったのよ。それは今でも、どこか消えずにそれぞれの心に残っているのだわ、きっと。

その数日後、ふたたび電話で

あなたたちが探していた薬、やっと見つかった。昨日、郵送したわ。医者の処方箋なしではなかなか手に入らないので、苦労したけど。代金なんて結構よ。でも、今度はあなたにお願いがある。私たちの親友の夫婦が、サラエボに住んでいるから、なんとか彼らに食料を送ってちょうだい……。

追記

我が家の台所の引き出しに、包丁などにまじって小さな道具がある。素朴な焦げ茶色の木の握り九センチ、そこに角のように三本、二センチほどの金属の針がささっている。ドラゴスラバからもらった素朴な台所道具。ジャガイモを丸ごと茹でるとき、この針をさして茹で具合を確かめる。ジャガイモを刺すたび、彼女を思い出す。

一九九四年、マケドニアに住む夫の遠い親戚が、息子のために精神安定剤を探していた。息子は戦場に動員されて復員したが、精神不安定となり薬が手放せない。ドラゴスラバに電話をかけて相談した。国連による文化・交通・経済制裁があり、薬の入手が難しかったころの話である。

当時のサラエボは、電話も郵便もあらゆる連絡手段が断たれていた。アマチュア無線に頼み家族や友達の安否を確かめ、教会関係のボランティア団体が月に何度か組織するトラックで私信やら食料をつめた小包を送ってもらうほか、通信手段はなかった。手紙は三週間、ときに一か月もかかって届けられた。運搬をする人が殺害されることもあった。

マケドニアの親戚には無事に薬が届いた。サラエボの夫妻にも、食料の小包の発送を済ませた。魚の缶詰、サラミ・ソーセージ、小麦粉、砂糖、向日葵油、ジャガイモなどを詰め、手紙を添えた。無事に小包が届いたと、ドラゴスラバから電話があった。愛のリレーねと、私たちは笑った。

一年後の年の暮れ。郵便受けを開くと、クリスマス・カードに混じって、黒い枠の簡素な手紙が届いた。差出人は、ヨジェ・ラタイだ。ドラゴスラバが亡くなった。数年前に、ヨジェは癌で大きな手術をし、彼女は看病で大変な毎日を過ごしていたが元気だったのに。突然の死だった。

ヨジェが語る

一九九七年十一月、ドイツの家を訪ね、お話を聞く。

僕たちは、まだ学生だった。僕はザグレブ大学の共産党同盟のメンバーで、食券を配布する委員の一人だった。ある日、まんまるの瞳の可愛い女の子が現われた。僕は食券を彼女に渡すと言ったよ。明日、この時間に、またここに来るように、って。彼女はすっかり緊張した。いったい何が問題なのか、とね。僕は彼女に逢いたかっただけなのさ。次の日、彼女がやって来た。映画に誘った。その日から、僕たちは一緒だった、ずっとね。最後の最後まで……。

追記

一九九七年の晩秋、チューリッヒ経由で東京に向かう私は、ヨジェを訪ねた。湖畔のイタリア・レストランで遅い夕食。その晩、客はほとんどなく、暖炉に赤々と炎が燃えていた。女主人の飼い犬、レッドリバーがねそべっている。ドラゴスラバと出会った若い日々のことを語ってくれた。

この節は、二〇〇八年、『朝日論座』最終号に掲載したエッセイ「ジャガイモのお話」をもとに再構成した。

母の手紙

ブラード・オバド

クロアチアのオシエック市（Osijek）生まれ。ベオグラード大学文学部卒業。オシエック大学教授、ドイツ文学専攻。オシエックのドイツ語文学の研究に携わる。二〇一七年七月七日、オシエックで聞かせていただいた話、またその翌日、コーパチキー・リード湿原を散策したとき伺った話を記憶しメモをとり、それをもとに記録。

母の一家は、ドイツ系でした。数世代にわたってオシェックに住むドイツ人、つまりフォルクスドイチェルの家系です。第二次世界大戦直後、母の父親はパルチザンに殺されました。いわゆる「処刑」です。なぜかと言いますと、あの時は、大混乱の時代です。母の父は、仕事に成功してなかなかの資産家でしたから……。立派な家には、祖父を殺したパルチザンが移り住み、今もその一族が住んでいますよ。

母は、大変な苦労の人生でした。第二次世界大戦が終わって、五人兄弟のうち、生き残った幼い母と弟が、スレムスカ・ミトロビツァ（Sremska Mitrovica）の収容所に送られました。一九四五年から二年間、母は収容所で暮らします。母の弟は、足の傷がもとで破傷風にかかり、死んでしまいました。収容所の衛生状態は最悪でしたからね。収容所を出た母は、十七歳でした。一人ぼっちになった。近い親族はみんな殺され、父方の従兄弟にあたる遠い親族に引き取られました。それから父と出会って結婚し、私が生まれたのです。

この話を知ったのは、ずっと後のことです。父も亡くなり、私も独立し、母は一人暮らしでした。ある晩、母を訪ねたとき、話してくれた。それまでは、一切、語ったことがなかった。なぜか、ですか。それは戦後の社会主義の教育を受けて育った私を、動揺させぬためだったのでしょう。

母の料理のこと、覚えていますとも。ケルン大学に留学したときのこと、外国での独り暮らしで、自炊をしなくてはならなくなって、母に手紙を書き、料理の作り方を教えてほしいと頼みました。母は、いろいろな料理の作り方を手紙に書いてくれました。僕は、じきに、仲間たちにも郷土料理をふるまうまでになりました。週末には、友達の家に呼ばれて料理をしましたよ。今も当時の仲間たちと付き合いがあります。同じものを一緒に食べると、本当の友達になれますね。

母から教わった料理ですか。そうそう、タシキツェ（tašķice）という食べ物があります。セルビア語やクロアチア語でターシナと言えばハンドバッグのことですね。ドイツ語のTascheに由来する言葉です。料理の形がハンドバッグみたいだから、そういう名前なのです。まず小麦粉と水をこねて生地をつくり薄くのばし四角く切って、真ん中に茹でた野菜とカイマック（生クリームの一種）を合わせたものを入れて閉じます。それを煮て、ソースであえる。ホウレンソウとか、ブリットバという青菜など、緑の野菜を使います。

この地方の郷土料理は、ウィーンの宮廷で食されたものが家庭料理となったものが多いのですが、これもその一つ。宮廷の料理人は、だいたいチェコの女性でしたが、これもチェコ風の料理ですね。

私は、料理が大好き、登山も大好きですから、インドの高い山に登ったときは、料理係として参加したこともありましたよ。

このドラバ川の河畔は、コーパチキー・リードという自然公園です。リードとはドイツ語で湿地を意味します。ドナウ河の支流ですが、季節によって水位が著しく異なる。このあたりは水に強い柳が群生している。五月になると、柳の幹に人の顔くらい大きなキノコが生えてきます。舟を出して、幹のキノコを採る。衣をつけて揚げると、鶏肉の白身みたい。良い蛋白源ですよ。全部食べてしまわず、残りを冷凍保存します。魚も釣ります。息子夫婦が孫と里帰りをするクリスマスは、キノコと魚料理。私が料理しますよ。

追記

ベオグラードからバスで四時間ほどパンノニア平原を走り、セルビアからクロアチアへ向かう。サバ川の岸辺の風景にはほとんど変わりがない。麦畑と向日葵畑が広がる。バスがブコバール市（Vukovar）に入ると、赤と白のチェス盤模様のクロアチアの国旗が翻っていた。ユーゴスラビア内戦の激戦地である。夕方は、洋の祖母で小説家だったビルマ・ブケリッチ（Vilma Vukelić）の記念碑の除幕式がある。一族が集まった。その後、闇に沈んでいく中世の城に向かった。城は文化会館となっていて、ブケリッチ家の歴史を描いた書物の刊行記念が行われた。この本について語ったオバド先生と石畳の坂道を上っていくときに、このお話になった。翌朝、散策に出かけたコーパチキー・リードで、タシキツァの作り方を教わった。

オシェックはオーストリア・ハンガリー帝国の支配下で栄えた町。クロアチア人、ユダヤ人、セルビア人、ハンガリー人、ドイツ人など異なる民族の居住地だ。セルビアとクロアチアの境に位置する町である。オバド先生の母親の収容された収容所があったスレムスカ・ミトロビツァは、サバ川の辺の古都。紀元前五世紀にすでに都市があり、ローマ帝国時代には、シルミウム（Sirmium）と呼ばれていた。

魚と野獣

ダルコ・ラドウーロビッチ

一九六〇年、クロアチアのスラボニア地方、ビロビティツェ市（Virovitice）生まれ。ベオグラード大学哲学部歴史科卒業後、高校の歴史の教師になる。ビンコブツィ市（Vinkovci）に住んでいたが難民となり、ベオグラードに移り住む。現在、ベオグラード第八高等学校に勤める。妻のドブリラは同高等学校教頭。夫妻の家で夕食をご馳走になりながら、セルビア語でノートをとり、後日、翻訳。

父母と第二次世界大戦

母方の一族は、リカ地方の出だが、母が生まれたのはクロアチアの穀倉地帯、スラボニア地方だ。いずれも中世は軍政国境地帯だった地域で、屯田兵だったセルビア人が多く住む土地だ。母の名はミレーバ、ビロビティツェの近くのグラディナ村（Gradina）で生まれた。パルチザンの英雄、ボシコ・ブーハ（Boško Buha）はお隣さんだったよ。この村はクロアチアの中にあるセルビア人の村だ。この村をはじめとしてスラボニア地方にはね、第一次世界大戦のときにギリシャのテサロニケまで行ったセルビア人の兵士たちが、褒賞としてセルビアの王様から土地を与えられ移住してきた。母の家族も、こうしてこの土地に移住したのだった。父方の一族もリカ地方の生まれ。父の名はミルコ、一九三三年、リカ地方のドレジニツァ町（Drežnica）生まれ。第二次世界大戦のときの祖国解放運動、パルチザン運動で名高い町だ。

僕は、一九六〇年にビロビティツァに生まれた。そこで二歳まで過ごした。僕たちの家族は、そのあとビンコブツィ市に引っ越した。父がその町の学校の校長となったからだ。パルチザンだった父は、正真正銘の共産主義者だった。母は小学校の先生だったが、共産党の党員ではなかった。僕は、ビンコブツィで小学校と高校を終え、ベオグラードへ移った。ベオグラード大学の哲学部に入学したのだ。ベオグラードまでは百六十キロメートル、ザグレブまでは三百キロメートルある。ベオグラードのほうがずっと近い。それに、当時でも、クロアチア人はザグレブ大学へ、セルビア人はベオグラード大学へ行くのが普通だったよ。大学を卒業して、ビンコブツィに戻り、結婚して就職した。

妻のベスナは高校を卒業して、国営の商社で秘書の仕事をしていた。彼女の父親はウスタシャで、過激な民族主義者、ダルマチアの出身だった。ベスナの祖父もやはりウスタシャだった人だ。それを知ったのは、内戦が始まる一九九一年になってからだった。セルビア人の僕と付き合いはじめたころ、それまで彼女はカトリック教会の合唱団で歌っていたのを止めた。それから、日刊紙「ボルバ（「闘争」）」のキリル文字（セルビア語の文字）の部分を窓辺で読みはじめたくらいだ。君も覚えているだろう、ユーゴスラビア時代の共産党の日刊紙だ。キリル文字の部分と、ラテン文字の部分があった。僕は二十一歳、ベスナは十九歳だった。

僕の父は、校長になる前は、村の学校の教師をしていた。オシェック市やスラボンスキー・ブロッド市（Slavonski brod）の周辺の村だ。僕たちの家族は、あまりみんなに好かれていなかった。父がＫＯＳ（国家諜報部員）だったからだ。軍部に配属されていた。一九五九年まで、父は、軍隊では予備役の少佐だった。「そのことについては、何も話したくない」と、父は言っていた。「そのこと」とはね、政治のことだ。

一九八〇年五月四日、ティトー大統領が死んだとき、居酒屋から男が出てきて、「ティトーが死んだぞ」と叫んだ。父は、二日間、家に戻らなかった。それから屋根裏部屋にしまってあった書類を燃やした。ティトーの死を、父は悲しんではいなかった。

父は、「ドラマ」を知っていたのだ。一九六五年、ブリオニ島で共産党の総会があったとき。ティトーは、ランコビッチを解任した。セルビア人のユーゴスラビア秘密警察の長官だった男だ。その時、国中で党会議が開かれた。父は黙していた。おまえはティトーに賛成かと、三度、会議で訊かれて、父は賛成だと答えたが、それは家族を守るためだった。粛清があったのだからね。

一九六八年、ソ連によるチェコ・スロバキア介入のとき、スラボニア地方のユーゴスラビア軍の部隊はすべて、ドラバ川に沿ってハンガリーとの国境に配置された。ドラバ川は、ドナウ河の大きな支流だ。父は師団の防衛部長だったから、大変だった。国境の反対側では、ソ連も戦車などを配置していた。父の胸は張り裂けそうだった。どうしてロシア人と戦争ができるか、と思ったのだ。父はロシア派だった。幸いにも、戦闘にはならなかった。「モンテネグロ人の指揮官が、いったいどうして俺がロシア人を敵にできるかい、と言ったが、私も同じ心境だった」、と父は後に僕にそう語っている。

クロアチアの春

一九七一年は、マスポックの年だ。戦後のクロアチアの民族主義運動、「クロアチアの春」だよ。当時、校長だった父は解任された。セルビア人だというのが理由、つまり好ましくない人物ということだ。母はもっと悲劇的な状況にあった。母が教室に入ると、壁には「セルビア人は出ていけ」と書かれていた。前の晩に、誰かが書いたらしい。僕はサッカーをやっているとき、一度、「おまえとは一緒に遊ばないよ、おまえはセルビア人だからな」、と言われたことがある。僕には、それはわかっていた。母にとっては、ひどい打撃だった。だが、母は教師の仕事を続けた。しかし、僕たちは、家族全員が消されるべき人物のリストに入っていることを知っていた。僕は十一歳、兄は十四歳だった。父は、この件で、友人のブコビッチさんに相談した。ブコビッチはセルビア人で、やはり学校を解任され、屈辱的な目にあった人だった。当時、父は学校の教師をしていたが、一九七一年の春から秋にかけて、政治的な状況のために劇的な出来事が次々に起こっていた。

だが、その年の十月、転機が訪れた。カラジョルジェボ市（Karadordevo）での共産党会議で、クロアチアのマスポック運動に参加した者たちが解任となったのだ。その日、クロアチアの共産党の幹部の一人だったサブカ・ダブチェビッチ＝クチャル女史が、ビンコブツィの僕らの学校を訪問するはずだったが来なかった。彼女はマスポックの中心人物だったので、共産党から解任されたのだ。学校で、みんなが待っていたのに。クロアチアの民族主義者の手で解任されるはずの父は、学校に出られないでいたが、この日の決定で、少しは楽になった。免職を免れたのだ。こうしてクロアチアの状況は収まった。一九九〇年まではね。

僕の母ミレーバについて話そうか。母は、お料理を土地のドイツ系の女性、つまりフォルクスドイチェルに習った。若い教師だった母は、ドイツ系の家庭に下宿をしていて、料理を教わったのだ。それまで母は料理ができなかった。第二次世界大戦の少女時代は、料理どころではなかったからね。

第二次世界大戦のとき、一九四一年六月二十八日のこと。母は、自分の村から追われた。ビロビティツェ市の近くのグラディナ村からね。それから家畜用の貨車で、ボスニアのブルチコ市（Brčko）の対岸のグーニャ村（Gunja）まで運ばれた。そこはクロアチアの村だ。そこで数日間、収容所に入れられた。サバ川の岸辺に集められていたのだ。強制収容所は、ウスタシャの管理下にあった。そのときね、女たちは自分の子供を川に投げ込みはじめた。子供に食べものも乳も与えられずに数日間も収容され、どうしていいのかわからなくなったのさ。じきに、収容されている者は全員、セルビアに追放という決定が下った。母は六歳だった。

実はね、父も同じ強制収容所にいた。後にわかったのだけどね。母は、家族と一緒だった。みんなでボスニアのセンベリヤ（Senberija）まで歩いて、ドリナ川の岸辺までやってきた。ドリナ川とサバ川の間の村だ。祖父と祖母と、母も入れて七人の子供。祖母はね、はじめ、いちばん下の子供を森の中に置いてきた。息子の名はミロシュ。そのあとで、やっぱり森に戻って連れてきたという。

セルビアにたどり着くと、祖父は家族をチョケシナ（Čokešina）の修道院に置いてもらうように話をつけた。それはツェール山（Cer）の修道院で、トルコに対する第一次セルビア蜂起のときに建造された十九世紀の修道院だ。家族はそこに住まわせてもらい、祖父は修道院の仕事を手伝っていた。祖母は、修道院で料理をしていた。修道院に住んでいたのは、祖父母の家族だけだった。

一九四一年十月のこと、ドイツ軍は祖父母の家族全員を処刑しようとした。ところがドイツの部隊の一人が、やっぱり殺すのはよそうと言ったので、みんな助かった。この出来事の終わりに、母が言うには、ドイツ兵がキャンディーをくれたということだった。

修道院には、セルビアの王党派のチェトニックもパルチザンもやって来た。なぜかというと、司祭の一人はチェトニックに味方し、もう一人の司祭はパルチザンに味方していたからだ。

すべての出来事のうちで、いちばん厳しかったのは一九四三年のこと、母はマラリアにかかってしまった。そこにパルチザンの部隊の看護兵が通りかかり、シャバッツ市（Šabac）に行ってキニンという薬を手に入れなさい、そうしないと子供は死ぬ、と言った。母はなんとか生き延びた。そのあと、ツェール山が空爆され、母は頭に傷を負った。みんな森へ逃げた。シュトゥカと呼ばれたドイツ軍の戦闘機だ。飛行機はシュトゥカという魚、つまりカワカマスにそっくりだったから。

母はね、一九九九年のNATO空爆のとき、空襲警報のサイレンで精神的な問題を起こしたが、これもそのときの体験のせいだよ、きっと。

七人の子供たちのうち、四人はチョケシナの修道院の近くの農家に雇われて働いた。下の三人の子供は修道院に残った。一九四〇年生まれのミロシュ、そして僕の母のミレーバ、それからすぐ上の姉ダリンカ、その当時は十四歳か十五歳だったろう。修道院に残ったダリンカは、母親の役を演じた。軍隊が修道院に立ち寄るたびに、強姦されては大変だからだ。さまざまな軍隊がやってきた。どの軍隊もとても危険だ。子供、とくに娘のいる家族にとってはね。

第二次世界大戦が終わると、母方の家族は、スラボニア地方の自分の家に戻るか、ノビ・パザル市（Novi Pazar）のドイツ人の家に移り住むか、どちらかを選んでいいことになった。一九四四年に、この土地に住んでいたドイツ系の住民はみんな町を去っていた。祖父は、自分の故郷の家に戻ることにした。故郷に帰るとすぐ、祖父は亡くなった。祖父の名前はオブレン、五十二歳だった。

母が話してくれたけど、祖父のヘルツェゴビナの一族は、一人残らず、ウスタシャによってガツコ村（Gacko）で殺されたということだ。一九四二年のセルビア正教の降誕祭の日、一月七日に全員が虐殺された。ナイフで喉をかき切られてね。そのことを祖父は終戦の日まで知らなかった。戦争が終わってその悲劇を知ると、庭に出ていき、何時間も何時間も泣き続けた。そして、じきに祖父は死んだ。祖母は、七人の子供をかかえて未亡人となった。少女だった母は、師範学校に入学した。共産党は戦争孤児になった子供を師範学校に入れて、独り立ちできるようにしたのだった。

母のいちばん上の兄のラドバンはね、一九四四年に、大戦中、ナチス・ドイツと協力していたセルビアのネディッチ政権の仲間になっていた。村の農家の仕事をしているときに誘われたらしい。戦争が終わって、ネディッチ派の人たちは、西側の国々へ亡命した。ラドバンは、オーストリアに向かったらしいが、途中、ドリナ川で待ち受けていたチェトニックに殺されたらしい。セルビアの王党派だ。パルチザンが主導権をとるまで、国は大混乱だった。戦争が終わると、ナチス・ドイツと協力していた者たちは、みんなアメリカやイギリスや西側諸国に対して降伏した。共産圏からできるだけ遠くに行きたいということだった。

第二次世界大戦と食物

そうだ、食べ物のことを話さなくては……。

母方の祖母の名前はミルシャといった。一九六三年に、ベオグラードの郊外のスルチン区に引っ越してきた。それは姉のダリンカが結婚してスルチン区に家があったからだった。ミルシャお祖母ちゃんのこと、覚えているよ。とても長い髪を三つ編みに編んでいた。とても細い髪だったなあ。とても背が高くて、姿勢がよかった。ヘルツェゴビナ地方の女はそうだ。よくトルコ人と義賊たちのことを話してくれた。お祖母ちゃんは、スラボニア地方の郷土料理を作った。豆スープ、豚のオーブン焼き、パプリカシュ（paprikaš）なんかだった。

お祖母ちゃんの父親は、スタノエ・ヨーロビッチといってね、三年間、「アラド」に入っていた。つまり、ハンガリー語で牢屋のことだ。一九一四年、「若きボスニア」（ボスニア青年党）のメンバーだったのだよ。ガツコ村の出身だ。オーストリアの皇太子を暗殺したガブリロ・プリンツィプが発砲できるように、皇太子の警備にあたっていた警官をぐいと押したということだ。

そうだ、お祖母ちゃんの得意な料理には、プラム入りのクネードレがある。それからミツィカ（micika）というケーキ。これはハンガリー風の胡桃のケーキだ。僕の母ミレーバは、冬のための保存食のトルシヤ（tršija）を作るのが得意だった。カリフラワー、人参、キュウリ、玉ねぎなどをあわせた酢漬けだ。これは姉のダリンカから教わった。

父も母も、師範学校で勉強していたときは、寮生活だった。学校はクロアチアのパクラッツ市（Pakrac）にあった。父がいたころは、寮の食事はとてもひどかった。キャベツ、ビーツなんかを煮て食べるだけ。蛆虫も出てきた。そういうわけで、父は数十年、キャベツを食べようとしなかった。食事についていえば、三年後、母が入学して寮生活をはじめたころから、食事は良くなっていったというね。

そうそう、第二次世界大戦時中について話を戻すとね、祖父は森に入って、とにかく食べられるものは何でも採ってくるのを仕事とした。さまざまな種類の茸、ポトーチカ（小川の意）とかモナフ（修道士の意）と呼ばれる種類、カタツムリ、ザリガニ、イラクサなんかだ。みんな森で採れる。それでみんな生き延びた。ブラックベリーや野いちごもあった。戦時中は、みんな虱だらけ、みんなで虱とりをしたと聞いた。王党派のチェトニックは、長い髭を伸ばしていてね、髭の虱をとるので有名だったろう。はははっ。母はね、いつも腹を空かせていた。ある日、修道院にチェトニックがやってきた。みんなで鶏を焼いていた。母は空腹に耐えかねて、近くまで行ったらね、チェトニックに蹴飛ばされた。それで母はチェトニックが大嫌いだった。

最初にチョコレートを食べたのはね、修道院のチェトニックのところに、アメリカ人たちがやって来たときだった。子供たちにチョコレートを配ったのだ。そのとき、僕の祖母は、アメリカ人に、自分の兄がシカゴのゲリーという町で生きているかどうか聞いたの。そしたらね、アメリカ人は、ラジオ無線で、ほんとうにお祖母ちゃんの兄の消息を確かめて、ほんとうに生きていると調べてくれたのだよ。でも調べてくれたのか、それとも嘘をついたのか、わからないけどさ。

父方の祖父について話そう。祖父の名はイグニャティエ。一九四一年から四二年にかけて飢餓のために多くの人が死んでいった。祖父たちはリカ地方の人間で、第二次世界大戦中は、セルビアのマチバ（Mačva）へ送られた。シャバッツ市のあたりの村だ。その後、一九四二年、祖父は叔母さんを頼って、ボイボディナ自治州のバナト平原（Banat）に移った。ルーマニアとの国境近くのベリコ・スレディシテ村（Veliko Središte）だ。祖父はそこで石切り職人として働き、戦争を生き延びた。

その地方は葡萄畑で有名だ。一九四四年の十月、ちょうど葡萄が熟れたころ、ナチス・ドイツが去り、ソ連軍のロシア人たちがルーマニアからやって来た。子供は葡萄畑に入り込み、思う存分、葡萄を食べた。祖父は、地下室から葡萄酒をバケツに入れて持ち出した。ロシア人たちは村に入ってくると、葡萄酒の樽に鉄砲で穴をあけ、葡萄酒のシャワーをごくごく飲んだということさ。

食べさせてあげるものが無くて、母親たちが川に投げた子供たちのこと、思い出すね。僕の父親は、今でも、夜に目を覚まして、叫ぶことがあるよ。父が八歳だったとき、ウスタシャが家に入ってきて、両足をつかまれて投げられた……。それが今も悪夢なのだ。

僕の戦争、一九九一年から

今度は、一九九一年秋のことを話そう。クロアチアで内戦が始まり、僕の住むビンコブツィでも戦闘が始まっていた。僕たち家族は、二、三日、地下室で過ごした。僕たちの集合住宅は五階建てだった。一階には、七、八人残っていた。住人の民族はいろいろだ。その建物に僕たちが住みはじめたのは七月だ。七月にすでに戦闘があったけど、本格的な戦争となったのは九月十日だった。

やがて建物の住人は、みんな僕たちの部屋に集まってきた。なぜかというと、僕たちは一階だったから、なんとなくそこが、いちばん安全という気がしたのさ。僕の当時の妻と息子は、十月の終わりにポレッチ市(Poreč)へ向かった。クロアチアのイストリア半島の町だ。そこにできた難民収容所に去って行ったのだ。海辺の町でユーゴスラビア連邦軍の保養所だった。僕だけが家に残った。ビンコブツィからは、数多くのクロアチア人の女と子供が、バスに乗って、疎開のために去って行った。

僕には、職場に毎日出る義務があったが、小さな子供のいる女性は職場に出る義務がなかった。誰も仕事のことなんか考えなかった。ただ自分の命を救わなくては、と必死だった。だから僕らの建物に残ったのは、四家族だけだった。僕の家で、みんなで一緒に料理した。家にはたっぷり食料と酒があった。例えばラム酒のバカルディー。お隣のリーリャは妻の仲良しだったが、僕のところに食べ物を全部、持ってきた。恐怖心と苛立ちから、みんなで食べて飲む。普段は酒を飲まない人も、神経を鎮めるために飲んだ。リーリャは、一日中、みんなのためにコーヒーを沸かした。迫撃砲が降ってくるのを待ちながら、僕らはコーヒーを飲み、酒を飲み、話し続けた。それはもう、僕の家とは呼べなかった。僕は、四つのフラットの鍵を預かっていた。誰がどんな民族かなんて、どうでもよかった。ただ生き残れたらいいのだ。戦争は、それまで、あまり親しくなかった人々を仲間にしたのだ。

カチカバリ・チーズとワインを思い出す。リーリャは、自分の会社から大きなチーズの塊を運んできた。彼女の会社は大手の石油会社ＩＮＡの職員のために食事を供給していた。個人経営の会社の社長だった彼女は、僕ら専属の食料供給者となった。彼女は三十七歳、僕は三十一歳だった。みんな、戦争について話していた。誰が死んだとか、誰がどこへ去って行ったとか。互いに励まし合った。部屋の外は、すべてが恐ろしく、おぞましかった。すべてを忘れるために、酒を飲みトランプをする。最上階のお隣さんは、僕のフラットにスメデレバッツという名前で有名な薪のオーブンを持ち込んだ。窓から煙突を突き出して、煙を出した。停電ばかりだったからね、九月から十一月まではね。停電になってしまうと、今度は冷凍庫に貯蔵してあった食料を食べた。それは大変な量で、解けはじめた肉を焼いたり煮たりして、楽しかったぞ。一部は、腐ってしまった。みんなで一緒に食べた。僕のフラットに集まっていたのは、さっきも話したリーリャ、それからボスニア人で独身のビェスニック紙のビンコブツィ支局長、建物の最上階の夫婦とその十八歳の息子、この奥さんがみんなの料理を担当した。二階から来ていたのは若い女の子で、誰かのフラットの留守番をしているらしかったが一か月くらいしかいなかった。それに向かいの建物の独身の警察官。そして僕。女の子にとって警察官が守ってくれるのは都合がよかったけど、深い関係にはならないように注意していた。僕たちは肉を焼いた。ほんとに、山ほど肉を食べた。解凍がはじまった肉を無駄にしないようにね。

数えきれないほどの戦闘があった。そして十回から十五回は、僕たちの建物に迫撃砲が当たったな。隣の建物には、戦車から迫撃砲が飛んできた。空襲警報を告げるサイレンは鳴り続けた。空襲警報解除のサイレンが鳴ったのは、それから半年後のことだ。

人々は、外出を避けるようになった。電気が来ると、料理する。今もそうだけど、旧ユーゴスラビアは電気のコンロで料理するのが普通だろ。だが停電は長く続き、例の薪オーブンのスメデレバッツで料理した。夜になると、町は闇のなかに沈んでいった。夜は電気を消すように命令が出ていた。

それから一か月、同じ建物の仲間が、去りはじめた。リーリャと最上階の夫妻と息子の四人だけが僕のフラットに残った。若い女の子は、スラボニアの村に移って行った。行くところがある者は、みんなどこかへ去った。それはブコバール市の激戦のときだった。ラジオ……。クロアチアの国営ラジオを僕たちは聞いていた。僕たちは、まさに激戦の震源地にいた。いったいラジオは何を告げることができたというのだ。僕たちは、命の代価を払って何が起こっているかを見ていたのだから。

水はあったが、少なくなってきた。電気はたまに来るだけだ。商店はまだ開いていた。食べものはあった。ありすぎたくらいだ。恐怖心と苛立ちから、食べては飲んでいた。いったい、自分をどうすればいいのか、わからない。食べるだけ食べ、飲むだけ飲む。いちばんいいのは眠ることだ。だが睡眠時間も狂ってしまった。僕は、仕事には行かず、動員もされなかった。彼らは、僕がセルビア人であることを調査済みだったのだ。たくさんの人が町から逃げて行った。僕の町ビンコブツィは、一九九一年十一月、ブコバール戦が終わったときには、人口の十パーセントしか人がいなかった。

降誕祭前夜に

じきに、兄のプレドラグが僕を家に呼んでくれた。僕たちの両親は、すでに難民となってセルビアへ去っていた。兄の家は、西側の前線から四キロメートルのところにあった。町の中心だ。僕たちのフラットのほうが前線には近い。兄の家に移ったのは十二月のことだった。兄の家はちょうど町の真ん中で、僕は兄の車に乗せてもらった。「僕のところへ来いよ。そのほうがいいぜ」と、兄は言った。僕も兄の家のほうがいいと思った。僕のところは手狭に感じていた。僕のフラットでみんなは寝起きを続け、料理を続けていた。依然として下の階のほうが安全というわけだ。それに、地下室の避難所なんかで寝起きしたくないだろ。

僕の兄のプレドラグの奥さんはクロアチア人で、マリツァという。兄は、魚と野獣の肉を売る店を営んでいた。猪とか鹿とか、野生の動物の肉さ。彼の共同経営者はクロアチア人だった。戦争が始まると、共同経営者のクロアチア人は妻と、弟夫妻とともにみんな兄の家に逃げてきた。なぜかというとね、共同経営者たちの家は、町のなかでも特に危険な地域にあったからだ。兄の家に、三組の夫婦と僕が暮らすことになった。女の人がみんなで料理をした。当番を決めていたけどね。その家では、それがうまくいっていた。その家の七人のうち、僕ら兄弟二人だけがセルビア人だ。十二月二十五日は、カトリックのクリスマスも祝ったよ。トランプも一緒にやった。兄たちは、その後も一緒に商売を続けた。戦場から遠い村で、魚を売った。

だが、すべては、セルビア正教の降誕祭前夜、つまり一月六日に終わった。奥さんたちは、みんなで夕食のためにご馳走を準備した。夜の八時ころに、武装したクロアチア人が僕らの家を包囲して、地下室に行くように命じ、家を壊すと言ったのだ。その声から、クロアチア人は、近所の人間だとわかった。そして彼らは、戦車に打ち込むような迫撃砲を三回、家の二階に打ち込んだ。そして去って行った。これは、ただ警告だった。彼らは僕たちを追い出したかったのだ。

その夜、みんなで寝たが、上の階は壊されていた。僕たち七人は、一緒の部屋で眠ったのだ。次の夜、二組の夫婦は、それぞれ自分の家に帰って行った。兄夫妻は、町の中心にある妻の母の家に逃れた。兄は、しばらくして、ボスニア経由でセルビアへ向かった。兄の妻は町に残り、どこへも行かなかった。兄は、十五日後、ベオグラードに着いた。彼らの娘のナターシャは、一足先に、僕たちの両親と一緒に町を去っていた。

あの警告の後、兄の家は破壊された。家の土台まで、完璧に破壊されたのだ。その後、同じ地区で九十軒のセルビアの家が破壊された。それは一九九二年の一月から二月にかけてのことだ。兄はいい店を持っていたから、兄の家にいる間は、ほんとうに最高のご馳走だった。冷凍庫は食料でいっぱいだった。魚と野獣の肉……。そして、僕はザグレブ市へ移った。

薔薇の花

僕は、その後、ザグレブから近くの町のジャコボ（Ðakovo）へ移り、部屋を見つけた。ビンコブツィでは戦闘が激しくなっていた。ジャコボはクロアチア人の町で、カトリックの地域だったけど、比較的、静かだったのだ。一九九二年一月から学校の授業が再開した。そこで僕は、クロアチア文学を教えている同僚の義母のところで、下宿することにしたのだ。同僚の義母の名はルージャ。薔薇の花という名前さ。

ルージャさんは寡婦で六十七歳、一人は不用心だから、誰かが一緒に住んでくれるのを心待ちにしていた。彼女は料理をしてくれた。彼女は、料理上手で有名だった。若い時、ストリジボイナ村（Strižvojna）で、鉄道に勤務している職員のために料理をしていたのだ。

僕がルージャさんの家に着いた日、まず昼ごはんをご馳走してくれた。翌日の朝は、朝食。朝食はとらない、コーヒーを飲むだけだ、と言ったのだけどね。僕は、そのころ、午前だけの授業だった。家に帰るのは午後一時から二時の間だったが、いつも昼ごはんが待っていた。正真正銘のスラボニア風の郷土料理、まず豚肉料理、脂ののった肉だ。それから、一週間に一度は必ず豆スープ。豚肉入りのキャベツの煮込み、牛肉のステーキとマッシュポテト。パンは買ったことがない。自分で焼いていた。一週間に一度、大きな丸いパンを三つか四つ焼く。彼女は薪の竈で料理をした。僕は薪割りをした。日曜日はご馳走だった。

毎朝、毎晩、彼女は教会に出かけた。六十七歳、夫は戦争の前に亡くなっていた。一九七〇年ころに亡くなったということだ。息子が一人いた。彼女はとても信心深い人で、とても誠実な人だった。そのお嫁さんが僕と一緒に働いていたと言ったね。クロアチア語とクロアチア文学の先生だった。彼女がルージャさんのところに連れていってくれたのさ。ルージャさんは第二次世界大戦を生き延びた人で、僕のことを、じきに、自分の息子のように受け入れてくれた。僕のことを「私の息子」と呼んでくれた。彼女がいなかったら、僕はどうなっていただろうか。彼女が僕の命を守ってくれた。彼女がいなかったら、僕はどうなっていたか、誰にもわからない。

日曜日ごとの昼食は、本格的なご馳走だった。お手製のヌードルを入れたスープ。肉を煮て、イタリアン・パセリとトマトのソースを添えたもの。次は肉のソテーとか肉詰めピーマンとかサルマとか、季節のメイン・ディッシュが出る。旬野菜のサラダ、冬はザワークラウト。神様にお祈りを捧げて、食事が始まる。

息子さんは、七キロメートル離れた村に住んでいた。ストリジボイナ村だ。息子には二人の大きな子供がいた。ルージャさんは、姉から受け継いだ家に住んでいた。いつも彼女は、誰かがやって来て、一緒に食事をするのを心待ちにしていた。一人暮らしの彼女は一人で食事をしていたからだ。息子さんはね、毎日、やって来た。ジャコボの町で働いていたからね、お母さんのところに来るのが日課だった。孫たちも来て、ちょっと顔を出すという感じだった。一人きりで食事をするとは、恐ろしいことだよ。日曜日ごとに、ルージャさんは菓子パンを焼いていた。ケーキは一度も作らなかったけど、それは糖尿病のためだ。ごはんの前には、息子の自家製のラキアが出てきた。最高の火酒、プラム・ブランディーだ。

ルージャさんの家に七年間近く住んだ。一九九二年から一九九八年までだ。妻のベスナと息子のレナートが難民生活を終え、ビンコブツィに戻ってきたのは一九九二年の七月、それから一週間のうち四日間はビンコブツィ、三日間はルージャさんのとこで暮らした。ルージャさんの家は、僕のもう一つの家だったのだ。

実はね、妻のベスナは、別の男を見つけた。戦争は、問題をもたらしたのだ。その男はザグレブで最も有名な法律家、憲法裁判所の判事だった。夫婦の危機が続くあいだ、ベスナは何も料理をしないで、電話で食べ物を注文していた。ピザとかね。彼女は会社の秘書を続けていた。彼女と息子は、八か月、難民生活をしたことになる。一九九一年の十月から翌年の七月までね。息子は三歳になっていた。結婚生活が壊れていく。僕は打撃を受けた。結婚生活が壊れたなら、ベオグラードへ行こう、と僕は考えた。

ルージャさんはね、「行かないで」と言って、なんとか僕を救おうとしてくれた。「ここにお残りなさい、私が生きているかぎり」ってね。こんなに誠実な人は、めったに会ったことがないなあ。すべての人のために祈っていた。何時間も祈っていた。彼女は、文字は書けたけど、学校を途中でやめなくてはならなかったのをいつも悔いていた。彼女の家は、村の知識人の家庭だった。彼女の姉の夫は画家で、お姉さんは小学校の先生だった。

一九九八年に、僕は正式に離婚した。元妻と息子はフラットに残った。両親に電話をかけて、離婚したと告げると、それなら私たちのとこに来なさいと言ってくれた。僕の人生は、まるで映画だ。一九九八年十二月二十日、列車に乗って、ビンコブツィを後にした。父がちょうどベオグラードから年金を受け取りに来たので一緒だった。トランクと鞄が三つ。ぼろきれみたいな衣類、書類、英語の本が数冊。*Ancient tales of Chine* とか、*Folklore of Japan* とか、*Chine and Japan* などの書物。オックスフォード版だ。他に、宗教心理学の本。*The Psycology of Religion* とかもあったな。仏教の本もあった。音楽のカセットとレコードは息子に残してきた。

正午、列車は、スラボンスキー・ブロッドを出た。僕の親父は、ビンコブツィから乗ってきた。その日の朝、お別れの挨拶に、ルージャさんのところに行くと、彼女はひどく泣き出した。「私は独りで残るのね、どんなに長いこと独りになるのか誰にもわからないくらい」ってね。七年も僕たちは一緒だったのだからね。「行かないで」と、ルージャさん泣き続けた。そして僕たちはしっかりと抱き合った。雪……。寒かった。こうしてジャコボからスラボンスキー・ブロッドまでバスに乗り、ボサンスキー・ブロッド駅へ向かい、正午発の列車に乗り、旅が始まった。

食べ物だって……。食べ物なんてどうでもよかった。親父と僕は、ベオグラードに着いた。僕はスターラ・パゾバの両親の家に身を寄せた。ベオグラードの近郊の町だ。兄は一九九二年に難民になった。兄嫁もやって来た。今は、スルチン区に家を建てて住んでいる。ベオグラード空港のすぐそばだ。

そうだ、こんなことがあった。僕は、公式的には、一九九二年の六月二十日に殺されたことになっていた時期がある。そのころ、ジャコボの周辺に戒厳令が出ていた。その日の午後、僕は近所の家にコーヒーを飲みにいったらね、その家の息子が町まで出ようぜ、と言った。夜の七時か八時だった。ジャコボの町まで歩いていき、喫茶店を回った。かなり遅くなって、彼が家に戻っていったのは深夜だった。僕は町に残って、夜明けまで喫茶店で時間をつぶした。最終バスが出てしまったからだ。翌朝、家にもどると、ルージャおばさんは怯えている。僕は、そのまま学校に出勤した。

その二日後、兄嫁がビンコブツィから、僕の学校に電話をかけてきた。朝の八時から九時まで、二十回は電話をしたということだ。僕は事務室に呼ばれた。だって二十回も電話があったのだからね。彼女は僕が無事かどうか、心配して電話してきたのだった。

実は、あの翌朝は、カトリックの司祭が、ジャコボから車に乗せてくれた。司教は、「さあ、コーヒーでも飲もう」と言う。僕は、「学校の仕事があるから」と言うと、司祭は「そんなこと、かもうものか」と言ったけどね。そういうわけで、その朝は、司祭に送ってもらって帰ってきたのだった。

事務室で、兄嫁からの電話に出た。「あんた、生きているのね。今日の午後、こっちにいらっしゃい」と言う。仕事のあと、ビンコブツィの兄嫁のところに行った。すると「町中の人が、あんたが殺されたって言っているわ」と言う。こっちは、何のことかわからない。「いったい、何のことだい。僕は、あさって、ベオグラードに行くからね」と答えた。

一か月後、ビンコブツィに戻ると、喫茶店で、学校時代の仲間が、僕に殴りかかってきた。彼は怒っていたよ。おまえ、ふざけんなよってね。その日に、僕が殺されたと公表されたのだ。みんな泣いたという。生きている僕を見て、大喜びしてくれたのだ。僕だけ何のことかわからなかったわけだ。

それから五年後のある日、この出来事をルージャおばさんに話すと、おばさんは言った。「何をするのにも、よく気を付けるのよと、私が言っていたこと、覚えているかしら。一九九二年のあの日のこと、今も思い出すわ。あの晩、あなたが近所の息子さんとどこかに行ったときのことよ。あなたは、次の日の朝になって帰ってきたでしょ。実はね、その晩、武装した三人組がやって来てね、あなたは家に居るかって聞くのよ。そして、三人は、あなたを消すためにやってきたと言ったの……」。ルージャおばさんは、「殺さないでください、彼はとっても善い人なのですから」と彼らに言った。それから、三人組は去って行った。「あなたのことをスラボンスキー・ブロッドに探しに行ったようだったわ」とおばさんは言った。三人は制服を着ていた。HOSと呼ばれる「クロアチア防衛隊」、つまり「クロアチア正義党」の連中だ。それから彼らは、僕の名前のもとに誰かを殺したらしい。僕の死亡通知は、スラボンスキー・ブロッドから公式に送付されてきて、「ブロッドにて死亡」と書かれていた。区役所で当直だった者は、僕が殺されたという通知を受けた。いろんなことが重なって、僕は「殺された」ことになったわけだね。あのころは殺戮するべき人間の名簿があった。誰が誰を殺したのかわからない。一九九二年には、ブロッドにも国連が駐在していたから、そこにも報告があるはずだろうね。

最後に、食べ物についてねえ。食べもののことについて、考えたことはなかったな。美味しいものを食べるのは好きだよ。まずはサラダ。野菜と果物。大好物はチーズだ。肉ではね、牛肉。

追記

ダルコに、聞き書きをさせてほしいと頼むと、快く引き受けてくれた。きっかけは、我が家の団地のレストランで、ダルコと今の妻のドブリラと、私たち夫婦で夕食を楽しみ、話をしているうちに戦争の話になったこと。二〇一五年、五月九日土曜日の夜、ダルコ夫妻の家を訪ねた。この日は、大きなガラスのボールにいっぱいミックス・サラダ、大きな白い皿には鶏肉を焼いた料理が美しかった。醤油とワインにつけておいた鶏肉の白身をサイコロに切って、フライパンでさっと焼いた男性的な一皿だ。ワインは白。

ダルコは、天然パーマの長髪に革ジャン姿。どうしてもパンクかロックの歌手にしか見えない。しかし、深い思索、穏やかでユーモアのある彼に魅了されてしまう。勤務先の高校の教頭、ドブリラと結婚。私は結婚の保証人、つまりクーマ（kuma）である。生徒の立場でものを考えるドブリラに彼は恋をした。彼女も独身生活に終止符を打つ。厳しい時代の話を語っているのに、落ち着いて話し、柔らかな微笑みが絶えなかった。先祖代々、戦争に脅かされてきた家族の震えが、話の中にも流れていた。話の順序が前後したり、途中、記憶の流れが変わったり……。それは、そのまま残した。ダルコ一家の歴史は、ユーゴスラビアの歴史でもある。戦後、ユーゴスラビアは、ソ連のコミンフォルムと袂を分かち、独自の社会主義路線をとる。東欧のなかでも、ずっと自由な国であったことは、この路線に関係している。しかし、この路線がとられた一九四六年から数年の間、ダルコの父のように、ソ連派とみられた人々やその家族の立場は悪くなった。次にダルコの家族に影を落とすのは、マスポックというクロアチアの大衆運動。この運動は、連邦制度に反対、クロアチア語、クロアチア文化の独自性を強調し、セルビア人排斥の気分を高めた。クロアチアに住むセルビア人にとっては辛い時代だったが、「クロアチアの春」と呼ばれている。

パンと牛乳

リュビツァ・ミリチェビッチ

一九五一年生まれ。サラエボ大学文学部社会学科卒業。難民支援団体「ずどらぼ・だ・すて」のメンバーとして活動していた。ゼニツァ市（Zenica）に夫と二人の子供と暮らしていたが、内戦が始まると、難民となってプリェドル市（Prijedor）に移り住み、小学校勤務を経て市の福祉事務所で社会福祉士として勤務した。バニャ・ルカ市に住む。二〇一七年に退職。内戦時代からの親友。二〇一五年八月五日から八日にかけて、バニャ・ルカ市の彼女の自宅で話を聴き、ノートをとりながら録音、後に翻訳。

父母の戦争時代

私の父は、ヘルツェゴビナの貧しい家に生まれました。父の村はポドグラニ（Podgrani）、モスタル市（Mostar）の近くです。今は、その村には誰も住んでいません。この内戦で村人は一人残らず死にました。第二次世界大戦のときは、父の父親と二人の兄弟が亡くなりました。父方の祖母のヨバンカはね、とても気丈夫な人でした。五人の子供を女手一つで育てました。夫の兄と兄嫁も殺されてしまったので、その四人の子供も育てあげました。

父は長男でしたが、第二次世界大戦が終わると、トゥズラ市（Tuzla）の営林学校に通い、卒業しました。学校に通うかたわら、軍隊のトラックの車輪のゴムを買い取る仕事のほかに、巻煙草の紙を買い取る仕事をして暮らしていました。ヨバンカお祖母ちゃんは、煙草の葉を栽培していたの。父の生まれた村ではね、羊の皮で靴を作る人たちがいました。オプトニャーシ（靴屋）と呼ばれていた人たちです。父は古タイヤのゴムを買い取って、それを靴の材料にする。うふふふ、これは父のちょっとしたビジネスになりましたよ。父は真面目な人でね、お酒を飲んだこともないくらい。働き者でした。

母はリカ地方の生まれ、専業主婦でした。父の給料一つで、私たちは暮らしていました。でも、母は何にもないところから、すべてのものを作り出すことのできる人でした。お料理も上手でした。

父は、学校を卒業すると、ビハッチ市（Bihać）の営林所に勤め、そして結婚しました。当時、第二次世界大戦が終わったばかり、かつてないほどの飢餓。人々は飢えていた。そして貧しかった。私が生まれたのは一九五一年、まさに飢餓の年。私の下に、弟と妹が生まれました。家には、おむつがたった二組だけ。一組を洗うと、薪のレンジにかざして乾かすのでした。

父の故郷はヘルツェゴビナの村です。そこは、たくさん洞窟があるのですが、第二次世界大戦中は、多くの村人たちが穴に投げ込まれて殺されました。モスタルのウスタシャに殺されたのです。でもね、社会主義の時代には、この思い出は封じられていました。一九九〇年、祖母が亡くなると、モスタル市の近くのポトツィ村（Potoci）に葬られましたがね、そのとき初めて、第二次世界大戦中に行方不明となって、遺骨の見つからない人々の名前まで、犠牲者の名が石に刻まれました。

リカ地方では、トウモロコシの粉からジガンツィ（žiganci）という食べ物を作ります。乳牛のチーズ、または山羊のチーズがあればもっといい。プレシナッツ（prešinac）と呼ばれる食べ物もあった、まず小麦粉、水、油少々、塩少々をこねて、浅いバッドに生地を広げます。テーブルにテーブルクロスを広げるようにね。卵三個、生チーズ少々、カイマック（生クリームの一種）、クリームチーズ、トウモロコシの粉を大匙に何杯か入れて混ぜる。それを生地で包んで焼く。素朴な食べ物ですよ。

第二次世界大戦が終わると、多民族国家ユーゴスラビア社会主義連邦共和国が建国されました。リカ地方の住民たちには、国家の命令が下されてね、家も畑も森も捨てさせられて、貨物車に乗せられ、何日もかかってセルビアの北部、ボイボディナ自治州に移住させられました。一九四六年のことでした。その当時、パルチザンは、ボイボディナから、土地のドイツ人、つまりフォルクスドイチェルを追放しました。そして空き家となった家に、軍政国境地帯であるクライナ地方の人々を移住させたのでした。

クライナ地方と呼ばれる地域は、カルスト地帯。不毛の地で、貧しい土地です。そこから穀倉地帯のボイボディナへ移住させるという政策ですから、ある意味では豊かな土地が与えられたということなのです。でも、移住させられた人によっては、穀倉地帯はカルチャーショックだった。岩だらけの貧しいリカ地方からやってきて、突然、豊かな家に住むことになった。自分たちのとはまったく違う家具、まったく違う植物、農具……。すべてが豊かだったけど、そこに移された父たちは幸せではなかったと聞きました。

母方の祖父母も移住させられましたが、やはりこの集団移住に耐えられませんでした。数年の後、ビハッチの近くの故郷の村に帰り、祖父はそこで死にました。一度もお酒を飲んだことのない人だったけど、移住したボイボディナの村で肝硬変になった。祖父はね、ボイボディナの水が悪いせいだから、故郷に帰って泉の水を飲んだら治ると思ったのでした……。そう、ボイボディナ地方の水質が悪いのは、知っているわよね。

母方の祖父はラーデ、祖母はストーヤ。母は五人兄弟。一番目の兄ニコラ、二番目の兄ジューロ、姉のビーダ、そして私の母マリア、そして妹ジューヤ。家族の集団移住は、一九四六年のこと。ラーデお祖父ちゃんが故郷のビハッチに近くの村に戻ったのは、一九五一年。その二年後の一九五三年に亡くなったことになる。母方の祖父はね、パルチザンでね、戦前からの共産党員だったの。長男ニコラは、パルチザンの激戦地として有名なスティエスカの戦いで戦死しました。ボスニアの山岳部、ナチスドイツとパルチザンの戦いの地です。

そう、食べ物のことについて話すのだったわね。食べ物とは、ただ食するもののことではないと思うの。食べ物とはね、思い出のこと。料理とは、甦りのことなの。そうでしょ。さあ、お昼ごはんの支度をしましょう。見ていてね。

ジャガイモを、レンダ（おろし器の一種）で粗くおろす。玉ねぎを二個、みじん切りにする。ニンニクとトマトもみじん切り。それを、ヘタをとったパプリカに詰めて、オーブンで焼く。美味しいわよ。夏のご馳走。熱々を食べても、冷やして食べてもいいのよ。

＊

二日目の朝、リュビツァの夏の花々に埋もれたバルコニーで。ときおり蜜蜂がやって来る。コーヒーを入れて、長い話が始まった。彼女が私に難民体験を語るのは、初めてのこと。長い詩のように話は続く。

＊

あのころの私は、ゼニツァ市（Zenica）の病院の精神科に勤務していた。午後一時ころに仕事が終わる。職場は我が家から遠くなかった。夫のスレテンが帰るのは、午後四時ころ。彼が戻ってくるまでには、家の片づけも終わり、食事の支度も終わっている。私たちは一緒に食事をして、そのあとはおしゃべりをして、お皿を洗ったあと、何時間もゆったりと過ごすのが日課だったわ。

その日、どんなことがあったかをスレテンは私に必ず話してくれた。スレテンは、製鉄所に勤めていましたが、どんなに大きな機械が壊れたか、どのようにして溶けた鉄を流し込むか、職場ではどんな人が頼りになるか、どんな人に騙されそうになったかなど、仕事のことすべてを話してくれた。二人の子供は、大きなテラスで遊んでいる。そこにはね、春になるとチューリップとヒヤシンスが花を咲かせたわ。

難民となってから、何度も繰り返してみる夢があるの。春一番、チューリップの季節に、コンクリートがドロドロとどこからかあふれだして、チューリップが芽を吹くことができないという夢なの。たしかに、私たちが花を植えたテラス……。

もう一つ、何度も見る夢がある。スレテンが亡くなってから見る夢。どこか、私たちは緑の丘に居る。アイルランドかどこかの緑の丘。でも、私たちが難民となった日の情景に重なっている……。ゼニツァの町から逃れると、緑の丘が現れて、二人の男がスレテンと手を繋いでいる。二人とも善い人で、スレテンは穏かにしている。私は丘の上まで駆けようとする。子供が絵に描くような丘で、その先にはなにも無い。するとスレテンが振り返り、この先へまだ君は来てはいけないよ、と言うの。スレテンを失ってしまったこと、彼が先に逝ってしまったことと、この夢は関係があるのにちがいないわ。彼はね、たった五十七歳だった。あまりにも早く亡くなってしまって……。


あのころの私はね、若くって、主婦としてもなかなかの働き者だったわ。家族のためにたくさん料理した。最初の家は、間借りで、部屋はたった一つ。風呂場もトイレも台所も共同で小さな電気コンロがあるだけ、まったく設備の悪い家だったけど、我が家には一万人もの友だちが訪ねて来たわ。ふふふっ。その小さな家に住んだのは、二年足らずだったけど。

当時は、社会主義時代だったでしょう。スレテンの会社から、集合住宅のフラットをもらいました。私たちが結婚したのは一九七六年、一九七八年にフラットに引っ越したの。大きな集合住宅の十階だった。スレテンは、会社から三つの住居から一つを選べと言われたの。私たちは、最初にこの十階のフラットを見に行った。スレテンは、他も見ようかと言ったのだけど、いいえ、ここにしましょうと、私は言いました。とても気に入ったの。その家をもらってから一か月後、長男が生まれました。あの当時は、社会で重要な仕事をする人たちに配慮があった良き時代だったわね。

自分の家があること、それはなんという幸せかしら。たくさん料理をしたわ。いろいろな料理。母の古い料理手帖の表紙は、脂じみていて年季が入っていた。そこに書かれていた料理をよく作ったわ。そのノートは難民となった日に、ゼニツァの町に置いてきてしまった。今は、新しい料理手帖が二冊になったけど……。夫のスレテンは台所に入ることのない人だったけど、家の中の電気の修理とか大工仕事などはやってくれたから、夫婦分業だったわ。

本当に、よく私は料理したものよ。我が家の料理はね、父方のヘルツェゴビナ地方の料理と母方のコンチネンタル風の料理が合わさったものでした。ヘルツェゴビナの料理は、煮込みや魚料理などが多く、トルコの料理の影響が強いものです。ラシタン（raštan）と呼ばれるカラシ菜の一種の葉でつつんだひき肉料理、葡萄の葉でつつんだサルマなどは、父方の郷土料理だった。

母は、内陸の町、ビハッチ生まれでしょ。魚は食べない地方で、鶏肉など肉が中心です。父と母はね、料理だけではなく、性格もまったく違ったの。父は東ヘルツェゴビナ地方の出身ですが、その土地の人たちは善人だとよく言われます。岩だらけの厳しい自然は、人間からもっとも良いものを引き出すのでしょう。岩だらけの土地、ほとんど水のないところでは、どんな作物を育てるのにも大変な努力が必要な土地なのです。

ゼニツァにお話を戻すわね。私たちが住んでいた集合住宅の前には、小川が流れていた。バビナ・レカという小川だった。おばあちゃんの川という意味ね。戦争のあと、今ではネーニナ・レカと名前がムスリム風に変わってしまったけど。長男のネーシャは、その小川に自転車で突っ込むのが大好きでした。深い川ではなく、五十センチくらいでしたけどね。もちろん、いつもおしりを叩かれていましたよ。はっはっは。私たちのフラットの居間は、大きなテラスに続いていました。テラスは、十五平米はあったわ。

私はお花を育てるのが大好き。テラスにはね、色とりどりの千種類もの花が、咲きほこっていた。お隣さんにエディタというクロアチア人の女性がいて、夫はセルビア人だった。彼女と私は、とても仲良しだったの。彼女は私たちのテラスを見て、こんなことを言った。あなたたちからフラットを奪おうと考える人がいるのは当然ね、こんなに美しい花が咲くテラスがあるのですもの、と。フラットは大きくて、百三十平米もあったの。最上階だったから、ゆったりしていた。フラットのなかに階段があって、二階に分かれていて、まるで一軒家みたいだったわ。

あれは、一九九二年七月のこと。ウスタシャがやってきた。夜中の二時ころ。ドアを激しく叩く音がする。寝巻姿でドアを開けると、三人のウスタシャが立っていた。本物のウスタシャだったわ。坊主のように髪の毛を剃りあげ、毛髪でウスタシャのマーク、Uの文字だけを浮かび上がらせている。カヨ、そのときね、私たちの犬が激しく吠えはじめたの。三人とも頭からつま先まですっかり武装していた。男三人は、家に武器はないかと訊いた。実はね、夫のスレテンは、内戦前からゼニツァ市製鉄所の市民軍総司令官だったの。旧ユーゴスラビアには、非常時に備えて、軍隊のほかに、人民軍という組織があったの。男性は、人民軍の組織に登録されていたでしょ。工員は約二千名。それで我が家には、ピストルがあったの。三人の男たちに、ピストルと所持証明書を見せると、すぐにピストルは取り上げられた。

犬は吠え続ける。三人のうち一人がナイフを出して、このうるさい犬の首をかき切るぞと脅すので、とんでもない、と私は言って、犬を入り口の横の小さなトイレに閉じ込めた。玄関口にね、小さなトイレがあったのよ。犬は恐怖のあまり、ドアをひっかき続けて、ペンキがすっかり禿げてしまったほどだったわ。

こうした男たちがセルビア人の家に入りこむときに、お決まりになっていたことがあった。それはコカルダと呼ばれる民族主義者のマークなど、セルビア民族主義に関係のあるものを彼らがこっそり持ち込んで、まるでセルビア人の家から見つかったことにして、この家族はチェトニックに関係があると当局に訴えるの。三人のうち一人は、とても狂暴で、我が家を歩き回り、戸棚や引き出しを乱暴に開けていくので、私も彼の後をついて見張りました。すでに、そんな目にあった家族の話を聞いていたから。二人の子供たちは、上の階で眠っていた。子供たちには、もし家宅捜査があったら、こっそりこの部屋から出て、すぐ下の小さな屋根の上に隠れなさいと言っていました。でも子供たちは起きなかった。次の朝になって知ったのだけど、私たちの家の周りを武装した男たちが伏せるようにして包囲していた。もし子供たちが窓を開けて外に出たりしていたら大変なことだった。

どれほど長いこと続いたでしょう。スレテンもパジャマ姿で、まるで葦のようにぶるぶる震えていました。もともと彼は痩せていて感じやすい人だし。そのとき私は、男の暴力に立ち向かうためには、女である私のほうに力が備わっていると感じたの。なにか私は流れを変えることができると感じたの。三人のうち、一番狂暴なのはブルーノという名前だった。そのうちで柔和な顔つきの一人が、あなたに、どこかでお会いしたことがあるな、と言ったの。私が、精神科で働いていると言うと、ああ、母がお世話になっていたから、そっちに行ったことがあります、と言うので、顔見知りだとわかったの。それが功を奏したのか、しばらくしたら、その男がみんなに、もういいよ、これで終わりだぜと言って、三人は出て行った。どれほどの時間が過ぎていたのでしょう。私たちにとっては、永遠に思われた。

夜が明けると、家族で集まりました。また同じ集合住宅のセルビア人の家族の人たちとも連絡を取り合いました。やはり彼らの家にも男たちが入ってきたのでした。そして私たちは町を出る決心をした。そのころすでに、セルビア系の家族はほとんどゼニツァの町を出ていました。日ごとに、状況は悪くなる一方で安全が確保できなくなっていたからです。私たちの電話も切られてしまいました。セルビア人だから敵だ、敵に連絡をとる危険性があるということです。

スレテンには友達がいました。ジェリコ・ブドノビッチ、クロアチア人でした。戦争が始まるとね、クロアチア人の友達はそのまま変わらずに友達でいたけど、ムスリム系の友達は、みんなすぐに距離を置くようになりました。もしかして私たちも距離を置いたのかもしれない、それはよくわかりませんが。ジェリコはね、電話局に行きました。そのとき局長は仕事が終わって帰っており、別の人でした。ジェリコの知り合いのサンジャック地方の人です。過激なムスリム系の住民の多い地域です。僕の友人たちの電話をふたたび繋ぐまで、この部屋から出て行かないぞ、とジェリコは彼に言ったのです。ジェリコのおかげで、私たちはみな数日後に電話が通じた。戦争は四月に始まりましたが、電話が切られたのは七月でした。

ゼニツァの町から、まずセルビア系の家族が、命がけで出ていきました。とくに社会的に高い地位にあったセルビア系の人たちは狙われていましたから。スレテンは製鉄所の市民軍の司令官でしたし、製鉄所の軍需部門の最高責任者だったのです。軍艦とか大砲などを製造する部門です。スレテンの最後の出張は、たしか四月か五月、戦争が始まったばかりのころ。西ヘルツェゴビナを通っていったのですが、そのあたりには「黒シャツ」たちがたくさん歩いていました。乾かした本物の骸骨をペンダントにして首から下げている者もいたそうです。そう、第二次世界大戦中のウスタシャの姿と同じなのです。スレテンは、出張から帰ると、これは悪いことになりそうだな、と言った。出張先のクロアチアの海岸の町、スプリット市（Split）では、数キロのコーヒーと数キロの粉末クリームをお土産にもらってきました。私たちがパンもまともに買えない状況だったのに、なのよ。大変なことになると思いました。

私は精神科で働いていていましたが、免職にならないままでいた。でも大変なことは何度もあった。ユーゴスラビア軍の攻撃のあと、一九九二年の七月か八月だったと思うけど。ユーゴスラビア軍といっても、そのころは国家解体に反対するセルビア人が中心でしたがね。その朝、あるムスリム系の看護師さんがね、その人はもともと冷たい人でしたけど、私たちセルビア系の職員に、ひどい言葉を浴びせかけたのでした。そのあと、精神科の医局長のモハメド・シェスティッチ先生が、私たち全員を呼び集めて言いました。「今朝、起こったようなことは、私がここにいる限り、二度とあってはならない」と。先生はムスリム系でしたが、公平な素晴らしい人でした。それから看護師長のアヌシャさんのことも思い出すわ。彼女も私と同じように難民として町を去る決心をして、シェスティッチ先生にそれを伝えました。すると先生は、ああ、あなたがいなくなったら、誰が喜びをみんなに与えてくれるというのかね、と言った。彼女の病棟は、大変な患者さんでいっぱいでしたが、彼女は毎朝、喜びと微笑を、みんなに届けていたのです。

私の頭の中で、戦争ということが終わったのは、一九九九年、下の娘のボヤナと二人でゼニツァを久しぶりに訪ねたときのことでした。町は変わり果てていた。その時は、今のコソボと同じように、国連軍のバスでしか移動できない時代でした。家族で難民となってゼニツァを離れたのは一九九二年の十一月です。

難民となった私たちは、私の両親の住むプリェドル市に住みはじめました。スレテンはしばらくポーランドの製糖工場の建設関係の仕事をしていましたが、ユーゴスラビア（セルビアとモンテネグロ）が国連の経済・文化制裁にあって、建設関係の仕事はなくなりました。それにしてもスレテンが軍隊に動員されなかったのは奇跡でした。彼は四十五歳、一九四七年生まれです。カヨさん、難民として移動している間にも動員されなかったの、それは奇跡だといっていいわ。ムスリム人の地域からクロアチア人の地域へと移動し、最後にセルビア人地域に移動したのだもの。どこの軍隊からも動員される危険はあった。

どうやって難民になったかお話するわ。その秋、どうやってこの町を出て行こうか、私たちは考えはじめました。私たちのフラットの予備の鍵をまず、仲良しのイェラおばさんに渡しました。それは素晴らしい人だった。そう、クロアチア人の女性で私たちの長男のネーシャを預かってくれていた人です。少しずつ、こまごまとしたものを袋に入れて、彼女の家に運びました。そのころは、何か大きなものを家から運び出すのは危険になっていた。そんなことをすれば、誰かが尾行してきます。命に係わるくらいに危険だった。

何が一番、手放すのが辛かったかというと、手紙を入れていた大きな箱でした。百通以上ありました。スレテンがユーゴスラビア時代、徴兵で軍隊に行っていたとき、私はまだ学生でした。彼は、毎日、一通、私に手紙をくれました。私の村には、郵便屋さんが一週間に二回来ましたから、毎回、三通の手紙が届きました。それを日付の順番に紐で束ねて箱に入れて大切にしていたの。もし誰かがやって来て、この手紙を見つけるなんて、考えるだけでぞっとしました。カヨさん、私ね、自分の手で、手紙を全部、処分したの。スレテンの人生が、消されてしまった……。

ゼニツァの町に残っていたセルビア人の家族も少なくなり、毎日、誰かが、なんとか方法を見つけて町から逃げ出して行きました。それは、シリアやアフガニスタンから逃げていく人たちと同じ道なのです。カヨさん、同じお話なのよ。家族にとって暮らしが安全でなくなったら、命を守るために逃げていかなくてはならないの。だれでも家族の命の安全のためには、最後の一銭まではたいても惜しくないものでしょう。

ラジオのニュースは、毎日、何人の人が殺されたか、どんな事件が起こったか伝えていました。本当の状況を伝えていることもあったけど、メディアは心理戦争の一つで、人々に圧力をかける手段でもありました。

恐怖感がメディアから生み出されていった。私は、死ななくてはならないのなら、ここで、子供たちも一緒に死のうと思いはじめました。スレテンは、私よりも現実的で、どうやったら家族でここから脱出できるか、方法を見つけようとしていた。私たちが出ていくことは、誰にも知られてはいけません。けれども私たちは、こっそり逃げ出しはしませんでした。町のクロアチア軍の司令官が私たちのところに来ました。彼はクロアチア軍の中でも高い地位にありました。彼の車に、私とネーシャとボヤナと犬が乗り込みました。そう、チビ犬のロディーよ。あなたも見たことがあったでしょ、あのチビ犬。

何を持ち出したかというと、十一月だったから冬服ね。私は自慢のイタリアのブーツを履いて、まるでスキーに行くみたいだった。あのころの私、今より体重は二十五キロも少なかったしね、ズボンをはいて、手編みのセーターを着て、紫のアノラックを着ていた。子供たちもみんな暖かな洋服を着て。私はね、襟元にはとってもお気に入りの美しい絹のスカーフを巻いたの。チビ犬はね、自動車がまったくだめで、車酔いがひどくて何もかも吐いてしまった。私は、スカーフで汚物を拭きとりました。スカーフは、窓から捨てた。これを思い出すたびに娘のボヤナは、スカーフがもったいなかったわね、と言うの。ふふふっ。

三年半住んでいて、すっかりきれいに家具もそろえた私たちのフラットを後にすることになった。娘のボヤナは、自分の部屋に鍵をかけると、部屋の鍵を持って家を出ました。スレテンの製鉄所の社長はクロアチア人でね、社長がクロアチア人の関係者に頼んで、私たちの脱出の準備をしてくれた。スレテンは我が家の自家用車ラーダ、あのソ連製で東欧の庶民に人気の車に乗って、そこにもう一人のクロアチア軍の司令官と社長が一緒に乗り込みました。車はトランクの検査なしで通過、クロアチア軍の司令官が一緒だったから。

クロアチア人の社長はペーラさんと言ってね、スレテンと仲良しで、私たちと家族ぐるみの付き合いがあった。彼の奥さんはボスニアのドルバール市（Drvar）の出身で看護師さん、セルビア人だった。彼らはまだゼニツァから逃げ出すことは考えていなかった。その当時、クロアチア軍とムスリム軍は同盟関係にあったので、クロアチア系の人たちの地位は脅かされていなかったのです。クロアチア系の人たちが厳しい立場に置かれるのは、その同盟の破れた翌年の九十三年からだった。

私たちの車は、二つの検問所を通過しなくてはならなかった。ハリネズミと言われている鉄の大きな針みたいなものが置かれた場所よ。最初はムスリム軍の検問所だった。

持ち出したものは着替え、アルバム、私たち二人の大学の卒業証書、それから二千マルクの現金。ときに、お金がとても物を言うことがある。お金で命を買うことができることもある。その当時は、そんな時代だった。私たち夫婦は、無駄遣いは決してしなかった。浪費家ではなかった。生活の質は考えていましたよ。家族で海に行ったり、子供たちに必要なものは買ったりしたけど、少しずつお金は貯えていた。そうです、携えたものは、思い出を少しと、必要最小限の衣類だけ。ムスリムの検問所とクロアチアの検問所を、どちらも無事に通過した。ムスリム人たちには、内戦の初めから、戦争の問題では心を許せなかったわね。今もそうです。個人ではなく、集団としてね。

私たちが町を出ていくことを知っていた友達は、いろいろ食べ物を集めてくれた。クロアチア系の人たちには、内戦が始まってすぐに、カリタス（カトリック教会の人道援助団体）が教会を通して人道援助を組織していた。缶詰、カンパン、サラミソーセージなどをくれたのは、スネジャナ・ヨニッチさん。彼女はマケドニア人で、夫はクロアチア人だった。私たちの家には食べ物をたくさん入れた大きな箱があって、それは彼らの家に届けた。冷凍食品もすべてね。

それから仲良しのイェラおばさんと娘のズデンカがやって来た。彼女たちの家に、絵、絨毯、それから小さな家電を預けておくことにして、持って行ってもらった。それは、内戦が収まってから、新しい家に少しずつ送ってもらったわ。草花も大切に世話してくれた。ここにあるベンジャミンの樹はね、二メートルくらいもあったのだけど、内戦の間、枯れそうになっていたのが、また元気になった。イェラおばさんの家族が世話をしてくれて、内戦が終わったら、私たちの新しい家に送ってくれたの。

ゼニツァの町を後にして、最初に私たちは、ブソバッチャ（Busovača）というクロアチア系の村に着いた。五、六千人ほどの村でした。私たちはイビツァさんという方のお宅に泊めていただいた。イビツァさんの家族は、私たちを温かく迎えてくれた。これは社長のペーラさんの紹介だったけど、私も勤め先の病院でご家族に会ったことがあったから、顔見知りだった。このお宅に着くと、子供たちはね、ずっとこのお家に置いてもらってよと、せがんだわ。村はゼニツァから二十五キロくらいのところでした。子供たちは、ゼニツァに戻るなら、ここにいるのがいいと思ったのね。私たちは、二度とゼニツァには戻れないと思っていたけど。ちょうど豚をつぶす時節でね、イビツァさんの家でも自家製の豚肉のソーセージやチュバルツィ（čvarci 豚の皮をカリカリに焼いたもの）、ラードなどをたくさん作ったばかりだった。私たちもご馳走になった。イビツァさんのお宅には、一晩泊めていただいた。そう、このお宅はクロアチア人の家族だったの。

ブソバッチャ村にはね、ゼニツァから難民となって出て来たセルビア系の人々でいっぱいだった。クロアチア系とセルビア系の指導者たちが話し合って、この村はセルビア人の難民収容センターとなっていたから。ここからキャラバンを組んで、セルビア系の人々はキセリャック（Kiseljak）というやはりクロアチア系の村へ移動し、そこからセルビア人地域に入るのが避難のルートとなっていた。

翌朝、私たちを送ってくれたクロアチア軍の二人の司令官と製鉄所の社長のペーラさんは、ゼニツァに帰って行った。激しい雨が降っていて、すべてが泥だらけだった。彼らはね、私たちの荷物を車のトランクから運び出すと、「哀れなセルビア人が持ち出すのはこれで全部なのかい」、と言ったわ。ビニールの袋にはいったこまごまとしたものを見て、クロアチアの司令官は同情してくれた。私たちのトランクは、灰色だった。

私には、学生時代の親友リリヤナさんがいてね、彼女に電話で連絡をした。彼女は、イリジャというセルビア人地域に住んでいる。サラエボ市のはずれの保養地で、あなたも行ったことあるでしょ。私は彼女がいる場所に行けば、安心だと思ったのよ。ところが、そのために私たちは大きな危険を冒すことになった。みんながそっちに行ったら危ないよと注意してくれたのにね。そこまで行く道は、まさに前線で、激しい砲撃戦が続いていたのよ。セルビア軍とムスリム軍が激しい戦闘を続けている最中だった。車を走らせている間、絶えず激しく撃ちあう音が聞こえて、生きた心地がしなかったわ。

なんとかイリジャに着くと、テルマというホテルがあって、そこが難民センターとなっていて、ゼニツァから出てきたセルビア人を受け入れていた。私たちは、手入れの行き届かない薄汚れたホテルの一室に泊まることになった。私とボヤナが一つのベッドに寝ることになり、スレテンは車をもっと安全なところに駐車するというので外に出て行き、長男のネーシャは先に一人でもう一つのベッドに入った。

私が枕をどかすとね、枕の下から手りゅう弾が二つ出てきたの。カヨさん、私は死ぬほど恐ろしくてたまらなかった。スレテンが部屋に戻ってくると、私は二つの手りゅう弾をスレテンに見せた。スレテンは、武器のことを知っていたから、万一のこともあるし、持っていくことになったの。次の日、車に隠した。あの手りゅう弾が最後、どこに行ったのか思い出せない。誰も寝巻に着替えず、洋服のまま寝た。隣のベッドでネーシャは、ずっとずっと泣き続けた。

イリジャはとても大きな難民収容センターだった。それはセルビア人の自由な地域だった。ここに収容された人たちは、難民として登録しなくてはならない。その登録がまた欺きでもあった。戦闘の必要から、セルビア系の軍の兵士としてふたたび戦場に送られる人もあったから……。幸いにして、スレテンは戦闘に駆り出されることはなかった。

翌日、特別部隊の中に黒髪の優しい人がいてね、パーレ市（Pale）に行くと言うので、私たちは彼の車の後をついて行った。パーレはサラエボ近郊の町で、セルビア系の軍隊の司令部が置かれていた町だった。そこに行くまでは森の中の獣道で、自家用車がやっと通ることのできる、ひどい道だった。もし彼の車のあとをついて行くのでなかったら、どうなっていたかわからない。彼のおかげで無事に移動できた。スレテンの友人は、難民となってすぐ、軍に動員され、家族離散となったと聞いた。私たちはとても幸運だったわ。

その翌朝、難民センターで何を食べたかというと、色水といったほうがいいような薄いお茶とパンと大きなマーガリンの塊が出された。それでも、ほっとした。でも、息子のネーシャは泣き続けていた。救いのないような泣き声だった。私たちは色水のお茶を飲んでいた。

ゼニツァの町を出てから、最初の温かな食事をいただいたのは、長い道を走って、次の晩のこと。ドーニャ・スラティナ（Donja Slatina）という村のルージャおばさんの家に泊めていただいたとき。クロアチアの中のセルビア人居住地域はクライナ共和国としてなんとか機能していたから、私たちは安心だった。そこに行くまでは、車でカンパンなどを齧ったのだけど、誰も食欲はなかったわね。

その村についたのは夜。ずいぶん遅かった。九時か十時だったと思う。あたりでは激しい戦闘が続き、村にも数多く兵士たちがいた。車を走らせている間、ずっと砲撃戦の音が聞こえていた。その晩はね、あと少しで敵の陣地、ムスリム人の村に入ってしまうところだったのよ。ネーシャは直観の働く子なの。彼の直観が私たちの家族の命を救うことになった。「ねえ、パパ、ちょっと間違った道に入ったと思うよ」、って息子が言ったの。真っ暗な森の深い道を進んでいたのだけど、なんだか変だった。トラックも通らないし、信号も一切ない。ネーシャの直観で、私たちは危機一髪で助かったのだった。スレテンはすっかり動揺して、車の向きを変えた。軍の人たちが送ってくれたのはパーレまでで、あとは私たちだけで旅を続けていた。もしそのまま進んでいたら、敵の陣地でみんな殺されていたでしょう。

こうしてドーニャ・スラティナの村に入れた。村の人に、どうやってここに着いたか話すと、もうちょっとで敵の村に入ってしまうところだったね、危機一髪だったな、大変なことになるところだったね、と言っていた。村の人たちは親切で優しい人たちだった。四方から雷のように迫撃砲の音がとどろいていた。

私たちを泊めてくれたルージャおばさんは、六十歳くらい。この戦争で長男を失っていた。おばさんの家の竈にはね、薪が赤々と燃えていた。その村は、戦闘の最前線で、すぐ隣がムスリム軍の陣地だった。竈にはね、大きな鍋にたっぷり、搾りたての牛乳が沸かしてあった。その新鮮な牛乳を沸かした香りを、一生、忘れることができないわ。おばさんは、私たちを「夏の台所」と呼ばれる庭の家に泊めてくれた。手入れが行き届いて、清潔だった。まだ雪は降らず、外の家で過ごすことができた。

これが難民となって三日目の晩だった。ブソバッチャ村のイビツァさんの家、テルマというホテル、そしてこの村のルージャさんの家……。ルージャおばさんのご主人はね、スレテンに猟銃をくださった。ご家族の長男は戦死して、動員されていた次男はちょうど短い休暇をとっていた。

その晩はね、長男のネーシャのおかげで家族は救われた。おばさんは、パンと温かな牛乳で私たちをもてなしてくれた。パンはおばさんが焼いてくれたの。その夜は、当然のことながら、一睡もできなかった。あたりでは激しい戦闘が続き、絶えず撃ち合いの音が聞こえていた。どうなるかわからない不安。

それからスラティナの村から出て、車を走らせて、午後には私の両親の住むプリェドルの町に着いた。私の父はね、喜びのあまり、靴下のままで庭に駆け出てきて、私たちの無事を喜んでくれた。幸運の星に導かれていたといっていいわ。四日間の旅が終わったのだった。もっと長い時間をかけて旅をした人たちが多かったから、私たちは幸運だったと言うほかはない。

プリェドルの実家へ

自分の家を一度出てしまうと、実家といっても自分の家とはいえなくなるでしょ。両親はとても働き者で、私が学生のころから牛を飼っていて、いろいろと家の仕事があった。

次の日、プリェドル市の市役所にある司令部にスレテンは住民登録に行った。市長はドラガン・サバノビッチといって私の知人だった。そのとき電気関係の問題があったから、もしかしてスレテンは動員されるのではないかと思ったけど、ここでも動員されなかった。十日ほどすると、私は村の小学校の心理、教育カウンセラーとなって働きはじめた。ネーシャは八年生、ボヤナは五年生、同じ学校に通いはじめた。それから赤十字に難民登録して、人道援助をもらった。食べ物も不足しなかったし、そんなに悪くはなかった。

いちばん辛かったのは、両親には、家の中で犬を飼うということが信じられないことだった。甘やかされて育った私たちの愛犬は、両親の家の居間のソファに陣取ってそこから動こうとしなかったの。父は、犬を家に入れるなんて、と言った。犬はね、甘やかされてお行儀が悪いお座敷犬だった。私は、いっそのこと犬と一緒にみんなで死んでしまったらよかったわ、と言ったくらい、犬のことでは悲しかったわ。

食べ物は、十分にあった。実家では牛を飼っていたし、鶏もいたし。ゼニツァでは食べ物に困っていたけど……。一九九二年の夏のこと、ゼニツァで仲良しだったイェラおばさんの娘のズデンカは、クロアチアの親戚を訪ねてザグレブに行き、ザグレブの私の従妹が準備した小包をとどけてくれたわ。ジャガイモ、ジャム、薬など必要なものがいっぱい入っていた。

私は難民となる二、三日前まで病院で働いていたでしょう。最後、病院は戦時体制となって、外科を中心に組織されていた。精神科病棟は半分が外科、半分は精神科として機能した。精神科にはね、戦場を体験したムスリム人の兵士が収容されていた。思い出すことがある。ムスリム人の兵士は言ったの。「僕の仲間の兵士が残したものは、スーパーマーケットやお店なんかで無料で配られるビニール袋に、おさまってしまった。すべてを爆弾が奪い去った」と。その患者さんとは、人間らしい関係が生まれた。ある週末、彼は家に戻っていいことになった。月曜日に、病棟に帰ってくると、ビニール袋にいっぱい、村の森で摘んだブラックベリーを届けてくれたの。私は、それを大切に家に持って帰り、砂糖を加えて、ジャムを作った。さっきお話しした食べ物の小包が届く前で、食品は貴重だった。まだ電気はあったので、料理はできたのね。ジャムの瓶は、冷蔵庫の中で、聖体遺骸みたいに大切にしまわれていた。ネーシャはね、十四歳で食べ盛りだったでしょ。おなかが空いていた。ある日、冷蔵庫を開けて、ジャムの瓶を取り出そうとすると、手が滑って、ジャムの瓶は床で粉々になってしまった。私たちはみんな泣いたわ。ムスリム兵から贈られたブラックベリーのジャムはこんな劇的な最期を遂げたの。

難民となった私たちは母の家では食べものには困らなかった。妹夫婦も近所に住んでいて牛を飼っていたし、実家にも牛がいた。父は養蜂家だったから、冬休みには市場で父の蜂蜜を売った。売るというより、物々交換が中心だったけど。あるとき、父の蜂蜜一ビンを料理本と交換したことがあったわ。ユーゴスラビアの料理本。今度、あなたに見せてあげる。もしかして、あの本、長男夫婦、ネーシャの家かもしれないけど。市場では、蜂蜜をコーヒーと換えたりして、必要なものを手に入れた。天国に来たようなものね。

日が経つにつれて、子供たちは、いつゼニツァのお家に帰るの、と訊くことが少なくなっていった。ボヤナは、子供部屋に鍵をかけて来たから、その鍵を大切にしていることが大事だったけど。この戦争の話、あなたとこれまでしたこと、あったかしら。あなたに話したのは初めてだっけ。いいえ、話したこと、前にもあったわよ。自分たちの経験について話しあったわよね。でも、あのときは少しだけだった。

私たちは、一九九三年の夏まで実家に住まわせてもらった。そのあと、厚生省の仲介でね、空き家になっていたムスリム人の家に住むことになったの。スレテンは、しばらくしてベオグラードのミーネルという建築会社に出向いて、仕事をもらった。もう、このこと言ったかな。以前、働いていたことのある会社なの。そこからポーランドの製糖工場の建設の仕事をもらったのだけど、九十二年五月には対ユーゴスラビアの経済封鎖が始まって、仕事は中止となった。そんなことがあって、九十四年からモスクワの建設会社で働くことになった。数か月働いて、また数か月休みという具合だった。でもプリェドルで会わずに、ベオグラードで会うことになった。彼が軍隊に徴集されたら大変だったからよ。ベオグラードにはティハナとペタルという親友夫妻がいて、スレテンがモスクワから戻ると、いつも私たちは彼らの家にお世話になった。

ところでね、空き家になったムスリム人の家に住むことになったと言ったでしょ。厚生省を介していたけど、それはね、母の妹夫婦、つまり叔母夫婦の口利きで住むことになったの。家具もきちんとしていたし申し分なかったけど、他人の家でしょ。自分の家ではないのよ。居心地が悪かったなあ。

母の妹はジューヤ、その夫はミレさんと言った。ミレ叔父さんはね、セルローズの工場で働いていたから戦争に行く必要はなかったのだけど。でも志願して戦場に向かった。彼はね、一九九七年の八月に戦死した。今年で二十二年になるわ。ミレ叔父さんはね、クロアチア人だったの。妻はセルビア人でしょ。セルビア軍に対する忠誠を証明したかったのでしょう。おじさんは、本物のユーゴスラビア人でした。

その朝のことを覚えている。私たちは庭でコーヒーを飲んでいた。朝、八時だった。私たちの愛犬ロディーは窓辺で寝そべっていた。寝てはいけないところで寝る犬なのよ。その窓の向こうが叔父さんたちの家なの。窓の向こうにね、三人の軍服姿の男の人が現れると、家から激しい叫び声が聞こえた……。おじさんは戦場でスナイパーに射殺されたのだった。叔父さんは五十歳くらいだったと思う。叔父さんはね、煙草はやらなかったの。私の夫スレテンは煙草が大好き。戦場で煙草の配給があるとね、空になった弾薬を入れる箱に丁寧に煙草を並べて持って帰ってね、スレテンに下さった。ミレ叔父さんはね、私たちの一族のなかで、いちばん、みんなに愛されていた人だった。

それは厳しい時代だった。次の日、叔父さんの遺体を納めた棺が届いた。負傷したものの、顔は綺麗なままだった。みんなでお金を出し合ってね、ミレ叔父さんの最期にふさわしいお葬式を出した。宗教的なものは一切ないお葬式でね、部隊の仲間の兵士たちと、私たち悲しい一族で見送った。

戦争の食べ物のなかで一番、記憶に残ってるのは、新鮮な沸かしたての牛乳の香り。今の牛乳は加工してあるから、家で牛乳を沸かすことがなくなってしまったけれど。あの香りは忘れられないわ。

それから母の作ってくれたジュガンツィ、プールというトウモロコシの粉の食べ物は、とても美味しかった。鍋に水を沸騰させて、塩を加え、水車小屋で粉にしたトウモロコシを円錐型に落とす。ちょうど火山の形みたいにね。火山の先に穴をあけて、沸騰した水が絶えずその穴をくぐるようにして煮る。しばらくして水分を別の小鍋に空け、水気のない鍋を弱火にかけ、トウモロコシをしゃもじで長いことかき混ぜる。小鍋には生チーズとクリームを加えておき、最後にトウモロコシの粉に加える。

私たちが小さかったときは、それを大きな木の器にあけて、ソフラといわれる四十センチほどの高さの円卓に、みんなで並んで座る。えっ、ソフラが日本の卓袱台にそっくりですって……。一つの器から、それぞれが木製のお匙で一緒に食べる。この食べ物の香り、みんなでおしゃべりしながら過ごす楽しいひと時。いつも食べ物は十分にあった。母の弟夫婦は、子供のいない夫婦だったけど、いつも木製のお匙を作ったり、籠を編んだりしていた。この食べ物は、素敵な香り、楽しい子供時代を思い出させる。あのころは、今より幸せな時代だったかもしれないわね。

戦争では、家を失った。それから友達だと思っていた人が、友達でなかったことがわかった。でもそのかわりに、新しい友情や新しい愛が生まれ、新しい人々と知り合いになれた。それが豊かさなのだと思う。家がいちばん大切なのではない。戦争では、家は失われる。

食べ物とはね、人々が集まる場所だと思う。このごろ残念なのは、みんなが食べ物を囲む習慣がなくなってきたでしょう。食べ物とはね、心配、恐怖、愛、秘密のお話などをみんなで分け合う場所なのよ。食べ物とはね、家族が集まるための食卓なのだと思う。

追記

二〇一五年八月五日、夏の陽ざしは強い。ベオグラードのバスターミナルで、バニャ・ルカ行きのバスを待っていた。シリア、アフガニスタンの難民で、混雑していた。ここ一年ほど続く情景。小さな子供連れの家族、若い妊婦とその夫……。キオスクで水とビスケットを買おうとした男の人は、セルビアのディナールの持ち合わせがなく、買物をあきらめている。内戦となった国を命がけで出て、人々はドイツへ向かう。

一九九五年八月四日。それはユーゴスラビア内戦の最大の民族浄化と言われた「嵐の作戦」の初日。クロアチア軍が、クロアチア内のセルビア人居住地を攻撃、一日で二十万人ものセルビア系の住民が難民となってセルビアへ移動した日。バスは走りはじめ、サバ川の国境の町ラーチャを通る。あの夏、難民となった者たちは、この橋をわたって、クロアチアからセルビアへ逃れて来たのだった……。あの日の人々とは反対の方角へ、バスは走っていった……。

スレテンが亡くなり、数か月が流れたある晩のこと、リュビツァの家の電話が鳴る。学生時代の仲間、イバンだった。お悔みを告げた彼は、会いたいと言う。独身を通した彼は、彼女に秘めていた恋を告げる。驚いた彼女……。子供たちにも受け入れられて、愛はゆっくりと育った。イバンはクロアチア人、海岸の町に住んでいる。

長男ネーシャはバニャ・ルカ市役所に勤務、薬剤師の妻と幼い息子と三人暮らし。長女ボヤナはウィーン大学の建築学科を卒業、パートナーとウィーンに住む。

III　嵐の記憶

パンと塩は、神の福音

私は市場に

ゴルダナ・ボギーチェビッチ

一九五二年、クロアチアのバラジディン市（Varaždin）生まれ。息子は二人。クロアチアのペトリニャ市（Petrinja）の保育園で保育士として働いていた。クロアチアから難民となり、コソボに移り住み、さらにコソボから難民となり、ベオグラードへ逃れた。夫ドゥシャンはプリシティナ大学教育学部教授。「ずどらぼ・だ・すて」のメンバーであり親友。現在は、家族とベオグラードに住む。二〇一五年五月四日、十一日、十九日と、三度にわたり三時間ずつ、ベオグラードのカフェにて話を聞く。ノートにセルビア語で記し、後日、翻訳。

戦争が始まるなと、感じたのは、一九九一年の夏でした。私は、本来、楽天家なの。私たちの町から五キロメートルほど離れた村で、銃撃戦が始まった。それでも、戦争になると思わなかった。私の町で、最初に銃撃戦がはじまったのは、九月三日だった。その日付を覚えている。私は保育園にいて、家に帰れなくなったから。二日後、私たちはザグレブに行ったの。なぜザグレブに行ったかというとね、夫のドゥシャンがペトリニャの叔父がどうしているか見に行くその途中で、なにかの軍隊の戦闘員たちに出くわして、シーサックの刑務所に入れられてしまったの。九月四日のことよ。

私は家に戻っていた。ドゥシャンは釈放されると、一人で町を出た。これはあとから分かったのだけど。お隣さんのクロアチア人が、レコニック（Rekonik）まで私と息子たちを車に乗せて連れて行ってくれた。シーサックとザグレブの間の村よ。私たちが頼っていった家族は、クロアチア人だったの。

夫がどこにいるのかわからなかったので、子供たちを戦場となった町から避難させることにしたの。ニコラは小学校の七年生、ヤンコは高校二年生だった。クロアチア人の人たちは、集団疎開するためにバスでペトリニャの町を去っていった。シーサックを通ってザグレブの方に向かった。荷物といえば、衣類を入れた鞄一つだけだった。出発の準備をしているときのことは、お話しきれないわ。家の中をぐるぐる歩きまわって、子供たちに言った。泣かないで、お父さんは生きているから、って。逃げていく途中、たくさんの自動車を見た。そこには何台も、セルビア人から没収した自動車が集められていてね、軍服を着た男たちがいた。町を出て、レコニックのクロアチア人の友達の家に着くとね、ドゥシャンから彼に電話があった。友達は、教育学史の教授で、夫の同僚だったの。そのお宅で数日間過ごしたのだけど、私たちを匿ってくれた友達に危険が迫ってきたの。なぜかというと、彼はセルビア人の家族を何人も匿っていたからなの。下品な人たちに、彼は眼をつけられてしまったの。そこで、私たち家族はザグレブに向かった。

夜の空気に、銃声が響くのが聞こえた。

思い出すことがある。私たちを匿ってくれた友達はイボというのだけど、彼の娘が付き合っていた若者がいて、軍服を着ていた。昼下がりだった。軍服を着ている連中の一人に、イボは、「いい軍靴を履いているね。さぞかし高いだろうね」と、言ったの。すると軍服の若者は、「あんただって、こういうのを履けるよ」と言った。「それは、僕には高すぎるね」とイボは言った。「我々の仲間に入れば、ただでもらえるよ」と、軍服は言った。「いずれにしろ、僕には高すぎるね」と、イボは言った。

ザグレブでは、ドゥシャンの姪っ子の夫の家に身を寄せたの。姪っ子は、まだ四つの小さな息子と二人で、ヤブコバッツ村（Jabukovac）に疎開し、彼女の夫はザグレブに残った。彼女の夫はクロアチア人だったの。

こうして、私たち四人は、十五日間ほど、姪っ子の集合住宅で一緒に過ごしたの。九月二十日くらいまでね。そのときのこと、覚えているわ。シーサックに給料を取りに行ったのだけど、危険を感じた。町は、何かとても恐ろしいことが起こっているという雰囲気だった。軍服を着ている男たちが、装甲車に乗って行ったり来たりしていた。人々は、自由にものが言えず、みんな囁き声でなにか話している。

ザグレブでは、サイレンが鳴りはじめた。それから、ユーゴスラビア連邦軍が、スレーメ地区を空爆したという話だった。テレビ塔とバンスキー館ね。空襲警報が鳴ると、私たちは地下に避難するようになった。私たちを匿ってくれたクロアチア人は、みんなとても善い人たちだった。シーサックの町に用事があって出かけたときも、子供たちを預かってくれたの。

でも、夫のドゥシャンがザグレブの町を歩いていると、空襲警報が始まってね、町の中はすべてが停止してしまった。電車を降りて、公共の避難所に行かなくてはならなかった。そこには、軍服を着た男たちがいて、身分証明書の検査をしていた。ドゥシャンの苗字と名前、そして出身地がわかると、他の人たちの前で、持ち物も何から何まで取り調べられた。セルビア人だとわかったからなの。

それでドゥシャンは恐ろしくなり、私たちはザグレブから去ることに決めた。姪っ子の夫は、そのまま残った。姪っ子の夫はステーボというのだけど、彼の父はクロアチア人、母はセルビア人だった。ステーボはね、ザグレブではクロアチア人の帰属感をもっていたけど、彼の両親も彼の兄弟たちも、みんなヤブコバッツに残ったの。ザグレブのすぐ近くにあるヤブコバッツはセルビア人の村なの。ステーボがクロアチア人として自己申請したのは、現実的な必要からだった。彼の家族はみんな仲良しだったわ。

マリボールへ

この事件のあと、ドゥシャンはすぐに一人でスロベニアの町、マリボール市（Maribor）に向かった。私の母方の伯父を頼っていったの。伯父さんはね、ユーゴスラビア連邦軍の医療関係の施設で整形外科医をしていた。伯父さんは、マリボールに、妻と二人で住んでいた。彼の二度目の奥さんで、スロベニア人だった。私たちもそのあとからマリボールに向かった。マリボールには、伯父さんの最初の妻との娘も住んでいた。娘さんはザグレブで大学を卒業すると、歯科医師として働いていた。それから結婚して、二人の小さな娘がいた。娘さんの夫はコソボ出身のセルビア人だった。

私たち家族四人は、こうして伯父さんの家に身を寄せた。それは大きな家だったわ。伯父さんの最初の奥さんの娘の家族も、毎日、やって来た。伯父さんの奥さんは、とても親切な人だったわ。フリーダさんという名前だった。私たちは、まったくお客さんだった。フリーダさんはね、お料理についていえば、私たちをちょっと甘やかしてしまったわね。フリーダさんのお料理はすばらしかった。彼女は、年金生活に入るまでは看護師さんをしていたの。

ある日のこと、フリーダさんは、大きな晩餐を準備したけど、誰にも手伝わせなかった。彼女は、とても善い人だった。自分の子がなかったけれど、伯父さんの先妻の娘、ミリツァを自分の子のように可愛がっていた。その日のお食事にはね、ミリツァの家族が四人、私たちの家族が四人、ミリツァの親友の家族が四人、たしか産婦人科のお医者さんだったわね、それから伯父さん夫婦。合わせて十四人が食卓を囲んだのよ。

それは、古典的な日曜日のお祝いの食事だった。まずスープ。それから牛肉の塊をオーブンで焼いたもの、一緒に焼いたジャガイモ。サラダは二種類。トマトとレタス。最後はデザート。これはレデナ・コツカ、凍ったサイコロという名前のお菓子で、ペパーミント味だったわ。そしてコーヒーは、トルコ・コーヒーだった。二十年も前のことだから、あまり覚えてないけど。

実はね、一緒に食事をしたお医者さんの夫婦も、リカ地方から難民として逃れてきて、ミリツァさんの家族に身を寄せていた。小さな子供たちは、みんな一緒に遊んでいたわ。そうそう、大きな白いパンがあった。フリーダさんの焼いたパンだったわ。

伯父さんの家には、三、四日ほどお世話になった。ここで緊張の続く毎日に、一息ついたの。伯父さんは、私たちを車でバスの駅まで送ってくれた。バスでリュブリャナ（Ljubljana）に向かった。スロベニアの首都、リュブリャナからはね、ボスニアのドボイ経由で、ベオグラード行きのバスが出ていたの。

正午になったころ、バスは走りはじめた。ボスニアに入ってやっと、私たちはやっと恐れることをやめた。でも、バスに乗っているあいだは、夫のドゥシャンがバスから降ろされないかと、怖かったわ。クロアチア軍が彼を動員しないかと心配だったの。ドボイ市に着いたのは夕方だった。バスが走っている間は、何度も検査があった。すべては、運転手の技量と軍との人間関係が頼りだった。私たちは詳しい検査は免れた。フリーダ伯母さんは、サンドイッチを作ってくださった。焼肉とキュウリとトマトのサンドイッチだったわ。

息子たちですって。思い出すと笑っちゃうわ。どこに行こうと、一緒に座るたびに二人は兄弟喧嘩をはじめるのよ。なぜ喧嘩するのか、神様だけがご存知。ふっふっふ。そこで二人を引き離さなくてはならなかったわ。はっはっはぁ。ドボイに向かったのだけど、知り合いがいるわけでもなく、バスが行くからそちらに向かっただけだった。ドボイに着くと、ホテルに部屋をとった。ベッドが三つの部屋だった。次の日は、列車でボサンスカ・ノバ（Bosanska Nova）へ向かった。

ボサンスカ・ノバで

あの町を思い出すわ。私たちがその町に着くとね、町は花壇の花でいっぱいだった。そしてたくさんの人であふれていた。ここには戦争がない。ボスニアが戦争になるのは、その翌年だった。ホテルで夕食と朝食をとった。夕食は、キャベツのサラダ、ウィーン風ビーフカツ、フレンチ・ポテトだった。そこで妹の夫が迎えてくれた。それから三か月、妹夫婦の家で過ごしたの。ドゥシャンは、しばらく一緒にいたけど、後からペトリニャへ戻って行った。ペトリニャのセルビア人軍に動員されたの。ペトリニャの家には、そのとき七十三歳のドゥシャンのお母さんが一緒だった。お母さんは、どこにも行きたくないと言って家に残った。

私は十二年勤めた仕事を失った。そして妹夫婦のところでお世話になった。家には、食べ物がたくさんあったわ。私たちより少し前に、私たちの母もやってきた。こうして妹の家には、妹夫妻と息子と娘、私たち三人、ペトリニャの従妹とその三歳の娘、私たちの母とが一緒に三か月、暮らすことになったわけなの。

女はみんな家に残った。唯一の収入は、母の年金だった。軍人だった父の遺族年金がベオグラードから母には届いていたの。母は年金前まで郵便局に勤めていた。妹は、クロアチアのコスタイニツァ（Kostajnica）という町の印刷所に勤めていたけど、その印刷所は閉鎖されてしまった。妹の夫は、クロアチアにあった商店に勤めていたけど失職した。でも、妹たちは、冷凍庫にいっぱい、食糧の貯えがあった。妹の住んでいたのは村だった。私たちの町と同じ、ペトリニャ村というのよ。ボスニアの村なのに、同じ名前の村なの。冷凍庫には、肉の貯えがずいぶんあったわ。夫婦は、自分たちで豚を飼っていたの。小麦粉、米、麺類は、家に難民がいるということで、援助物資が届いた。缶入りのハム、食用油、マーガリンなども届いたわね。私の妹は、コック長だったわね。私は彼女の助手というところかな。それから従妹は、皿洗い係だった。私たちの息子のニコラは学校に通いはじめたけど、ヤンコはどこにも行けなかった。村には高校がなかったから。

私たちが料理したのは、ごく普通の食べ物だった。豆スープ、グーラッシュ、パプリカッシュとかリジョットとかね。ジャガイモもいろいろな方法で料理したわ。村の人たちから食材を分けてもらった。つぶしたての鶏、卵、牛乳やチーズ。美味しい食べ物だったな。お菓子も焼いた。自家製の干し肉もベーコンもあった。あなたたちベオグラードっ子は、こんなご馳走を夢に見ることしかできないわよ。ふふふっ。

ふたたびヤブコバッツ村へ

それから私は、ヤブコバッツ村に戻ったの。これはドゥシャンの生まれ故郷なの。ここでも食糧は十分にあったわ。妹のところと同じような村なの。一度も食べ物に困ったことがなかったし、ポケットにはいくらかお金もあった。でも思い出すことは、政治に対する私の怒りだわ。でも、こうしたことが起きたのにもかかわらず、私は一度も過激な考えをもったことはないの。この長い旅のなかで、いつも私は、善い人たちに出会った。彼らは、戦争という状況のせいで、私たちと反対側にいたのだけれど、善い人たちだった。

戦場にいたドゥシャンは、家に戻って着替えることにした。いつもなら四十キロメートルを三十五分くらいで帰るところなのに。ペトリニャは、ザグレブからわずか五十キロメートルのところにある。でも戦争のおかげで約千キロメートルも遠回りしなくてはならなくなったのよ。

妹の家をあとにして、ヤブコバッツ村に行ったのは、お正月のころ。そこからペトリニャにもどったのは三月だった。ドゥシャンが、第一小学校の校長に任命されたからなの。このときには、クロアチアのなかのセルビア人居住地域が、セルビア・クライナ共和国となって独立宣言していた。この新しい国は長くは続かない、と私は思った。

ペトリニャに戻ると、クロアチア人は、みんな去っていた。数か月、留守にしていた後に、私は、まず外から、自分たちの家を見た。一階は、迫撃砲の跡があった。窓も割れていた。二階の子供部屋の窓には、弾丸が貫通していた。あとから、その弾が、ある本を突き抜けていたのを見つけた。子供部屋だったのだから、子供のための小説か何かだったはず。それは、きっとブランコ・チョピッチ（Branko Ćopić）の童話だったと思う。あなたも覚えているでしょう、青い表紙の全集よ。本棚の埃を拭いていて、本の場所を動かしていたの。一冊の本に穴が開いている。開いてみたら、弾丸が出てきたの。

そのころの自分の気持ちについて思い出してみるとね、課題を課せられた新聞記者のような気持ちでいたような気がするわ。ただ、すべてのことを注意深く見つめ、あるがままに受け入れていた。私には世界を変えることができないから、その時に、できるだけ、良いと思ったことをするように心がけた。生活ができる限り、普通の生活に似ているようにと、心がけていたの。

ふたたびペトリニャへ

四月のことだったかしら、ふたたび働きはじめることになったの。小学校の教室の一室に、保育所から遊具などを持ちこんで、仕事が再開した。職員は私たち四人だけ。二人の保育士と、給食のおばさんと保育園長。園長さんは、戦争が始まるまでは、シーサック市立保育園の園長だった。私たちペトリニャ町の保育園は、戦争前は大きくて、五百人の子供を預かっていたの。一つの組に二十人の子供がいたものよ。園長さんは年配の女性で、戦争のために転任となったの。給食のおばさんは、難民となってこの町に来た人だった。

給食のおばさんは、保育園の給食を料理するほかに、小学生のために、おやつを作っていた。食糧はほとんどが人道援助物資だった。たとえば、缶入りのハム類。それを彼女は、フライにするの。どこから援助が届けられかって、それは神様だけがご存知。缶詰の類は、世界のいろいろな国から来たわね。

給食のおばさんはね、リュビツァさん、お料理が上手だった。ごく少ない材料で、美味しい料理を作ってくれた。一番、思い出に残っているのはね、長ネギのシチューだわ。それは、私たちの郷土料理なの。自分の庭でとれた野菜を持ってきてくれることもあった。お金は一銭もとらなかった。彼女は、素晴らしい人だった。美しい人で、善い人だった。四十歳くらいだったかな。ご主人と二人の息子がいた。

彼女が作ってくれた料理は、たとえば豆スープ、最高だったわ。トマトスープもおいしかった。それからマッシュ・ポテト。缶詰のハムでグーラッシュも作った。そうそう、瓶入りのパプリカの酢漬けもあった。ピクルスとかミックスサラダの瓶詰もあったわ。セルビアから届いたものだった。そのころは、町のパン屋は営業していたわ。

長ネギのシチューはね、まず長ネギを細かく輪切りにする。そして、湯がく。そのネギと、サイコロに切ったジャガイモと細かく刻んだ人参、リュビツァさんはね、それは丁寧に細かく刻んだものよ。丁寧に刻まれた野菜が、今もありありと目に浮かぶわね。それをみんなお鍋に入れて、水を加えて煮る。それから、フライパンに油を熱して小麦粉を炒める。そこにね、パプリカの粉を入れるの。水で小麦粉を溶いたものでもいいのだけど、鍋にこれを加えるのよ。スープの素などで味を調える。これと別の鍋に、燻製肉を煮ておく。その肉を取り出して、スープに加えて出来上がり。リュビツァは、肉が手に入らないので、缶詰のハムを入れていたわ。私は、家で作るときは、肉を別のお皿に取り出してサーブする。一か月に一度は作る料理だわ。

食糧は村から届けられて、十分にあったのだけど、肉は、毎日は食べられなかったの。なぜって、電気がなかったからよ。庭では鶏を飼っていた。二十羽、三十羽ほどいたかしら。卵もあった。鶏をつぶすのは、夫の母の役目だったわ。私はね、どんなものの喉にも刃物を当てることができないわ。あなただって、できないでしょ。私たちより一つ上の世代の女性は、そんな仕事に慣れていたけどね。私の母もそれができたし。そのころ、私の母もよく訪ねてきたから、彼女もよく鶏をつぶしてくれたわ。夫の母は、家事は好きではなかったけど、庭仕事は大好きだった。豚も三頭飼っていたわ。家畜の餌は、ヤブコバッツ村から届いた。たいていはトウモロコシだった。そのかわり、ヤブコバッツの畑仕事は、みんなで出かけて行って手伝ったの。畑仕事のときはね、私はいつも料理係だった。ガソリンが無かったから機械を使わず、手作業で穴掘りをしていたから、多くの人が働きにやってきた。私は仕事が遅くてお話にならない。そこでみんなは私を台所に追いやったというわけ。

二十人の食事。ふつうは、そうした時には、豆スープを作る。燻製の豚のあばら骨とか、ベーコンを入れてね。それにレタスのグリーン・サラダ。食材は自家製。チーズ・パイも作ったわ。私たちの地方では、チーズを作るときに塩を入れないから、料理にもお菓子にも使うことができる。そのころはね、戦争のために、今ならふつうに買うことのできるパイ皮は、どこにもなかった。私はパイ皮を作ることができないけど、夫の叔母さんが、パイ皮を薄くのばして作ってくれた。叔母さんは、とにかくお料理上手だったわ。私はね、パイの中身を作る係だったわ。チーズ五百グラム、卵を一つか二つ、お砂糖を百グラム、それからバニラ・シュガーを少々、レモンかオレンジの皮。それをかき混ぜる。林檎の季節になったら、林檎のパイを作った。

豆スープはね、ニンニクと玉ねぎを細かく刻む。豆を水から煮て、沸騰したらお湯を捨てて、もう一度水を入れて、刻んでおいたニンニクと玉ねぎを入れて、また火にかける。ドゥシャンはね、お祖母さんの豆スープが好きだったのだけどね、これが彼のお祖母さんのやり方なのよ。薪の竈でゆっくりと煮る。私は、戦争が始まるまで、薪の竈は使ったことがなかった。でも、戦争が始まると、薪の竈を使わなくてはならなかったの。停電ばかりだったし、プロパンガスはほとんど手に入らなかった。ガスが手に入ると、倹約して使ったわ。コーヒーを沸かすとか、料理を温めなおすとか、目玉焼きを作るときにだけ、ガスを使ったの。一九九三年までは、こうして暮らせた。そのあとは、大変な生活だった。

「嵐」の日、バニャ・ルカへ

一九九五年八月四日……。その日は朝早く、銃撃戦が始まった。最初は、私たち、地下室にいた。お隣さんも一緒だった。私たちの犬のアーラと、お隣さんの犬のビーシャも一緒だった。うちの犬と隣の犬はね、あんまり仲良しではなかったの。でもその日はね、二匹は寄添うようにして横になっていた。アーラはシェパード、ビーシャは大きな雑種だったわ。ドゥシャンはその日、前線にはいなかった。ちょうど指を一本、失くしてしまったとこだったから。ドゥシャンは、養蜂箱を作っていて、怪我をしてしまったの。私たち、蜂蜜を作っていたの。まだ指に包帯をして家にいた。かなりひどい指の怪我だったのだけど、もしこのケガがなくて前線にいたとしたら、どうなっていたかわからない。前線は、十五キロメートルほど離れている。

それは、計画など立てることのできない瞬間だった。ただ生き延びるだけ。もうここを出ていくほかはないと感じさせるような、すべての雰囲気のなかで、何かを見分けることになる。幸いにも、私たちの息子たちは、バニャ・ルカ市（Banja Luka）にいた。ヤンコはバニャ・ルカの大学で勉強していて、ニコラはちょうどお兄さんのところで夏休みを過ごそうと一緒だった。

私たちは、ヤブコバッツ村から、息子たちのところへ向かった。プリェドル市まで六十キロメートルくらいあるのだけど、そこまではトラクターで行った。ドゥシャンの弟のトラクターだった。プリェドル市からは弟の息子が車でバニャ・ルカまで送ってくれた。トラクターは、弟の息子に返した。弟の息子は、それからプリェドルに住む奥さんの両親を訪ねて行った。ドゥシャンの弟が、どこにいたのか思い出せないなあ。その部分が、どうしても思い出せない。

プリェドルからバニャ・ルカまでは、四十キロメートルほど。私たちの住んでいたペトリニャの町はね、戦争では最前線となってしまった。つまり、二つの勢力の境界線ということね。家をあとにするとき、電化製品を持ち出す時間が少しあった。テレビとか、ビデオとか、掃除機とかね。それから工具も。ペンチ、ハンマーなんかを一つの箱に入れた。地下室からは、自家製のハム、パンとか、家にあった食品を持ち出した。パンは自分で焼いたものだった。水とラキアという火酒、ソーセージ、ベーコン、袋にいっぱいの玉ねぎ。玉ねぎは、土から掘り出したばかりだったの。ジャガイモもあったか、覚えていない。ジャガイモもあったかもしれない。バニャ・ルカまでは、弟の娘とドゥシャンが交替で運転した。ドゥシャンの弟には、三人の子供があってね、娘はお兄さんの十歳下、十九歳だった。ヤブコバッツからプリェドルまで、一晩かかったわ。八月六日、そこから車でバニャ・ルカに向かった。

バニャ・ルカに着くとすぐに、私たちは息子のヤンコたちのいる集合住宅に行った。すこしばかりお金があったので、まず台所をきちんとすることにした。伯父さんの集合住宅を使わせてもらっていたの。私は、まず市場に出かけた。そして肉詰めパプリカを料理したの。ひき肉は一キロほどだったかしら。ドゥシャンの弟の末娘、オルガもやってきた。それから弟の息子の奥さんもやってきた。それは野菜の季節だったから、トマトも入れたと思うわ。小さな台所だけど、道具や食器はそろっていた。プロパンガスだったか、覚えていない。集合住宅は、医学部の近くにあった。

私たちの身にふりかかったこの瞬間について、私は考え続けていた。私は、バニャ・ルカの友達に電話をかけた。あなたも仲良しのゴガさんよ。ゴガさんはね、自分の家に引き取った、難民のお婆さんのことを話していた……。

私はね、市場でたくさん野菜を買ったの。バニャ・ルカにしばらくいることになると思っていたから。でも、その後で、私たち家族は、セルビアへ向かうことに決めたのよ。今から思い出すと、ケーリ、サラダ菜、きゅうり、トマト、パプリカなんかだったわね。バニャ・ルカの町は、混乱した様子には見えなかった。私にも行くあてがあったし……。

それから、セルビアへ行くため、ドゥシャンの弟の息子から車を借りた。車には、私たちのほかに、弟の末娘オルガ、そして弟の息子の奥さんのリーリャと、私たち四人。あわせて六人が車に乗ったの。車はユーゴスラビア製のゴルフ・ツー。リーリャは、私とドゥシャンの間に座ったのよ。信じられるかしら。私、とっても幅広でしょ、ふふふっ。運転席の横よ、はっはっはっはぁ。今となっては、笑えるけどもね。

セルビア人共和国（レプブリカ・スルプスカ、ボスニアのセルビア人居住地域）からセルビアへ入るあたりだったと思う。それとも、道中、ずっとそうだったかもしれないけど、道の傍らに人々が出てきて、食べ物を配っていた。サンドイッチとか、乳児のためのミルクとかビスケットなんかだったと思うわ。思い出すのはね、その食物をいただくことが、辛かったこと。なぜかわからない。心理的なものだったかもしれない。誰かが何かものを配っている、ということが受け入れられなかった。幸いにも、その後、一度もこうした立場に置かれたことはない。その後は、私たち、誰にも頼らなくていい立場だったから。

配られたのは、典型的なサンドイッチ、ハムとチーズとか。いちばん胸を打たれたのは、いちばん思い出に残っているのは、一日かけてセルビアに入ったとき、深夜の零時ころだったと思うけど、パブロビッチ橋のあたりのボガティチ村（Bogatići）。セルビアに入って最初の村で、豊かな土地なのだけど、村の女の人たちがね、信じられないかもしれないけど、私たちのためにブラック・コーヒーを沸かして待っていてくれた。それは歓迎の印だと私は感じた。コーヒーはとても贅沢なものに思われた。混乱のさなかで、誰かがこんな贅沢なやり方で私たちを迎えてくれるなんて……。コーヒーはプラスチックのコップでふるまわれた。小さな子供のいるお母さんたちには本物の絞りたての牛乳、それはカップに入っていた。村のそれぞれの家が牛の乳を搾って持ってきてくれたのでしょう。

イバニツァへ、さらにチャーチャックへ

それから私たちは、セルビアの南、イバニツァ（Ivanica）へと向かった。そこにドゥシャンの妹とその子供たちが住んでいたからなの。妹の一家のところで、よく夏休みを過ごしていたのよ。イバニツァに泊まった。その父方の叔父さんは、町で居酒屋を営んでいた。叔父さんは、ズドラブコ・ボトリッチと言ったと思う。それくらいしか知らない。私たちを食事に招いてくれた。たいへんなご馳走だった。夕食は、肉の炭火焼き。ドゥシャンの祖父はイバニツァの出身だったから、家を持っていたの。夕食はチェバップチッチ（肉団子）、ラジニッチ（くし刺し肉）……。とても美味しかった。私たち六人と妹の子のダニロとダニエラ。

次の日は、ボトリッチ一家とお別れしてチャーチャック市（Čačak）に向かった。ヤブコバッツ村の親戚もみんなトラクターで逃げてきて、チャーチャックにいると聞いたから。チャーチャックの音楽学校のところの公園に私たちはいた。どうして私たちがそこに集まれたのか、わからない。携帯電話のない時代だったし。とにかく、弟の息子の家族と会えたの。弟たちにはチャーチャックの知り合いが家を貸してくれることになった。チャーチャックの近くのソコリッチ村（Sokolić）の家で、私たちも一緒にお世話になることになった。チャーチャックから十キロメートルのところよ。

何日くらいそこでお世話になったのか、思い出せない。村の人たちが、みんな食料をくださった。卵、チーズ、牛乳と野菜をいただいた。自分の故郷から持ってきたものもあった。ねえ、自家製のハムとかベーコンとか持ってきたって言ったわよね。ソコリッチ村の家は美しくて新しい家で、ここで暮らした人はなかったみたい。ふつうの大きさの家なのだけどね。この家に泊めていただいた間は、自分では料理はしなかったわ。この家にいたのは、二、三日。その後、ドゥシャンと息子たちと私は、ベオグラードに向かった。今度は、長距離バスでね。

首都ベオグラードへ

ベオグラードではドゥシャンの従妹の叔母さんの家にお世話になった。四月だった。ドルチョル区の集合住宅よ。あなたもメンバーだった難民支援グループ「ずどらぼ・だ・すて」の事務所のすぐそば。毎日、事務所に通うようになったわ。メンバーの美術家ベスナ・ジュルジェビッチが、洋服を届けてくれた。はっきりと思い出すのは、黄色のスカートと手作りの白のブラウス。そしてモカシン・シューズ。その夏は、外に行くときは、いつもその服装だった。いかにも夏らしい組み合わせだった。ほかにも持ってきてくれたけど、この服装をいちばん覚えている。次の年にコソボのプリズレン市（Prizeen）で暮らしたときも、これで夏を過ごしたわ。この洋服でね、仲間の心理学者ブランカ・ティシマとミリヤナと一緒に、バチカ・パランカ市の子供エコロジー・フェスティバルに参加したのを思い出す。「ずどらぼ・だ・すて」のワークショップはとても高く評価されていたでしょう。環境問題で活躍していたビストリツァ・ポトックの仲間たちとも知り合いになった。

叔母さんの家

ドゥシャンの叔母さんの家のことだったわね。ドゥシャンの叔母さんはブランカ。とても善い人で、主婦としても素晴らしかった。お料理上手だったわ。離婚していて一人暮らしだった。娘のイボーナは元夫、つまり父親とコニャルニック区で暮らしていた。元夫のお宅にみんなで行ったこともある。元夫は、肉詰めピーマンを作ってご馳走してくれたわ。

叔母さんは年金生活に入っていた。政府関係の仕事をしていた人よ。お宅は三つの部屋。私たちを家族として受け入れてくださった。彼女が料理をして、私が手伝う。叔母さんはね、料理をしながら、いつもワイヤレス電話を肩と顎にはさんで、誰かとおしゃべりしていたわ。ペトリニャ市のあるバニア地方から難民となった彼女の親戚が、どこに行ったか知ろうとして、あちらこちらに電話をかけていたから。叔母さん自身はベオグラード生まれなのだけど、父親の故郷、つまりバニア地方に強い繋がりを感じていた。小さなころ、夏はいつもお父さんの故郷で過ごしていた……。

叔母さんの作ったマッシュ・ポテトのこと。台所で、私は叔母さんのそばにいる。叔母さんは、茹であがったイモを押すようにしてつぶして、それからミキサーを手際よく動かして、こうするとジャガイモが黄金色になるのよ、と言っていた。人間の頭って、奇妙なものね。この話をいちばん覚えているなんてね。グーラッシュも作ってくれたと思う。夕食には、よくクレープを焼いてくれたなあ。

娘のイボーナは、私たちの長男と同じような年だったから仲良しになった。叔母さんの家には、あまり長居しなかった。十日ほどしてから、私たちはコソボ・メトヒヤ自治州のプリズレン市に移ったの。息子たちも一緒にね。

私たちがお世話になった家はね、イボーナがコニャルニック区の住宅と交換したの。父親とも母親とも、ゆっくり時間を過ごしたいと言ってね。離婚したはずの夫婦は、いい友達の関係を築いていたみたいね。

コソボ・メトヒヤへ、プリズレンへ

プリズレン市ではね、故郷のペトリニャの友達も一緒だった。一九九一年からベオグラードに住んでいる仲間たちよ。プリシティナ市（Priština）では、最初、小さな難民センターに行った。そのときの記憶は、すっかり消え去っている。たしかねえ、ティトー大統領の別荘だったという建物の近くだったけど、プリシティナの中心街からは遠かった。

ベオグラードを出たのは、朝だった。ペトリニャ大学に勤務していた教官はプリシティナ大学が雇用するという話を聞いた。そこで私たちは、朝の列車で、プリシティナ市へ向かったの。私たちが出ていく朝、ブランカおばさんは、ぐっすり眠っていた。彼女はね、夜の鳥みたいに夜更かしする人だったから、前の晩に、お別れの挨拶をしていたの。朝の五時に起きて家を出て、電車で中央駅まで行ったの。

プリシティナに着いたのは午後三時ごろ。私たちの友達が出迎えてくれた。彼は小学校の先生でね、やはり難民だった。コソボ・ポーリェ（Kosovo Polje）へ向かうことになっていた。まず、私たちを難民救済委員会に連れて行ってくれた。プリシティナ市の鉄道駅の近くだったと思う。私たち夫婦は、鞄を二つ持っていたと思う。息子たちはそれぞれ、自分の衣類を入れた鞄を持っていた。息子たちは、バニャ・ルカで過ごしていたから、荷物をまとめる十分な時間があった。私たちは、その時間がなかった。本は持ってこなかった。写真もね。

私たちは、こうしてさっきお話した難民センターに送られた。それは大きな難民センターではなかった。

三つの大きな部屋があった。それぞれの部屋に、いくつもベッドが並んでいた。きっと軍隊とか警察関係の施設だったのだと思う。そこに、ドゥシャンの教育高校時代の同僚がいた。ペトリニャの教育高校時代の友達、ゾラさん。ペトリニャはね、教育学の伝統のある町なの。ドゥシャンはザグレブ大学を出て、修士課程を終えて、バニャ・ルカ大学で博士号を取得し、ペトリニャ大学で教えていた。午後は、まだ早かった。まだ明るかったわ。日付は覚えていない。次男のニコラは、プリシティナの高校に入学した。ヤンコは、学生寮に部屋がもらえて、プリシティナ大学の医学部に転学したの。バニャ・ルカ大学の医学部からね。難民センターでは、係の人が私たちを待っていてくれて、部屋を決めてくれた。同じ部屋には、さっきも言ったドゥシャンの同僚がいた。ゾラさんよ。地理学の教授だったけど、高校の仕事が見つかった。彼女は、お母さんと夫と娘が一緒だった。ご主人は電気工学のエンジニアでコンピュータの修理をしていた。娘さんは学生だった。私たち三人と、彼女の家族四人が、同じ部屋で住むことになったの。まだ三つか四つのベッドが空いていたけど、他に誰も来なかったから空いたままだった。

食事は車で届けられた。三食ともね。まずパン、ペースト、それからグーラッシュ、ときにはお米かインスタントのマッシュ・ポテト。インスタントのスープ。豆スープ。ソーセージを煮たもの。それからキャベツのサラダがたっぷり。サラダはね、中に細かく刻んだトマトが入っていた。いちばん思い出すのは、そのキャベツのこと。ブランカおばさんの、金色のマッシュ・ポテトと同じくらいにね。キャベツのサラダが、必ずといっていいくらい、ついていた。ときにはビーツのサラダだったけど。それはね、兵隊さんのための大きな保温器に入っていた。緑色の保温器だった。

私たちのいた施設には、たくさん人がいなかった。覚えているのは、学校に上がる前の子供が二人いた家族。他の人のことは思い出せない。なぜ覚えているかというとね、この家族の男の子が、犬を見て「見てよ、チェーノがいる」と言ったからなの。バニャ・ルカのあたりの村ではね、方言で犬のことをチェーノと言うらしいの。警備の警察官が、この子、なんと言った、と聞いた。男の子の両親が繰り返すと、警察官は、アルバニア語で犬のことをチェーネというのだと言った。アルバニア語ではチェーネ、バニャ・ルカの方言ではチェーノが犬のことなのね。似ているでしょ。そういえば、リカ地方でも、犬のことは、チェーノといったわね。アルバニア系の住民とは、事件も起こらなかったし、問題もなかったわ。季節の変わり目、そろそろ冬の衣類を準備した。難民センターには洗濯機がなかったから、手洗いだった。よくティトーの別荘まで散歩したわ。近くを川が流れていて、石造りの建物だったと思う。

その難民センターには、長いことは住まないと知っていた。まだ夏の休暇のシーズンだった。二、三週間ほど、そこに居たことになる。ドゥシャンはプリシティナ大学の哲学部で働くことになると思っていた。でも学部長のラデンコ・クルリェ教授に連絡をとると、プリズレンの教育学部に行くように指示された。プリズレンでは、ワンルームの住居が与えられるということで、プリズレンに行くことにした。プリズレンは、アルバニアと国境を接するメトヒヤ地方の古都。プリズレンへはね、あら、いやだわ、思い出せないな。バスで行ったのか、教育学部の車に乗せてもらったのか、思い出せない。長男のヤンコはプリシティナに残った。私たち三人でプリズレンに向かったの。同僚のゾラさんもプリシティナに残っていたけど、その後で、アメリカに渡った。

プリズレンに着くと、学部長が迎えてくれた。そして、学部の建物の中のワンルームが与えられた。かなり大きな部屋で、バス、トイレ付。すべてが新しかった。客員教授のための部屋で一九九四年に、教育短大が教育学部に昇格したときに作られた宿舎。クロアチアから来たのは私たちだけだったけど、二人の先生がボスニアのビレチャ（Bileća）から来ていた。二人とも、仕事があるときだけここにいて、週末は家族のもとに帰って行った。あなたも知り合いの女流詩人ダーラ・ブチニッチさんもね、この大学の先生だった。私はプリズレンに到着して二日目か三日目に、すぐに仕事が見つかった。ドラギッツァ・ネキッチ保育園で保育士として働きはじめたの。

新しい家の最初の仕事、それは料理だった。カリフラワーを煮たの。市場でカリフラワーを買った。まず、カリフラワーを鍋に入れてゆでる。ジャガイモを荒くすりおろす。粗くみじん切りした玉ねぎとクーミンを油でよく炒める。それをみんな鍋にいれて煮込む。少しお米も入れる。すべてが柔らかくなったら、イタリアン・パセリをみじん切りにして入れる。とてもおいしい料理よ。食べはじめたら、やめられないほど。午後遅く、料理が出来上がった。そこでダーラ先生と、ビレチャから来ているラディボエ先生をお食事に呼んだの。この食事のあと、ダーラ先生は、「難民になった人が夕食に招いてくれた。本当は、反対であるべきなのに」って、みんなに話していた。ダーラさんは、私たちが食事に招いたことをね、私たちの尊厳だと感じたのね。もう一人のビレチャの先生も、それからセルビアの町、ニーシュ市（Niš）から通っていたエミリア先生もやってきた。エミリアさんは助教で、発達心理学を教えていた。ラドイツァ・ベーショビッチ先生は、ベラーナから来ていたけど、ラディボエ教授の助教だった。

そこで、私たちは大きな家族のように暮らした。何度も一緒に夕食を作ったわ。ダーラ先生は、私たちを訪ねてくるときはいつも、お料理を持ってきてくれた。こうして彼女から料理を教わった。たとえば、古くなったパンで作るパイ。古くなったパンを牛乳に浸す。パンの半分は搾って、油をしいた器の底に敷き詰めて、その上に生チーズを敷き詰め、その上に残りのパンを敷き詰める。これはとてもおいしいのよ。パンを浸していた牛乳には、卵を一つか二つ入れてよく混ぜる。それを先ほどのパンの上からかけてオーブンで焼く。料理の名前は知らないけど、私はパイと呼んでいる。表面がこんがり焼けて黄金色になったら出来上がり。このお料理、今でもよく覚えているわ。

エミリアもとても料理が上手だった。彼女の変わったお料理は、いちばんの思い出になった。それは「玉ねぎしきつめ肉団子」というの。作り方、知りたいでしょう。器の底に、くし切りの玉ねぎを敷き詰める。私だったら、一キロくらい、敷き詰める。次にひき肉で肉団子を作る。ひき肉の材料は、ニンニク、生卵と香辛料、それから牛乳に少し浸したパン、そして湿り気を吸わせるためにパン粉を少々。材料を合わせて、よくこねて完全にまんまるの団子にする。それを玉ねぎの上に乗せてオーブンで焼くの。三十分ほどかなあ。玉ねぎがね、肉団子よりもおいしくなるわ。匂いも味もね。

それから思い出すのは、ワイン。ねえ、ビソキ・デチャニ修道院のワイン知っているでしょ。これは今も思い出に残っている。飲み干すとね、グラスに黒い色が残る。味が深かったなあ。

日頃は、ふつうのお料理を作っていた。でもみんなが集まるときは、牛肉のソテーを作った。マッシュルームのソース添え。付け合わせはニョッキ。牛肉をよく叩く。小麦粉をはたいて、鍋に油を入れて、少しだけ焼いて取り出す。その油で、細かく刻んだニンニクを炒める。そこに肉を戻して、ひたひたになるくらい水を加えて、水気がなくなり肉が柔らかくなるまで煮こむ。最後に、細かく刻んだマッシュルームを加えて、火を消す。最後に、サワークリームを入れて味をととのえる。あのころは料理用の生クリームがなかったから、サワークリームなの。

プリズレンでは、四年間、生活しました。一九九五年の九月の中旬から一九九九年の四月までね。一九九九年、メトヒヤ地方へのＮＡＴＯの空爆が激しくなってから、ベオグラードに来たの。

プリズレンで私はドラギツァ・ネキッチ保育園に勤めて、ドゥシャンは教育学部で働いていた。保育園は、アルバニア人のクラスとセルビア人のクラスと、別々だった。朝、子供たちが集まってくる六時から八時までだけ、大きな一つの教室に子供たちは一緒だった。その時間帯は、セルビア人の保育士さん、アルバニア人の保育士さんが、それぞれ一人ずつ担当する。アルバニア人の保育士さんの一人はアフロディタといったわ。保育園のセルビア人のクラスは、四人の保育士と、乳児を預かる看護師さんが一人いた。アルバニア人の保育士さんともみんな、人間関係は良かったわね。保育園の食事は、家庭料理に似ていたわ。スープ、ピラフ、パプリカッシュ、グーラッシュ、マカロニ、豆スープ、肉団子のトマトソース煮、グリンピース、生チーズとスパゲッティー、ジャガイモのムサカ。サラダはね、ビーツ、キャベツ、ピクルスなどだった。おやつは、プリンとか、お米の砂糖煮、クロフネという甘い揚げパン、チーズ・パイなんかが出た。

私たちは、すぐに新しい生活に慣れた。たくさんの友達ができた。守衛さんとは家族ぐるみの付き合いがあった。守衛さんは、アルバニア人の家族だったわ。彼の名はヴェセリ・オサイ、一九四〇年生まれ。奥さんの名前はリーバで、私と同い年だった。子供は四人、息子が二人と娘が二人。末っ子のほかはみんな結婚して、家族があった。私たちの次男のニコラはプリズレンの高校を出て、プリシティナ大学の医学部に入学した。一年間、勉強したあと、ベオグラード大学の医学部に転学する権利を得て、ベオグラードに移った。上のヤンコは、プリシティナ大学の医学部に残った。

それは、大変な時期だったわ。セルビアの習慣で、友達のスラバ、つまり守護聖人の祭りに呼ばれたのだけど、そんな時期でもね、みんなご馳走を用意していた。私の同僚の家族は、聖ペトカが守護聖人でね、十月二十七日がお祭りだったけど、素晴らしい料理だった。もう一人は、聖ニコラが守護聖人で十二月十九日。

見事なお魚のご馳走が出てきた。それから、一度、お葬式に行ったときのこと。プリズレンの郊外のムシティシテ村（Muštište）だった。ふつうは、焼肉とサラダがふるまわれるのだけど、その日は、正教会の斎《ものいみ》の日だったから、魚料理だった。それは教育学を教えている先生の家で、お兄さんが亡くなった。先生の名前は、スネジャンさんだったわ。お葬式では、まずお酒が出される。最初に、故人のためにと言って、床にお酒を少しこぼして杯を飲みほす。コーヒーのあとで食事になる。食事も立派だった。あれは春だったわねえ。

そうそう、その村はムスリム人の村だったの。村には、学生寮の調理室で料理人として働いていた人も住んでいた。ジェバドさんといってね、私たち、毎日、彼から牛乳を買っていた。一リットル半のプラスチックの瓶に一本。生チーズやサワークリームも買ったわね。家に配達してくれる。私と同じような年でね、私たちのところに来ると、一緒にコーヒーを飲んでおしゃべりをしたわ。彼は、アルコールはやらないけど、時には少し飲むこともあったわ。彼はね、ムスリム人なの。この地方はね、男の人はみんなイスラム教に改宗しなくてはならなかったけど、女の人は、改宗しなくてよかったそうよ。だからたった一人、セルビア人のお婆さんがいた。彼女は、改宗しなかったのね。一九二〇年生まれだったけど、そのうちに亡くなったわ。彼女が、その村で最後のセルビア人だった。村はね、プリズレンから近かった。ジェバドさんは、自転車で仕事に通っていたわ。

守衛さんも、よく一緒に私たちとコーヒーを飲んだ。彼はね、私たちを最初にコーヒーに呼んでくれた人だったわ。まだ着いたばかりで、荷解きも始まらないときに、コーヒーに招いてくれた。それは私たちに対する歓迎の印だった。奥さんは病院で配膳係をしていた。私たちのところでコーヒーを飲むこともよくあったわ。とてもいいお付き合いだった。

そういえば、ドゥシャンの同僚で、バイト・イブロ教授のことを思い出すわ。彼は、ゴラン人だった。ゴラン人とはね、姓名はイスラム化していても、セルビア人としてのアイデンティティーを持っていて正教徒でいる人たちのことよ。彼が故郷の村の聖ジョルジェ祭に呼んでくれたの。それは彼の家族の守護聖人のお祭りでもあったの。ドラガシュ村（Dragaš）だった。プリズレンから十五キロメートルほど、村は高い山の上にあった。それはマケドニアとの国境のすぐ近くだった。なぜこの話をするかというと、実はね、私たちのアルバニア人の守衛のベセリさんはね、ちょうど何かの用事があって、すぐ近くの村で仕事をしていて、バイト先生が自分の故郷に帰っているときいて、立ち寄ったのよ。私たちも一緒に来ているとは知らなかった。私たちがバイト先生のところにいるのを見て、守衛さんは、とっても喜んだの。

そうそう、守衛さんのところで最初にコーヒーをご馳走になったと言ったでしょ。ちょっと思い出したことがある。コソボ地方に伝わる古い揺りかごのこと。守衛さんの部屋に入ると揺りかごがあって、赤ちゃんが眠っていた。上の息子の娘だったの。守衛さんは大学の宿舎に住んでいて、部屋は三つあった。私たちが行くと、家族は赤ちゃんを起こした。赤ちゃんは五、六か月だったかしら。驚いたのは、赤ちゃんはミイラみたいに、白い布でぐるぐるまきにされていたこと。それは、彼らの習慣だったのね。その時、私は今まで見たこともないほど大きな瞳を見た。女の子が歩きはじめ、言葉を覚えはじめると、私は女の子にアルバニア語の言葉を教えてもらい、私はセルビア語の言葉を教えてあげた。それが長いこと続かなかったのが、残念でならないわ。アルバニア語を習ういい機会だったのにねえ。例えば、「ミルディタ」は「こんにちは」、「ファリン・ミン・デリ」は、「ありがとう」。まだ覚えている。その言葉を何度も聞いたから。女の子とお庭にいるとね、女の子は、庭の花を指さし、ボール、空、太陽を指さす。女の子が発音したようにアルバニア語の言葉を繰り返したの。古い世代のアルバニア人はセルビア語を知っていた。新しい世代は、セルビア語を教わらなかった。ベセリも奥さんのリーバもセルビア語を知っていたし、その子供たちも知っていた。

でも孫たちは、セルビア語を知らなかった。アルバニア人たちはイスラム教徒だから、豚肉は食べなかったけれど、その他は、私たちとほとんど同じだった。

食べ物について言えばね、レブレビアという豆を彼らはよく食べていた。トウモロコシにそっくりの豆で、ピーナツのようにそのまま食べたり、ふやかしてブレンダーで砕きペーストにしたりする。この地方で、初めて見たわ。それは私たち、食べないから。プリズレンは中世のセルビアの古都で、商業の伝統があった。アルバニア人の店でもセルビア人の店でも、みんな親切だったわ。

NATO空爆

空爆……。いつも私は思っていたの、そんなことになるはずはないって。私たちが住んでいた建物はプリズレン市の外れ、アルバニアの国境に接していた。町の中心からかなり遠かった。私の保育園は町の中心にあって、プリシティナに近かった。私たちが付き合っていた人たちのほとんどは、大学の同じ建物に住んでいた人たちで、ほかにお付き合いがあったのはペトリニャから難民となったいくつかの家族だけだった。彼らは近くの学生寮に住んでいたの。フィチュルさん一家もペトリニャから難民になった。私の受け持つクラスに、二人の女の子がいたけど、今はアメリカに移民となって住んでいる。

その日はね、空爆が始まることになった日、一度に町のサイレンが鳴りだした。サイレンが数時間もなり続けていたような気がしたわ。私は、職場から家に歩いて帰ったのだけど、サイレンの音が私を追いかけてくるみたいだった。一つ一つの場所のサイレンが、順番に鳴りはじめたからなのだけど、家までは歩いて三十分以上かかった……。空爆は、その晩から始まった。三月二十三日の晩だったわね。その晩に、私たちの同僚の保育士さんのご主人が亡くなった。ご主人はドラガンさんといったわね。保育士さんはツベータさん。

彼女たち夫妻は、私と同い年、一九五二年生まれだった。次の日、職場に着くと、その知らせが待っていた。親御さんたちは一人として、子供を保育園には連れてこなかった。でも、私たちは毎日、職場に出なくてはならなかった。

そのころ、私たちには、まだ十分に食料の貯えがあった。町から離れていたから。米、豆、小麦粉、麺類、砂糖、食用油……。干し肉もあった。私の母は、そのころコスタイニッツァ村（Kostajnica）にいたのだけど、一年に一度、訪ねてきてくれて、燻製肉などを届けてくれていたの。空爆が始まったときには、私たち夫婦二人だけだった。ニコラはベオグラードにもう転学していたし、ヤンコも空爆の三、四日前に、ベオグラードに移っていた。食べものはなんとかあった。でも水。水が無くなった。空爆の最初の晩に、停電となった。停電のために、すべてがよけいに劇的だった。大学に勤務している者は、みんな夜勤の義務が始まった。ドゥシャンも夜勤に出たわ。

でも、空爆が始まって七日目に、私たちはプリズレンを後にしたの。私たちには、すでに戦争の経験があったから、この町から逃げることに決めたの。バスで町から出た。バスのターミナルまで、守衛のベセリさんが大学の車で送ってくれた。運転しながら彼は泣いていた。私たちも泣いていた。そのときの自分の気持ちを思い出すと、怖いという気持ちよりも、怒りの気持ちだったと思う。空爆に対する怒りの気持ち。軍隊に私たちの友達がいてね、その一人はプリズレンの部隊の司令官でスルジャンといった。何かの仕事があってベオグラードに行くというので、長男のヤンコを乗せてもらった。彼らはＮＡＴＯの空爆が始まることを知っていた。私は怒っていた。だって、もうすでに一度起きたことが、再び起きたのですもの。衣類だけを持ったわ、ちょうど夏物がいる季節だったから、夏物も持った。それから、妹からもらった自家製のソーセージも持った。出発したのは、今のような時間、午後だった。そう、十六時ごろね。

ベオグラードのタクシーの運転手が、「今までも、さんざん、NATOはいろんなことを僕たちにしてきたのに、まだ十分じゃないのだな。今度は、空爆ときたぞ」と言ったのを、思い出すわ。ヤンコとニコラがジャルコボ地区にアパートを借りて、そこに一家で住むことになった。ドゥシャンは、三日ほど、私たちと一緒にいたけど、ふたたびプリズレンに戻って行ったわ。

ベオグラードに着くと、まず、私は市場に行った。それから毎日のように、私は歩いて市場に通った。妹が長距離バスの運転手に頼んで、村から大きな生ハムの塊を送ってくれたのを思い出す。その生ハムが届いたとき、私は友達を招いた。ベリコ・バンジュル先生と奥さん、それから、ほかにも誰か一緒だったと思うけど。それからワインを買ってきた。ゆで卵も作った。市場は、ちょうどサラダ菜と真っ赤な二十日大根と長ネギでいっぱいだった。それをみんな合わせて、トマトを二つ加え、サラダも作った。まだトマトは高かったけども、サラダに入れたかった。友達は、贈り物を届けてくれた。毛布、それから食器類なんかも。大皿とかスープ皿もいただいた。贈り物を届けてくれた友達もみんな難民となった人たちなの。一九九二年にサラエボから逃げてきた。彼らは、教育大学から住居をもらうことができたから、なんとか生活ができていた。ベリコ先生とはプリズレンで知り合ったの。彼は客員教授で通ってきていたから。教育研究方法論を教えていた人だった。

私は、ふたたび、難民支援グループ「ずとらぼ・だ・すて」の事務所に通って、仕事を手伝うことになった。ドゥシャンは、空爆が終わる六月の初めまで、ずっとプリズレンで過ごした。彼は、私たちに電話をかけることはほとんどできなかった。三か月の間に三回くらいしか声が聞けなかった。ドゥシャンがベオグラードに出てくる二、三日前、私たちはベオグラードの中で、別のアパートに引っ越すことになったの。プリズレンのダーラ先生が、ベオグラードに一軒、小さな住宅を持っていて、普通の値段の半額で貸してくれることになったの。実はね、これまでの大家さんが、私たちの自転車のせいで廊下の壁が汚れたから、壁を全部塗り替えろと言ったの。ジャルコボ区の一軒家の一部で、大家さんが訪ねてきて、まったく細かいところまで点検していったわけ。ジャルコボの家で空爆期間中を過ごしたのだけど、この辺りは盆地でね、別の地域の空爆の音はほとんど聞こえなかった。一度だけ、マキッシュ地区が空爆されたとき、爆音が聞こえた。なんという爆音でしょうね。数キロメートルも離れているのにこんなに大きな爆音が聞こえたのだもの。なんとテラスの扉が爆風で開いてしまったほどだった。

空爆中にね、一度、作った料理がある。そのとき一度だけ、そのあと二度と作らなかった料理。それはズッキーニの肉詰めのホワイト・ソース和えなの。ズッキーニの皮をむいて、中をくりぬく。その中身を、玉ねぎのみじん切りとひき肉と合わせて一緒に油で炒める。そこにお米を少し加えて、ニンニクを少し刻んで入れる。ズッキーニは、厚目の輪切りにして、そこにひき肉を詰める。鍋にそれを並べて、ほんの少し水を注ぐ。ズッキーニから水が出るから、水は少しだけ。十五分くらい煮る。その間に、ホワイト・ソースを作って、ズッキーニの上にかけていただく。この料理を作ったのはね、ドゥシャンとベオグラードから出てきたとき。彼がふたたびプリズレンに行ってしまう前のことだった。

ああ、この私の頭のなかに、いったいどうして、たくさんのことが詰まっているのかしら。なぜ、もう二度と作らないかって、理由はわからない。ホワイト・ソースは、いつもより硬めにする。バターをフライパンに溶かし、小麦粉を加えゆっくり炒め、牛乳を注ぎ、塩を入れ、しばらくコトコト煮る。この料理のホワイト・ソースは、硬めに作らなくちゃね、ズッキーニは水分が多いから。最後にディルを刻んで散らす。大匙一杯くらいのディルよ。

なぜ私がこんな状況のときに、市場にいつも通っていたかというとね、それは料理するということは、家族がみんな仲良しだという感じを生み出してくれるからなの。料理をするということは、家族を集めるということなの。こうした状況のなかで、正常な気持ちを生み出してくれる、それは異常なことが起こっていることに対する抵抗でもあるのよ。空爆中、私たちが住んでいた地区はね、秘密警察のボスと言われる男の人が住んでいた地域で、どういうわけか停電がなかったのよ。信じられるかな。ふふふっ。

リカの故郷、父母のこと

母のこと、お話しておくわ。母は、リカ地方で生まれたの。第二次世界大戦中、一九四三年、母が十五歳だったときに、迫撃砲で家が焼けてしまった。イタリア軍による攻撃だった。母には、二人の弟がいた。三歳と乳児だった。それから七歳の妹。炎の中の家に、七歳の妹が飛び込んで、火の中から弟二人を救い出した。そんなことを体験した。

父はね、ペトリニャの近くのネボヤン村（Nebojan）で生まれた。戦争中は、パルチザンで解放運動に加わった。父はいつも、戦争中はひどい飢餓だったと話していた。それが父の頭の中にあって、いつも必要な食べ物の二倍を、家族のためにもってきた。あまり多くを語らなかったけれど、空腹ということが、そして食べられないことが、どんなに怖いことかと、語っていた。一日だけではない、何日も、空腹でいることがどんなに怖いことか、と。

私の母の一家は、戦争中、食べ物はあった。牛と鶏がいて、野菜も果物も作っていたから。母の村はイタリア軍に占領された。そのイタリア軍は、ナチスやクロアチアのウスタシャよりももっと攻撃的だったときいたわ。

私は小さいときから、料理をはじめたの。十三歳だったときには、家族の昼食をすべて用意できたわ。それは夏休みのときで、小学校の七年生か八年生だった。最初のお料理は、肉詰めピーマン。母が横にいて、こうやって、ああやって、と説明して、その通りに作ってみたの。そのパプリカは最高だったな。

私はね、料理はとても創造的なことだと思っている。母よりも凝った料理が作れると思うわ。母は、典型的なふつうの料理を作っていた。私は、いろいろ研究するのが好きなの。何かを加えたりしてね。私のお嫁さんのセルマもお料理が得意よ。お互いに、お料理を教え合っているわ。

最後に、難民生活で何が足りなかったかというとね、それは麺棒だった。母から受け継いだ素晴らしい麺棒だった。どこに移り住もうと、麺棒だけは新しいのを買いたくなかった。ビール瓶とかで代用していたわ。今は、長くて細めのが、一本あるけどもね。私のはね、古風で短いけれど、直径が十センチメートルもあったの。ずっしり重くて、小麦粉の生地がとっても上手に伸ばせたわ……。

追記

ゴルダナは、クロアチアのクライナ地方（軍政国境地帯）から難民となり、スロベニア経由でセルビアの首都ベオグラードに逃れ、そこからさらにコソボ・メトヒヤに移住。一九九九年のＮＡＴＯによる空爆のため、ふたたび難民となりベオグラードに移動。二度、難民となった。コソボ・メトヒヤ自治州については、後に詳しく述べる。

僕は元気だ

スラビツァ・ブルダシュ

一九五二年、クニン市（Knin）オチェストボ村（Očestvo）生まれ。一九九五年八月四日「嵐の作戦」で難民となり、ベオグラードで夫と八百屋を営んだ。二〇一五年八月五日、我が家のある四十五団地の食堂「聖ニコラ」で、ジュースを飲みながら、話を聞かせてもらう。録音機は使わず、ノートにセルビア語で書き取り、後日、翻訳した。

私の父は一九九八年に亡くなりました。難民生活を送ったあとで故郷に帰ったとき、悲しみのあまり息を引き取った。母も父のあとを追うようにして、やはり難民生活のあとで故郷でね、皮膚癌で亡くなりました。ベオグラードで治療を受けていたのだけど、最後に故郷に戻りたいと言ったのです。あと、二、三日しか生きられないのだから、と母は言った。故郷に戻って、じきに亡くなった。オチェストボ村です。

一九九五年の八月四日。その朝は早く、クニン市への空爆が始まりました。五時ごろです。すぐに停電と断水、ラジオの放送も聞こえなくなった。すべての通信手段がなくなった。地下室に避難しました。午後になって長い車の列が動き出しました。それは果てしのない列だった。どこへ行くのか、どうやっていくのか、まったくわからない。スプーン一本、持ち出せなかった。三日間、こうして旅が続いたのです。お風呂も入れない。バニャ・ルカ、ドボイ、ブルチコ、ビェリナ（Bijelina）、ラーチャ（Rača）を通ってセルビアに入った。

私たちには自分の家があった、そして庭もね。大きな家で三百六十平米あった。庭は三十アール、葡萄を育てていた。夫のジューロが、鉄道の仕事を解雇されたのは一九九一年。クロアチアの内戦の始まった年です。クニンは鉄道の大きな接続駅ですが、クロアチア共和国独立のあと、鉄道は一切不通となったのです。

ジューロは、ザグレブ市で工業高校を卒業して、鉄道の時刻表を作る仕事をしていました。私はスプリット市で商業高校を終わると、クニンで働いていました。ジューロは高校を卒業して、ザグレブ大学の工学部に入学したのだけど、大学を中退してクニンに戻ってきたの。私と結婚するためだった。私たち、赤ちゃんができたの。

後のユーゴスラビアの首相になるアンテ・マルコビッチは、ラーデ・コンチャル社という有名な電気会社の社長だったのだけど、ジューロはその会社の奨学金をもらっていて、会社で研修生をしていた。アンテ・マルコビッチ社長がね、じきじきにね、ジューロを呼んで、大学を止めるなと言ったの。「故郷に帰るなんて。あんな岩だらけのところでどうするのだ、君はザグレブに残るべきだ」と言ったの。でも、誰もジューロを説得することはできなかった。私と結婚して、クニンの鉄道に就職した。一九七二年のことだった。その年に、一番目の息子が生まれた。

息子が二歳のときに、ジューロは、徴兵で軍隊に行ったのだけど、そこで大変な交通事故に遭い、やっとのことで命をとりとめた。入隊式のあと、乗っていたトラックが用水路に落ちてね、脊椎に重傷をおったの。たいへんな内出血だった。最初のレントゲン写真は、真っ黒だった。担当医は、二日間、手術をしようと言わなかった。でも別のお医者さんが来て、どうせ死ぬのなら手術をしてから死ぬべきだ、とにかく僕たちが努力したと言えるようにね、と言って、手術をした。オブラド・イェリチッチ先生といった。脊椎をきれいにしてくださってね、すべてを治してくださった。この事故は、ザグレブで起きたの。そのときは、家族みんなでお見舞いに行ったわ。軍隊に行く前、鉄道で二年間、働いていたのだけど、軍隊から戻ると、また鉄道で働き続けた。軍隊から戻ったころ、一九七五年に下の息子が生まれた。私はね、商店に勤務していた。

一九七九年、私たちは家を建てはじめた。三年間かけて家を造った。一九八二年だったわ、私たちが新居に住みはじめたのは。間借りしていた家にあった家財道具を運び入れたらね、それだけで生活に十分足りていたはずだったものが、大きな家の中では見えなくなってしまうくらいだったわ。それから順番に、一つずつ家具を買いそろえていった。しばらくして、自分の家の中にお店を作って、私はそこで働きはじめた。農業協同組合の特約店ということで契約したの。店は社会有、つまり公営。ユーゴスラビア時代は、自主管理のシステムだったでしょう。雇用者がみんなで共同経営をするので、国有とは呼ばず社会有と言っていた。私の家に会社が家賃を納め、私は月給をもらう。でもこんな人生の美しさは、長くは続かなかった。戦争が始まった。一九九一年、人生は変わってしまい、すべては大変なことになった。

戦争は一九九一年に始まって、すべての繋がりが途絶えてしまった。私たちは、その年の五月から十月まで電気がなかった。冷蔵庫も電熱器も何もかもが使えない。考えてもみてちょうだい、真夏の猛暑のなかで、薪の竈で料理をするのよ。夏に火を起こして、薪をくべるのよ。すべてに耐えるのがとても大変だったわ。

長男のイリヤはクニンの高校でコンピュータの勉強を終わり、次男のアーツァは高校一年だった。イリヤは、ベオグラードの警察短大に合格して、十月からベオグラードの学生寮で生活をはじめていた。アーツァは私たちと一緒だった。イリヤは短大の一年が終わると、クニンに戻ってきた。志願兵として軍隊に入隊したの。彼はノビ・グラード（Novi Grad）の部隊に配置された。現在はボスニア・ヘルツェゴビナの領土だけど、クロアチアとの国境の町なの。八日間、クロアチア軍と戦闘があってね、食糧も水もなく、眠ることもできなかったらしい。知り合いで周辺の部隊にいた人が戻ってきて、そう聞いたわ。すべてはどうなるか見当もつかなかった。ありがたいことに、すべては無事に終わり、息子は戦場から帰り、またベオグラードへ戻って行った。どんな兵器から砲弾が飛んでくるのか知っていたら……。辛くって、眠れなかったわ。夫のジューロはね、別の前線にいた。軍事的身体障害者だったのだけど、彼は誠実な愛国者だった。誠実で、真面目な人だった。ジューロは、クニン市の市会議員だったの。その後、次男のアーツァも動員されて軍隊に入隊した。

戦争でね、何一つ買うことができなくなった。庭にあるもの、庭の青菜……。市場だけはやっていた。お店にはスパゲティ、お米、缶詰、肉加工製品はなんとかある。でも牛乳と肉はどこにもない。二、三年がこんな状態だった。やがて、ボスニアとセルビアから電力が供給されるようになって、やっと電気の供給が安定したの。学校は授業があったけど、先生は戦場にいる。半分は授業がある、半分はない。この繰り返しで、子供たちが放任された世代だった。

でも、昔ながらのやり方でね、家で焼いたパン……。サッチという金属の板で焼くパンは素晴らしかったわ。それまで、私、パンなんか焼いたことはなかったの。でも、パンを焼かなくてはならなくなった。カヨさん、それはね、素晴らしいパンだったわ。世界一だった。完全に覚えるまではね、三、四度は、失敗してパン種を捨てたけど。焼くときの温度をうまく合わせなくてはならない。最初は、焼きすぎか、生焼けの繰り返しだったけど、あとからは最高だった。二キロの小麦粉、生イーストの塊一つ、水を加えてよく練る。その間に火を起こして、サッチという鉄板を温めておく。鉄板は、上からつるしてあって、下からの火で温めておく。炭火をかき混ぜるようにして、下をきれいにしておく。パンの生地を丸い形にまとめ、サッチの鉄板にのせて蓋をする。そこに燃えている薪と一緒に灰を被せる。こうして四十五分ほど焼くの。これはね、世界でいちばん美味しいパンよ。鉄板の下が大切なのだけど、火加減が難しい。最初にうまくいったとき、みんな大喜びしたわ。パンを焼くときは、いつも誰かが私と一緒だった。それはご馳走だった。そのころはキャベツ、豆、スパゲティなんか、一緒に合わせてスープを作った。缶詰入りのグーラッシュがあれば、パプリカを炒めてトマトや玉ねぎなんかを加えて混ぜ合わせる。そこにスパゲティか、お米を添えた。

一九九五年八月四日のことね。あの日、私たち家族は四人とも一緒だった。ちょうど夏休みだったから。一日中、空爆が続いた。ラジオのニュースは、クロアチア放送しか入らない。セルビア放送はまったく聞こえない。まず送電線が空爆されたから、クロアチア放送しか入らなかったの。ラジオといっても小さなトランジスター。私たちは地下室にいた。ときどき近所の人がやってくる。どこへ行けばいいのか、どうしたらいいのか。でも難民になるとは、思いもよらなかったわ。その日は、手作りのプルシュートを食べていた。自家製の生ハムよ。パンはあった。電気はなかった。

誰もが、一時的にどこかへ避難するだけだと思っていた。夜の九時ごろ、つまり二十一時、私たちは家を後にした。道は車でいっぱいだった。車と車の間、車間距離は、ほら、これくらい、たった二十センチくらいだった。車の列はゆっくり動いていった。トラクターの人もいた。乗れる乗り物でいくしかない。

家の地下室から上の階にあがり、毛布と枕を持ち出した。二、三日だけ避難する、そんなつもりだった。階段を下りて、車に乗る。そのときね、私の犬のメード（熊ちゃん）がね、車に飛び乗ってね、小さな子供みたいにクンクンと泣くのよ。あのときの情景は、私たちの眼に焼き付いている。息子たちは、今でもそれが残念でならないの。それが永遠のお別れになるなんて、思いもよらなかった。三日間もかかって、ベオグラードに着いた。私の妹が結婚して住んでいたし、叔母さんも住んでいた。

どうなるのかわからない旅が続く間、いろいろなことが起きた。車の列のなかで互いに、誰かの消息を尋ねあっていた。私の親戚を見なかったかとか、父、弟、夫、息子はどこかと尋ねあっていた。私たち、ふつうの人間が、ただ先へと進んでいく。道ゆく人に、戦場に残った肉親の消息を尋ねあいながら……。いちばん心に残っているのは、あるお母さんのこと。彼女は、みんなに息子を見かけなかったかと訊いたのだけど、私たちは戦地で亡くなったのを知っていた。なんとか息子のゾランを戦地から連れ出してほしいと、お母さんはみんなに頼むのだけど、誰一人として、息子さんが死んだと告げる勇気のある者はなかった。道では、お産が始まって赤ちゃんを車の中やトラクターの上で産む女の人もあった。途中で死ぬ人もいて、家族が道に埋めていった。どこかに穴を掘ってね、埋葬する。ある男の人がね、トラックを運転していたのだけど、どうしてかバックしたのね。奥さんはトラックの後ろにいて駐車するのを手伝っていてね、轢かれて死んでしまった。夫は妻を轢いてしまったの。道の傍らに、妻を埋葬した。その七、八年後に夫は、彼女の骨を拾ってベオグラードに移して埋葬したということだったわ。彼はね、南京袋に妻の骨をいっぱい拾った。遺骨を運ぶ正式の許可書なんかなかったから、車で行ってセルビアまで運んできたのだというわ。こうして道中で亡くなった人たちは、数年後に家族の手で骨を拾われ、セルビアに運ばれた。私はよく自分自身に尋ねてみる。こんなことを経験したあとで、人間は正常でいられるのだろうかって……。

あの日のラジオのこと。クロアチアのトゥジマン大統領は、ラジオで、セルビア系住民に降伏するように呼びかけていた。そして、降伏した者の安全を保証すると言った。誰一人、信じる人はなかった。いったい何が何なのか、よくわかっていたから。老人のなかには、家に残った人も多かった。誰も何もしないだろうって思ったからなの。戦闘要員ではないのだから。でもセルビア系の市民が難民となって出ていってしまうと、クロアチア軍は残った老人たちを見つけては殺していった。寝たきりの老人も、みんな殺された。

ずっと後から私たちの家を訪ねたときのこと。私たちの家財道具は、一切合財、盗まれてしまった。床板や便器までもね。私たちを、すっかり空っぽの家が待っていたのだった。二階の部屋は百八十平米あって家具がそろっていたけど、みんな盗まれていた。あの「嵐の作戦」のあとで最初に戻ったのは三年後、一九九八年のこと。何一つとして、自分たちの物は残っていなかった。父が亡くなった時、私は葬式に出られなかった。そこで父の死から六か月後に、故郷を訪ねたのだった。そのときにね、書類を受理して、クロアチアに行き来できるようにした。その書類でクロアチアのパスポートと身分証明書を作った。秋だった。故郷のクニンの町を見たときね、カヨさん、私の胸は張り裂けてしまうと思った。でもその気持ちが続いたのは、クロアチアの官僚体制を目の当たりにした翌日までだけだった。その瞬間、もうこれは私たちのクニン市ではないし、この土地には私たちの仲間もいないのだということがはっきりしたの。

また、一九九五年の八月に戻るわね。あの日はね、私とジューロ、次男のアーツァと長男のイリヤと、家族四人が一台の車に乗った。そのあとに続くもう一台の車に、私の父のヨバンと母のミリツァと、私の弟のジェリコと嫁のミーラとその息子たちのミロシュとヨバンが乗った。父はね、機関車の運転士で、母は主婦だった。父はすでに年金生活に入っていたけど、年金はまだ配給されていなかった。父と母は、一年半、ベオグラードで暮らしてから、故郷に帰っていった。

ベオグラードに着くと、まずレーキノ・ブルド区に住む妹夫婦のところへ行ったの。ジューロと私は、妹夫婦のところで十日ほど、お世話になった。両親と弟の一家は、その後も妹の家で暮らした。十日後に、私たちは叔母さんの家に移った。息子たちは、学生寮に入った。イリヤの部屋にアーツァがもぐりこむ形だったけども……。

叔母さんのフラットはね、小さかった。彼女にはとても窮屈だったし、私たちが子供たちと一緒にいられないのを気の毒に思ってくれた。そこで叔母さんは考えて、私たちにどこかで家を借りるように、そして家賃は一年間分おばさんが前払いするからね、そうすれば子供たちも一緒に暮らせるから、そのほうが、あなたにも楽でしょう、たとえ古いパンを食べるようになっても、私のところにいるよりはね、どんなおいしいご馳走よりもそっちの方が大切よ、あなたたちが何とかなるまでは、叔母さんが助けるから心配しないでいいよ、と提案してくれたの。叔母さんはミリツァというの。一九一八年生まれだった。夫には、先妻と子供が二人いたけど、叔母さんとの間には子供がなかった。叔母さんには、自分が産んだ子供がなかったの。「私はね、自分の子供がなかったから、毎日泣いていたの。だからね、あなたたちは自分の子供と一緒にいなさいよ」と、言ってくれた。最初のフラットは、ノビ・ベオグラードの四十四区の団地にあった。ここから、すぐ、隣の団地よ。

また八月四日の「嵐の作戦」のお話に戻るわ。旅を続ける間、それぞれ家から持ってきたものを食べた。道中、みんなで食べ物を分け合う。私たちは自家製のプルシュートとハムを持ってきた。家を後にする瞬間に、ゆっくり考えている余裕はなかった。真っ暗な上の階に上っていく、迫撃砲の音が聞こえる、何を持ち出すか考える余裕はない。大切な書類、いろいろな思い出、すべてがそこに残ってしまった……。

ベオグラードに着くと、私はすぐに働きはじめた。ナーロドニー・フロント（人民前線）通りのチェバップ屋さんで働きはじめたの。チェバップってこの土地の名物でしょう。トルコ風肉団子、セルビアのファースト・フードね。叔母さんの義理の息子が、仕事を見つけてくれた。アーツァもイリヤも仕事を見つけ、それぞれが、どうにか新しい人生をはじめた。ジューロも最後には、何とか仕事を見つけた。そう、それがこのノビ・ベオグラードの四十五団地の八百屋の仕事よ。その店主のシーモさんはね、私の妹のクーム（洗礼のときの代父）だったの。シーモさんは、ジューロに働きに来いと言ってくれた。まずジューロが働きはじめ、後から私も一緒に働いた。シーモさんのところで三年間働いた。そのあと私たちがその八百屋を引き継ぎ、ずっと働いた。どんな日もね、私たちは、必ず故郷に帰れる日が来ると希望を持っていたのよ。

叔母さんのところにいたときはね、一緒に料理したわ。肉とスープと……当たり前の食事を作っていた。食べものに困ることはなかった。お金も持ってきていたしね。

八百屋の仕事は、きつかったわ。朝の五時に、次男のアーツァが卸市場に出かけて仕入れをする。私とジューロと長男のイリヤと一日中、屋台で働いた。アーツァは、朝早く仕入れの仕事をして屋台に品物を届けると休む。私は午前中、店にいて、午後は少し家に戻って家事をする。料理、洗濯、掃除を済ませ、また店に戻る。一時期はね、カヨも覚えているでしょ、七時から二十一時まで店を開けていた。その後、ノン・ストップ、二十四時間営業になった。品物が多くて、出し入れが大変になったからなの。そこで夜間は警備をかねて人を雇った。いろいろな人がいたわよ。お金がなくなったりして、大変だったわねえ。

二〇〇四年、もう一つ大きな打撃を受けた。ジューロが病気になったの。肺癌という診断だった。また病との闘いが始まった。初めは、早いうちに発見できたから、完治すると思われたの。それから手術が行われ、治るという希望が湧いた。三年間、治療生活が続いた。ところがね、また気管支に腫瘍が見つかった。今度は、手術は不可能だった。光線治療のほか方法はない。希望はどんどん薄れていく。残るは、厳しい戦いだけだったけど、それもますます苦しくなった。そして三年後、とうとう戦いは終わってしまった。私たちにとって大変な年月だったけど、六年にわたる病との戦いを通して、ジューロはいつも私たちを励ましてくれてね、すべては当たり前のこととして耐えるのだ、自分には怖いものは何一つないのだから、パニックになってはいけないよと、私たちに言っていた。彼はね、いつも「僕は元気だ」って答えていたわ、健康のことを尋ねられるとね。いつも微笑を絶やさなかった。

彼はね、身長が二メートルもあってね、バスケットボールの選手だった。ザグレブの生徒寮のチームの選手だったの。ユーゴスラビアの社会主義時代にね、ラードナ・アクツィアという労働活動があったじゃない。その奉仕活動、覚えているでしょ。共産党青年同盟主催で、若者が無償で公共施設の建築工事や道路工事を行う。合宿しながら演劇活動とか勉強会とか読書会とかダンス会とか、盛りだくさんの文化プログラムがあった。ジューロは、ザグレブ市の労働活動のリーダーであり司令官だった。彼の率いるグループは、ユーゴスラビア政府の建物を建設する仕事もした。彼はねえ、理想主義者だった。くじけることなんか、ほとんどなかった。楽天家だったの。

彼の好きだった食べ物はねえ、豆スープだったわ。豆を半キロ。豆を煮るときには一度沸騰させ、そのお湯は捨てる。その鍋に冷水を注ぎ、みじん切りにした玉ねぎを二個分入れて、ニンニクを半個、刻んで入れて、イタリアン・パセリを半束刻んで入れ、人参を一本輪切りにして加え、干したパプリカを入れる。夏は、新鮮なパプリカもいい、とにかく手に入る野菜を入れる。そしてコショウの粒。それを水に入れるわけ。それから干し肉、これは好みでどんなのでもいいの。私はね、ベーコンの塊をみじん切りにして入れる。豆が柔らかくなるまで、これをコトコト煮る。最後にザプルシカ、つまりルーを作る。フライパンに油を温め、玉ねぎのみじん切りを入れて炒め、大匙一杯の小麦を入れ、パプリカの粉を大匙一杯入れる。それを鍋に入れて豆とよくかき混ぜる。私たちの地方ではね、そこに小さ目のマカロニを入れるの。ダルマチア風よ。私たちはみんな大好き。イタリア語では、ファジョーというのだったかなぁ。

戦争はね、誰にも良いことをもたらさないものなのよ。私たちがいかなる大きな力にも屈服しなかったら、きっと私たちはみんな幸せだったのに違いない。なぜならどんな戦争も、一握りの金持ちの利益だけのために行われるものなの。世界の大きな権力が戦争を計画して、自分の利益を計算しているのよ。どんな民族だってね、いかなる戦争でも敗者なのよ。

このお店をやっていてね、みんなが、私たちのことを人間らしい人だと感じてくれたと思う。私たち、みんなに愛されていたと思うわ。そのことはジューロのお葬式でわかる。それは二〇一〇年の三月七日だった。千人もの人が弔いにやってきてくれた。亡くなったのが日曜日でね、いろいろなところにお知らせするのは月曜日までできなかった。火曜日がもうお葬式だったけど、とても強い風が吹いてねえ、それは恐ろしい日だったわ。人々は来てくれた。数えきれないほどのお花だった。墓地で働いている人たちにね、いったい誰のお葬式ですか、と訊かれたくらいだったわ。ほんとうに、いやな天気の日だった。月曜日の午後、お店にね、死亡広告を貼った。私たちの家に、すぐにお悔みに来てくれた人もあったわ。

彼が亡くなった後で、お店の切り盛りはとても難しくなったけど、自分自身のためにも、そしてすべてを乗り越えるためにも、私は仕事を続けなくてはならなかった。だって人と繋がりがあることは、孤独とはずいぶん違うことなのだから。二〇一四年まで働いた。そして年金生活に入ったの。店は同郷のモムチロさんに譲ったわ。

二〇一二年にはね、私の叔母さんがね、すっかり身体が弱くなって寝たきりになってしまってね。私は、叔母さんのお世話をするために彼女の家に住むことにした。最後の日々を、少しでも楽に過ごさせてあげたい、ほんの少しでもいいから、自分のことも顧みずに差しのべてくれた愛に、少しでもお返しができたらと思ったから……。最後の二か月は、とくに大変だったわ。「なぜ私は、たった一人ぼっちで、九十六歳まで生きなくてはならないのかねえ、こんな人生に意味はあるのかね」と言っていたわねえ。

ジューロの最後の日々のことを思い出す。闘病中も、彼は普通に食事ができていた。でも最後の八日間はほとんど食べられなかった。彼がね、最後に食べたいといったのは、パレンタ（palenta）だった。でも、食べることができなかったわねえ。それはね、トウモロコシの粉で作るの。半リットルの水に大匙一杯ずつ、生チーズとカイマック（生クリームの一種）を入れる。そこに油を少々加えて十分ほど煮る。そこにトウモロコシの粉を入れる。少しずつ、少しずつ、かき混ぜながら入れる。子供がスプーンで掬って食べられるくらいの柔らかさになるまで、ゆるゆる火にかける。硬すぎても柔らかすぎてもだめ。この料理の古風なのが、ツィツバラ（cicvara）と呼ばれている食べ物よ。ツィツバラはね、まず仔牛のスープを作る。スープを透明になるまで濾す。そこに生チーズとカイマックを加え、四百グラムのトウモロコシの粉を入れて、四十分ほどかき混ぜながら弱火で煮る。ここにはコツがいる。器に粉を入れるとき、粉が円錐形になるように入れて、それをそっと煮ていく。火からおろしてからも、なめらかになるまでかき混ぜつづける……。

叔母さんはね、食欲はあったわ。でも最後の二か月は、食べ物を見るだけで気持ちが悪くなった。だから最後の二か月は、合わせて百グラムも食物を食べたかどうかわからないほどだった。自宅で点滴を受け、命を保っていた。個人病院のお医者さんに来てもらった。若いときフランスで働いていたから、叔母さんはフランスの年金をもらっていた。それで貯えがあった。フランスでは清掃婦をしていた。

ジューロのお母さんはね、ダニツァと言った。ジューロが病気になったとき、お母さんには知らせなかった。なぜかというと、ジューロが母に辛い思いをさせたくないと考えたからなの。お母さん自身の人生が厳しい人生だったからって……。早くに夫を失ってね、女手一つで、四人の子供を育てあげた人だった。どの子もお父さんを覚えていないくらい、早くに亡くなったの。彼のお父さんはね、鉄道員だったのだけど、接続の切り替えをしていて事故で死んだ。二十七歳、一九五三年のことだった。二人の息子と二人の娘を残して亡くなったの。夫の遺族年金をもらうようになったけど、わずかだった。そこで農家に行って、畑仕事をもらいながらお金を稼いで子供たちを養ったの。こんなに厳しい人生を歩んだお母さんに、ジューロは辛い思いをさせたくなかった。それで自分の病気のことを知らせないようにしたのよ。

さっきも言ったように、お母さんは難民生活のあとで、また故郷のクニンに戻っていたでしょう。だから電話でお話をするとき、たとえば手術の後とか入院中とかは、私たち、ジューロは元気にしているよ、と言っていたの。お母さんは、「ねえ、おまえ、あんたは、いつ仕事に行くのかね」、と聞いた。ジューロは「母さん、たった今、家に戻ったばかりさ。ちょっと休んだらね、また仕事に行くから」と答えていた。携帯電話でそう話していた。家から電話をかけているふりをしていたの、病院にいたのにね。お母さんがすべてを知らされたのは、彼が亡くなってからだった。

一度、お母さんは、私たちに会おうとベオグラードへやってきた。でも夫の弟の家にいた。ベオグラードの真ん中のマケドニア通りの家なの。私たちのところにどうしても来ると言ってきかないのだけど、義理の弟は、なんとかごまかして、延ばし延ばしにしていたの。それらしい理由を考えついてね。あんな姿に変わり果てた息子を見せたくなかった。そのころお母さんは、冬の間は三か月、ベオグラードで過ごして、残りを故郷のクニン市で暮らしていた。

ジューロが死んで一年半後に、お母さんもクニンで亡くなった。ジューロが亡くなったときは、「なぜ私に言ってくれなかったのだい」って言ったわ。でも言ったほうがいいのか、言わないほうがいいのか、わからなかったのよ。それにね、最初のころは、私たち、彼が治るって希望を持っていたしね……。

ジューロがどんな夫だったかというとね、いつも私に文句を言っていた。「どうしてお化粧しないの、おしゃれしないのさ」ってね。おしゃれって言ってもねえ。彼はね、私がいつもきちんとしているのに慣れていたのよ。でも私たちの八百屋の仕事は、汚い仕事なの。きちんとしても、すぐに汚れてしまう。ジューロは、ここから近いベジャニア墓地に葬られている。五十九歳だった。また、もう一度、彼が話し出すような気がするわね。墓石を見ているとねえ。ベジャニア中央墓地の一七六番、それが彼のお墓。

彼の故郷の村はね、二十軒だけの小さな村だった。クニン市の近くの村なの。第二次世界大戦のころ、その二十軒の家からね、たった一晩のうちに、二十七人の男たちが連れ去られたの。騙されてね。みんなムラドボ村（Mladovo）の洞窟に投げ込まれたの。それはウスタシャが行った。そんな村だった。

ジューロにはね、クロアチア人のいい友達もいた。でもね、国家としてのクロアチアは、一度だって好きになれなかった。彼のお祖父さんもジューロという名前だったけど、やっぱり洞窟に投げ込まれた。お祖母ちゃんはね、子供を女手一つで育てあげたのだった。三人の息子と三人の娘をね。息子の一人は、第二次世界大戦で戦死した。ジューロの頭のなかには、いつもその光景があって、その光景を見ていた。

セルビア人だってもちろん、愚かなことをしたわよ。でもそれは、個人としてのセルビア人であって、全体として国家の方針としてではない。すべては繰り返されている。この内戦はね、第二次世界大戦の続きだと思う。不正義は、とてつもなく大きい。

この内戦が始まったとき、ジューロは猫も杓子も教会に通いはじめたのを見てね、あんな連中が教会に通うのなら、僕は教会でもう何もすることはないと言ったわ。社会主義の時代にもジューロはセルビア正教会のしきたりを守っていたのだけど、社会主義の体制が崩れて教会に行くのが流行り出したらね、すっかり嫌になったのだったわ。私たちが結婚したのはね、一九七二年のこと。セルビア正教会ではスラバといって家族がそれぞれの守護聖人を祝うのだけど、クロアチア人の仲間もお祝いにやってきたわよ。クロアチアの仲良しもいたのよ。

難民生活もなんとか終わって、久しぶりにクニン市の故郷をジューロが訪ねたときのこと、こんなことがあったわ。仲間たちが集まっていた。ジューロはみんなに「今、何時だい。バスの時間があるから」って聞いたの。そしたらね、ヨーサ・バリシッチという知り合いが、やってきて、ジューロに「あんたは時計がないのかい」って訊くの。ジューロは、「持っていない、時計なんかしたことないよ」と答えた。そうしたらヨーサは自分の車のところまで行って、まだ箱を開けていない新しい時計を持ってきてね、ジューロにプレゼントしたの。ジューロには理由がわからない。するとヨーサが言ったの。「覚えていると思うけど、セルビア人たちがブリストルという喫茶店で僕に襲いかかってきたとき、君は、いったいこの人のどこが悪いのだ、と聞いて、みんなを黙らせてくれた。もしあのとき、君がそこに飛び込んでくれなかったら、僕はどうなっていたか」ってね。そのことを覚えていて、時計を贈ってくれたの。ヨーサは、クロアチア人だったの。

あれはねえ、一九九〇年のことで、内戦のはじまりを誰もが予感していたころのことだった。ジューロはね、宗教にかかわらず、人間を大切にしていた。残念ながら、社会主義もそれを教えてはくれなかった。ジューロはね、遠い未来を見ていたと思うなあ。

追記

スラビツァとジューロは、私たちの住むノビ・ベオグラードの四十五団地で、キャンピングカーを改造した屋台で八百屋を営んでいた。「ジューロの店」と呼ばれ、いくつかある屋台の中でもっとも愛されていた。我が家も、夫妻の店に通い続けた。彼女に野菜を選んでもらい、料理の仕方をいくつも教わった。「あなたの家でやるようにお野菜を選んで」と頼むと、スラビツァは野菜の山から注意深く選んでくれた。キャベツの煮込み料理は、彼女から教わり、私が繰り返し作る料理である。

ジューロは、闘病中も、ときどき店に現れた。店の前の椅子に座り、長い脚を伸ばして、笑顔が気高い。

二〇一一年三月十一日の東北沖大震災のあと、店を訪ねると、日本のみなさんには私たちの内戦のとき、支援していただいたから、これを私たちの家族から被災地の方へ、とスラビツァは千ディナールもくださった。セルビアでは大きなお金である。あなたなら、どこに寄付したらいいかわかるでしょ、と言って……。温かさが身に染みた。今は、夫妻の親友、モムチロさんが、店を受け継いだ。買い物のたび、スラビツァはどうしているかと、私は尋ねている。

セルビアに伝わるクムストボ（kumstvo）の習慣について記す。セルビアに限らず旧ユーゴスラビアの多くの地域では、洗礼式のときの代父や代母、結婚の仲人（既婚の夫妻ではなく、花嫁、花婿にそれぞれ付き添う保証人）、子供の名付け親などは、血の繋がりはないが精神的な繋がりを持つ者として、家族ぐるみの人間関係を築く。男性形はクーム（kum）、女性形はクーマ（kuma）。教会に関する儀式に関係が深いが、社会主義時代は、民族や宗教にかかわらず家族同様の人間関係も生まれていた。市役所で行われる宗教色のない結婚の保証人をクーム、クーマと呼ぶ場合もある。今日も、クムストボの習慣は大切にされている。

小鳥が木の実をついばむように

ゴルダナ＝ゴガ・ケツマノビッチ

一九五六年生まれ。心理学者。バニャ・ルカ市立デサンカ・マクシモビッチ小学校に勤務。「ずどらぼ・だ・すて」のメンバー。激しい内戦の日々も、町に残って難民支援活動を続けた。二人の娘の母。戦争中、夫はアメリカに移住した。

私にとって食べ物は、この食べ物ではない。私にとって食べ物とは、支えです。私にとって食べ物とは感情、そして人と人との出会い。ええっ、またあのお話ですって。いいわ。

なぜ、お婆さんを泊めることにしたかというと、娘のニーナの言葉がきっかけだったの。あの日の朝、私はテレビに釘付けになっていた。村を追われた人々がバニャ・ルカの町にどんどん流れてくる。何が起きたのか、呆然とテレビのチャンネルを変え続ける私を見て、娘のニーナが怒った。「おかあさん、何をしているの。ただ、悲しんでいるだけじゃだめ。何かをしなくちゃ。お鍋にいっぱいお豆を煮て、体育館に持っていくだけだって何かしたことになるのよ」と。娘は十二歳だった。家にお婆さんを連れて帰り、扉を開いたとき、ニーナはどこか、ほっとした顔をした。お母さんがやっと何かをはじめたわ、という顔だった……。

お婆さんの名前は、マーラ・ムルジェノヴィッチ。はじめて会ったあの日、マーラ・ムルジェノヴッチと申します、と緊張して言ったのが忘れられないわ。お婆さんの村はクロアチア人の村、ウトリツァ（Utolica）といった。暑い日だった。昼下がりのバニャ・ルカの町。私は、自転車をひいて歩いていた。すると大きな樹の下のトラクターの前に、三人のお婆さんがいた。二人は大柄な人で、一人はとてもやせっぽちだった。やせっぽちのお婆さんは、左手に大きな袋を提げて、毛糸で編んだ長いチョッキを右の腕にかけるようにして立っていた。あとから分かるのだけど、その袋には、お婆さんが丹精込めて一針一針、土地に伝わる花模様を刺繍したテーブルクロスやクッションカバーが入っていた。ほかに何一つ持たずに、家を後にしたのね……。一九九五年の八月四から五日にかけて、クロアチア軍は、クライナ地方（クロアチア内のセルビア人居住地域）を激しく攻撃し、セルビア人の住民は一度に故郷を失った。それは「嵐の作戦」と名づけられた最大の規模の民族浄化だった。果てしない川のように、難民となった人々の長い列が続いた。私の住むバニャ・ルカの町も、トラクターや車で逃げ惑う人々であふれた。学校や体育館は行き場所のない人々の避難所となった。

お婆さんがなぜ迷子になったかというと、病気の夫が一足先にトラクターでお隣さんと村を出たからなの。娘は夫の家族と逃げた。お婆さんは戦場から長男が戻るのを待っていて逃げ遅れた。軍隊が村に入ってきて家に残ったお婆さんを見つけ、直ちに逃げるように勧告した。お婆さんは危険な道を一人で歩いてきた……。

大きなお婆さんたちは、親類を待っているらしかった。やせっぽちのお婆さんには行くあてがない。とても小さなお婆さんだった。それで話しかけたの。「お婆さん、今夜は私たちの家にいらっしゃい。あと三十分でまた来るから、ここで待っていてね」と言うと、私は従妹の家に自転車を走らせた。あのころは大変な生活だった。どの家も暮らしに余裕が無くて、パンを買うお金さえ工面した。従妹と相談して、まず食費を用意したのよ。従妹の家を出ると、突然、激しい雨になった。この嵐がきっとお婆さんをどこかに追いやってしまう、と心配しながらあの樹のところに戻ると、やっぱりお婆さんたちの姿はなかった。急いであたりを探すと、近くの集合住宅の入り口で、小さなお婆さんが一人きり、雨宿りしていた。さあ、行きましょうと、家に連れて帰ったの。

食卓をみんなで囲んだのだけど、お婆さんは遠慮してちっとも食べない。小鳥が木の実をついばむように、ほんの少しだけしか食べなかった。お婆さん、みんなで分けるのだから、どんどんお食べなさいよと言ったのに、あんたは、子供に食べさせなくちゃいけないよって。その晩、お婆さんをお風呂に入れてあげた。小さな身体だったけど、なんといったらいいかしら、とっても清潔な、きれいな人だったわねえ。きちんとしていた。

九日間、私たちと暮らしたの。お婆さんの娘さんが見つかるまでね。戦火を逃れて、娘さんの家族はボイボディナ自治州の村にいた。どうやって見つけたかというと、娘さんの家族が行ったらしい村に電話をかけてみたの。小さな村だから、誰かが消息を知っているはず。ちょうど電話に出た女の人も、戦場のボスニアに親戚がいて、事情がよくわかっていて、親身になって調べてくれて、娘さんと連絡がとれたのよ。あなたのお母さんは私たちの家に居ますから安心してくださいと告げて、お婆さんが乗るバスの時刻を知らせたわ。

出発の前の晩は、我が家でお婆さんのためのファッションショーを開いたの。近所の女の人たちが、お婆さんのために洋服を持って集まったの。お婆さんは、私たちが持ち寄ったスーツやコート、スカートを順番に着ては、鏡の前に立った。私たちは、裾を上げたり、袖の丈を直したりしてね。それを新しい旅行鞄に詰めたわ。従妹とお金を出し合い、その村まで行くバスの切符をお婆さんに買ってあげた。赤十字が出す難民のためのバスもあったけど。お婆さん、切符の心配はいらないから、人間らしくゆっくり長距離バスでいらっしゃいな、と私たちは言ったの。六時間もかかるバスの旅なのだもの。

いよいよ出発。お婆さんは私たちの居間に立って窓から外を眺めて、しみじみ言った。ご恩は死ぬまで忘れないよ、ここに私の庭があったら、あんたのために土地を耕して野菜を作ってあげるのにねえ、って。お婆さんはね、娘の嫁ぎ先の家族とはあまり仲良しではないらしかった。心配もあったのでしょう。お婆さんは名残り惜しそうだった。お婆さんは旅行鞄を持ってバスに乗りこんでね、娘さんの家に向かったわ……。

追記

バニャ・ルカの近くの村、ラクタシの森は、鮮やかな紅葉がはじまっていた。二〇〇四年の冬、難民支援団体「ずどらぼ・だ・すて」の仲間たちが、小さなホテルに集まった。詩や演劇のワークショップをする。ゴガもやって来た。ずっと前に、「ずどらぼ・だ・すて」の集まりで、休憩時間にみんなで聞かせてもらった「嵐の作戦」の日のお話。それを、もう一度、話してもらう。小さなお婆さんのお話だ。夢中で書き取る。ゴガは語り終えた。私たちは、何度もこの話を聞いている。二〇一五年の春、戸棚の整理をしていたら、タイプ用紙のメモが出てきた。一気に翻訳し、拙著『戦争と子ども』に「お婆さんと大きな樹」として収録、本書では冒頭部を加筆して再録。

二〇一五年の八月、リュビツァ（本章「パンと牛乳」）の家に泊まった最後の晩、「あなたがびっくりする人が来ている。いらっしゃい」とリュビツァはゴガに電話する。じきにドアが開く。わあああっ。ゴガの驚き、私たちの喜び。しっかりと抱き合う。テーブルにパプリカのジャガイモ詰め。ボルドーの赤ワインも開けた。そして、あのお話を、もう一度、語ってくれた。姿勢を正して深い声で、ふたたび同じように。ほんの少しだけ違っていた。ゴルダナ・ボギーチェビッチ（本章「私は市場に」）の話からも、ゴガが彼女にもお婆さんのことを語っていたとわかる。

マルメロとイラクサ

ベリスラブ・ブラゴエビッチ

一九七九年、ボスニア・ヘルツェゴビナのボサンスキー・ブロッド（Bosanski brod）に生まれる。作家、詩人。バニャ・ルカ大学卒業、地理学修士。難民として一時、パンチェボ（Pančevo）に住んだ。その後、バニャ・ルカに移り住み、レインコート工場に勤務。工場の倒産後、バニャ・ルカ子供劇場の夜警をしながら創作活動を続けた。二〇一七年夏よりバニャ・ルカ図書館に勤務。近郊の村に妻マリアと暮らす。冒頭部は二〇一四年八月、文学コロニーでの会話をノートに記した。他は、彼から送られた文章を翻訳した。二〇一五年五月に書かれたもの。

一九九五年のことだ。いろんなところから、人々がやってきた。ヤイツェ市（Jajce）やドルバールから……。みんなが大きな声で、食べ物のことを話していた。自分の家に残してきた食べ物の名前を、順番に並べる。みんな食べ物のことばかり考えていた。えんどう豆を二袋、グリンピースを一袋。

「食べ物とは何かわかるか」と僕の父はいつも言っていた。「兵隊たちに、起床と叫んでも起きない。だけど、ポパラ（古いパンで作ったパイ）、ツィツバラ（トウモロコシの粉の粥）が兵舎で焦げたぞ、と言うと、みんな起き出す」、とね。

僕のお隣さんの言葉を思い出す。お隣さんは動員されていた。森で大きな鍋を見つけた。そこに雪がいっぱい積もっている。火を起こし雪の鍋をかけ、古いパンを入れた。あれほど美味しいポパラを食べたことはないって。彼の名前はミレンコ・ズルニッチ。戦争と食物。いいよ、それについて書けたら、すぐ送る。また会おう。

戦争の飢え、戦争ゆえの飢餓、飢餓ゆえの戦争

戦争は、まったく予知できないカテゴリーだ。だがこの事実（これは、一見、説明する必要もないように見えるけど）を、なぜ回想の初めに記さねばならないかというと、ちゃんと理由がある。それは僕自身の体験に裏付けされており、デマゴギーによるものではない。埃をかぶった教科書の一課や『いかにして戦時に身を守るか』（人民軍編集、一九六八年刊行）という手引書によるものではなく、実際に生き（延び）るなかで身につけたものだからだ。

一九九二年四月、ボサンスキー・ブロッドの家から、ドボイ市（Doboj）の母方の祖父母のところへ疎開してしばらくしてからのことだ。ちょっと信じられないかもしれないが、スロベニア共和国が分離独立し、クロアチア共和国では内戦が激しさを増し、近い親戚も難民となっていたころだったのに、僕の家族は平和が続くと信じ、人間の健全なる知性（社会主義時代の「友愛と団結」とまでは言わないが）を信じていた、本当にね。ドボイ市（またその周辺に広く）まで戦火が広がるなど信じていないわけだから、食糧の備蓄やその他の日常の生活用品が十分にあるかどうかなど誰も気にしない。実際に問題はなかった。食品庫の備蓄は十分で、冷蔵庫と冷凍庫には山のように食糧があり、銀行の通帳にも預金は十分にあった。空腹になる不安はなかった。一九九二年五月一日のメーデーは、ドボイの郊外にある祖父母の別荘で、伝統にのっとり野外で焼肉を楽しんだ。まだ覚えているけど、兄は祖父に、「ここに持ってきた五十キロ入りの小麦粉の袋ね、夕方、帰るとき、ドボイの家まで持って帰ろう」と頼んだ。すると祖父も祖母も、「大丈夫、そんな必要はない。ドボイの町までは戦争は来ないから。戦争になっても、町より村のほうが安全だからね」と答えた。第

二次世界大戦を自ら体験して学んだ二人は、「当時の人々は村々や森に隠れて過ごしたのだ。ドボイの集合住宅の二DKより、郊外の別荘に小麦粉なんかの貯えを持つほうが賢い」と兄に諭したのだった。

だが、もう最初に言ったが、戦争はまったく予知できぬカテゴリーだ。二人の知識（精確に言えば、二人が知っていると思っていたこと）は、翌日に反古にされた。五月二日、（正式に）ドボイ市にも戦争がやって来た。

最初は食べることに問題はなかった。かなり食品の貯えがあったし、やりくり上手で料理名人の祖母が台所にいたからだ。だが、問題が発生したのは、停電になってからだ。日付は覚えていないが、とても暑い日だったのを思い出す。どの家庭でも冷凍庫の中身の解凍がはじまり、焼肉大会が始まった。集合住宅のバルコニー、建物の裏、車庫の前、いたるところでだ。すべてをこの目で見て、すべての匂いを胸に吸い込むのは、本当のことと思えないほどだった。豚肉、仔羊、若鶏、仔牛、ソーセージ、豚のリブ、そしてどこか間違って迷い込んだパプリカ、キノコやズッキーニの匂いの煙。

近所同士で声を掛け合い、焼肉を互いに届けたり、ご馳走の席に招き合ったりした。そのころはまだ、笑いがあった。時々だったが、とにかく笑いがあった。歌さえ聞こえてくることもあった。やがて、すべて静まり返った。肉を焼く炭の炎も笑いも歌も。そして大砲や爆弾の轟、空襲警報のサイレンの響き、赤や緑の砲弾が空を飛びかう音が静まると、家族の空っぽの胃袋の底からグーグーという音だけが鳴り響いた。

最初に腐りやすい食べ物を分け合い、食べられるものをすべて（そして怪しげな食べ物は捨て）食べてしまうと、次はマカロニ、麺類、ジャム類の番になった。それがすべて底をつくと、祖母は「建物の周りに萌えているイラクサの若葉を見つけて摘んでおいで」と言った。イラクサで、本物のホウレンソウみたいなスープを作ってくれた。ピッタの生地を作って、そこに湯がいたイラクサを巻き込んで、ゼーリェ（菜っ葉の一種）のピッタみたいなものを焼いてくれた。じきにイラクサの若葉もなくなった。あとには動物たちが小便をかけ、人間が唾を吐いたイラクサの茎だけが残った。やがて茎さえも無くなった。僕たちがすべて食べ尽くしたのだ。そして、ついに小麦粉まで無くなると、別荘（日付はよく覚えていないが、戦争の嵐で礎まですっかり燃えてしまったが）に残してきた小麦粉の袋を思い出すのだった。そこで飢えた者の喧嘩がはじまるのだ。兄は、こんな状況に追い込まれたのは、自分の言うことを聞かなかった祖父母のせいだと言い、祖父母は、「あの戦争」とは少し違っていたのだから、何が起こるかなど知りようもないと、自己弁護した。

僕は部屋に逃げて行き、古風な戸棚から、マルメロのスラトコ（果物を煮くずさずに作るプリザーブ）の瓶を取り出し、中に注意深く指をつっこみ（毛むくじゃらの絨毯にジャムを少しでも落としたりしないように）、むしゃむしゃ食べた。するとお腹が痛くなって（たぶん、空き腹に甘すぎるものを食べたからだ）、祖母は「トイレは今、断水だよ」と叫ぶ始末だった。だが、お腹がちょっと良くなると、僕は、みんなに忘れられたスラトコの瓶めざして部屋へ駆けていくのだ。それは酷い瞬間、敗北の瞬間だった。僕のいちばん親しい人たちに隠れ、みんなが明らかに忘れてしまったものを食べてしまうのだから。もちろん家族でもっとも小さい僕はいつだって、いちばん多く食べ物をもらったのだが、ちょっと病的なほどの飢餓に対する恐怖が僕の身体に入り込むのを抑えることはできなかった。だからこっそり、マルメロのスラトコを、（みんなに気づかれては困るので、台所にスプーンを取りに行けなかった僕は）まず指で、次に鉛筆で、それからプラスチックの線引きで、最後の一匙まで食べ続けたのだ。

僕は豆が嫌い、一度だって好きだったことはない。だけど、ある朝、風呂場に入り、バスタブから広がる我慢できないほどの悪臭を感じたときは、さすがに泣きだした。そう、サヤインゲンのために泣いたのだ。実は、祖母は、数日前に、まずプラスチックの洗面器にサヤインゲンを入れて、たっぷり塩を振りかけ、水を半分ほど張ったバスタブにつけておいた。家のなかで一番涼しい場所は風呂場だし、塩は保存料として食べ物の腐敗を遅らせるはずだったが、やはり腐敗に至ったのだ。僕は泣いた、そう、腐ったサヤインゲンのすえた臭いに泣いたのだ。それは僕たちに残された最後の食事になるはずだったから。ときたま人道援助の食べ物が届くこともあったが、たいていは、一日中、あるいは一日半、口に何も入れずに過ごす。僕は十三歳で、いつも飢えていた。すべてに飢えていた、人生に飢えていたのだ。

祖母と僕がベオグラードに着いたのは八月のある日。たまらなく暑い日だった。そのとき僕たちはセルビア人共和国（ボスニアのセルビア人居住自治国）で印刷された紙幣しか持っておらず、セルビアではそのお金はまったく通用しなかったのを思い出す。ドボイ市からベオグラードに向かうとき、祖母はみんなから、検問所では通行者の貴金属を没収すると聞かされ、とても怖がっていた。祖母は結婚指輪を神様だけがご存知の場所に隠し、僕には生まれたときから首にかけている金の鎖を靴下の中に隠せと言った。金の鎖のおかげで足に豆ができた。僕たちは汗まみれで、飢えと戸惑いの臭さ（つまり逃げていく人々が放つ臭さ）を放ち、価値のないお金を持って、ゴドーを待つように、市の交通局のバスを待っていたが、後から聞くと、国連経済封鎖の導入以降、そのバスの路線は廃止されていたのだった。まるで十二時間の大旅行では不十分だとでもいうように、ベオグラードに入ってから、照り返すコンクリートのなかで、電車の始発駅で、さらに三時間を過ごし、やっとのことで、祖母の妹が住んでいた（今もそこに住んでいる）セラック区の家にたどり着いたのだった。

あいにく祖母の妹は留守だったが、ご主人がいた。そのとき、僕は（それまで、いつも食べるのを拒否していた）手作りのスープを二皿もたいらげ、そして今日にいたるまでもなお、世界一美味しいご馳走を食べた。

それはジャガイモと若鶏のオーブン焼きだ。

あのお昼のご馳走、その香り、美味しさ、満腹感を決して忘れない。

そして飢えを決して忘れない。

戦争に飢えることから始まって、戦争ゆえの飢餓に僕らを導き、最後にはまた飢餓ゆえの戦争に終わる、そんな螺旋状の渦巻に巻き込まれることに従いたくはない。

たしかに戦争は、予知できぬカテゴリーかもしれない。だがどこが攻撃されるかはっきりわかっている。

戦争は（とりわけ戦時中は）、すべての者の扉を叩き、肌の色も、民族も、宗教も問わないということは、はっきりわかっている。

こんなことを繰り返してはいけない。

二度と。

どんな場所にも。

どんな者にも。

追記

二〇一四年八月、ブーク・カラジッチの生まれ故郷、セルビア文芸協会主催のトルシッチ村の文学コロニーで、ベリスラブと私は出会った。六人の作家の仲間は、大きな田舎屋で五日間を過ごした。早起きの彼は、テラスで原稿に手を入れていた。私もふくめた早起き組は、書きかけの原稿を朝のテラスで互いに読みあい、さまざまなことを語り合った。六人で深い森を散歩し、朝昼晩、大きな食卓を囲み一つの家族のようだった。お別れの日、戦争と食物について、なにか書いてほしいというと、もちろんと笑顔で答え、翌年の春、彼の文章が届いた。

彼の母ナーダはザグレブ大学を卒業、エンジニアとしてボサンスキー・ブロッドで働きながら息子二人を育てた。ボサンスキー・ブロッドで内戦が始まると、母方の祖父母の住むボスニアのセルビア人共和国に逃れた。ドボイに戦火が広がると、祖母とともにベオグラードに逃れた。戦場に残った母は、大変な危険を冒して、ベオグラードに逃れて来た。『戦争と子ども』にも、彼の言葉を記しておいた。

ブーク・ステファノビッチ・カラジッチ生家
Tršić, Rodna kuća Vuka Stefanovića Karadžića

ブーク・ステファノビッチ・カラジッチ生家

Ⅳ　馬の涙　コソボ・メトヒヤの女声たち

火酒《ラキア》なしでは語り合いもなし

五月のある晴れた日に

二〇一五年五月十五日、朝が美しく晴れた。ベオグラードから長距離バスで三時間ほど南へ走り、ブルニャチカ・バニャ（Vrnjačka Banja）へ向かう。空気が澄み、泉があり、簡素ながらセルビア王家の別荘もあり、作家アンドリッチをはじめ文学者がここで執筆したという保養地……。

コソボ・メトヒヤ自治州とセルビアの境界線からこの町まで約二百六十キロ。一九九九年六月、NATOによる空爆が終わると、アルバニアの武装勢力によるコソボ・メトヒヤでの民族浄化は激しさを増した。ブルニャチカ・バニャ市、近郊のクラリェボ市（Kraljavo）、マタルシカ・バニャ（Mataruška Banja）、トルステニック（Trstenik）は避難民となった人々であふれ、ホテルや子供休暇村が難民センターとなっていく。水道も無く、政府の許可が下りぬまま、かつて公民館だった廃屋に人々が棲みついた所もあった。混乱……。

ブルニャチカ・バニャには、親友のミレニアが住む。十年間を私が過ごした難民支援団体「ずどらぼ・だ・すて」の仲間である。彼女は、毎週火曜日に避難民となったコソボの女性を近郊の町から集め、二〇〇三年から東京の難民支援団体「ACC・希望」（松永智恵子代表）と手芸プログラム「おばあさんの手」を続ける。編み物や刺繍の作品は、東京へ送られ販売される。手間賃は小さいが、暮らしの助けになる。なにより仲間の輪ができる。彼女たちと出会ってから長い時間が過ぎ、今は親類といっていい。彼女たちの話を聴きたいと思った。ミレニアは、「それならワークショップをしよう」と言って仲間をブルニャチカ・バニャのゴッチ山（Goč）に集めてくれた。ミレニア夫妻の別荘がある。久しぶりの再会、笑顔。それぞれの手と顔に時間が刻まれている。

湖の辺に集まり輪になり空を見上げて深呼吸をして、ミレニアの号令で身体を動かす。子供のような笑いが弾ける。森の道を歩くと、スレモシュの白い花が咲いていた。ニンニクの一種で、サラダやスープにする野草。「一日、みんなに自由にお話を聴いていいから」、とミレニア。私たちは湖のあたりから山道を下り、話をしながら別荘まで歩いた。ラトカが、コソボの民謡を歌いはじめる。味わい深い声だ。

ミレニア夫妻のゴッチ山の別荘の窓には、花の刺繍をあしらった木綿のカーテンがかかっている。今は亡きスラボイカの作品だ。素朴で朗らかな図柄でわかる。刺繍は声や筆跡と同じで、一人一人の手仕事に個性がある。食堂には大きな食卓が用意され、昼食を共にいただく。薪のレンジから優しい熱が伝わる。十四人分の食事は、ミレニアの親戚のビーリャが大鍋で料理した。この日は金曜日、セルビア正教会の斎《ものいみ》の日で、肉、卵、乳製品は食べぬ日だ。豆スープ、そしてひき肉のかわりに米を詰めたパプリカ、やはりひき肉のかわりに米をザワークラウトで包んだ料理が大きなテーブルに並ぶ。食卓は、思い出話に花が咲いた。

小さな家、大きな食卓

ドゥシカ・ヤーショビッチ

一九四〇年、コソボ・メトヒヤのデチャニ町（Dečani）生まれ。家族と暮らしていたペーチ市（Peć）から一九九九年七月、難民となり、現在はブルニャチカ・バニャ市に住む。二〇一五年五月十五日、ブルニャチカ・バニャにて録音させていただき、セルビア語から、後日、翻訳した。

私は一九四〇年、デチャニに生まれました。そう、あの名高いセルビア正教会のビソキ・デチャニ修道院の町です。ユネスコの世界遺産にも登録されている。私もそこで洗礼を受けました。一九六九年にマクシムと結婚して、ペーチに住んでいました。中世のセルビア正教会の総主教座の置かれていた美しい古都です。

夫はコソボ・メトヒヤ自治州のセルビア警視庁で働き、年金まで勤めあげました。コソボ・メトヒヤ自治州の警視庁の最高責任者でした。私は印刷所に勤めていました。子供が三人、長男スルジャンは七十年生まれ、次男ランコは七十一年生まれ、長女ラーダは七十三年生まれです。一九六九年、私たちが結婚した当時は、ペーチは自由の町でしたよ。

内戦のあと少し落ち着いた今はね、六か月ごとにペーチに残してきた我が家の土地を見回りに行きます。でも、そのたびに、家の中は荒らされて何もかもが盗まれているのがわかる。コンロ、絨毯、シーツや布団までね。これまで十七回も泥棒が入ったのですよ。

コソボから難民となった日のこと。あれは一九九九年の夏、七月でした。ペーチ市は、国連軍のイタリア人部隊の管轄に入りました。しかし、アルバニア人のテロリストが来たのです。私たち家族は、モンテネグロに逃げました。車で逃げたのです。難民となったのです。七日間もかかって、山を越えて行きました。チャコル村（Čakor）というところです。森の中の道を行きました。テロリストの銃声が聞こえてきます。とても、怖かった。

その朝、庭ではね、ちょうど鶏の卵がかえって五十羽ほど雛がいました。これから留守になるので、ご近所のムスリム人の女の人に鶏の世話を頼みました。私たちが町を出ていったあと、庭にコソボ解放軍、つまりアルバニア人の武装勢力が入ってきて、雛たちの世話をはじめた女の人にね、「なぜ、おまえはセルビア人の家族の手助けをするのか」と、訊いたのです。それから彼女を庭から追い出し、「命が惜しかったら、ここから失せろ」と、言ったのでした。

ところで、私たちの一番仲良しのお隣さんは、アルバニア人のイビシュ・マブレグという人でしたがね、とっても善い人でした。留守の家の番をしてくれることになり、鍵を預けました。私たちが町から出て行くと、イビシュさんは私たちの家に入りました。するとコソボ解放軍のメンバーが入ってきたのです。イビシュさんは、「おまえは、ここで何をしているのだ」と、訊かれました。「家の番をしている」と、イビシュさんが答えました。ところが、彼らは家に火をつけようとしている。それを見て、イビシュさんは、「俺はここから出て行かないぞ」と、言いました。すると彼らは、「それなら、おまえも家と一緒に燃やしてやろう」と、言ったのです。仕方なく、イビシュさんは私たちの家から出ていきました。こうしてコソボ解放軍は、私たちの家に火を放ったのです。イビシュさんはね、年配の方です。警察官で、主人の部下だった人です。私たちのお向かいに住んでいました。ほんとうに仲良しでしたよ。イビシュさんの息子さんはプリシティナ市のアルバニア系の警察に勤めています。妹さんは区役所で働いています。今でも、前と変わらず仲良しですよ。

私たちは、ペーチの町を出ると、険しい山道を通って、モンテネグロ共和国に着きました。最初の数日は、長女の夫の実家でお世話になりました。そのあと十五日間は、セルビアの南部のプロクプリェ（Prokuplje）に住む私の姉シンカところに身を寄せました。その後、ブルニャチカ・バニャに住む知り合いのブード・エーゲリッチさんの家に間借りしました。ちゃんと家賃を払いましたよ。

コソボから、ブルニャチカ・バニャへ持ってきたものは、最低限、必要なものだけでした。ですから戸棚やベッド、机や椅子などが必要になりましたが、譲っていただきました。カヨさんも活動していた難民援助団体の「ずどらぼ・だ・すて」からは、ベッドを二つもらいましたよ。あの日、逃げてきた日は、パンとチーズ、水だけをもって家を出ましたね。ペーチの町に残っていたかった。それで、逃げる準備もせずにいたのでした。

コソボのペーチの私たちの家はね、八十七平米ありました。庭は大きく、鶏も飼っていましたよ。豚も三頭いました。でもね、私たちが逃げた後で、庭の林檎や梨など果樹は、一本残らず切り倒されました。家はガソリンをかけられ放火され、すっかり燃えてしまい、礎も見分けられないほどですよ。

ペーチの町を出て、モンテネグロに着いたときのこと。娘の夫の両親が、私たちの食事を作ってくれました。セルビア独特の生クリームのカイマック、お手製のパン、生チーズ、生ハム。どれもが、ご両親の手作りでしたよ。私たちは、二人で一つのベッドに寝ました。家の主の家族たちは、納屋で寝てね、私たちのためにベッドを空けてくれましたよ。私たちの家族のほかに、娘の夫の家族と娘夫妻、あわせて十人でした。

その後はプロクプリエの姉のところに、十五日間、世話になったと申しましたね。私の姉シンカの家です。彼女は当時、八十四歳で、息子と二人暮らしでした。姉はね、生活が楽ではないのにね、私たちからお金をとろうとしませんでした。彼女は昔、保育園の園長をしていた人です。姉が料理してくれたのは、豆スープ、サルマ、キャベツのチョルバ、いろんな種類のピッタ、チーズ入りのピラフなどでしたね。

私たちは姉の家を後にして、ブルニャチカ・バニャに向かい、しばらく間借りをしたあと、郊外のノボ・セロ村で七、八年ほど過ごしました。さきほど、長男のスルジャンは、ペーチの警察に勤務していたと申しましたね。難民となって、四年間、失業していましたが、ベオグラードの警察に就職できました。次男のランコは、ペーチの職業安定所で働いていましたが、今は、クラグエバッツ市で同じような仕事をしています。娘のラーダは、ペーチでは靴のコンビナートで働いていました。そのときにペーチに住んでいたモンテネグロ人の男性と結婚したのですよ。娘の夫も警察に勤務していて、身分証明書と運転免許書を発行する部署にいました。今は、ブルニャチカ・バニャに住んでいます。なんとか二人とも仕事が見つかりました。

ブルニャチカ・バニャに移ってから、いろいろな人道援助団体から支援がありました。マカロニ、豆、ハムの缶詰などでした。赤十字からは、鍋やコップ、皿などの援助がありましたし、少しずつ、いろんな方から暮らしに必要なものをいただきました。あのころ、よく作ったのは、肉の入らない豆スープでした。

難民となって数年後、はじめてペーチの自分の家を見に行ったときのこと、よく覚えています。どこに自分の家があるのかわかりません。それもそのはず、ごみ捨て場になっていたのでしたからねえ。最初に一時帰還の許可が下りて、ペーチに行ったときは、国連軍の護送で行きました。トランスポルテルという装甲車に乗って行ったのです。そうそう、小さな窓があるだけの装甲車ですよ。危険ですから、自分の車で勝手には行けない。

町には庭に噴水のあるセルビア人の家がありました。夫のマクシムの生家からすぐ近くの家でした。その家の近くまでいくと、アルバニア人たちが姿を現わしました。ごく、ふつうの人たちです。子供も大人もいました。でも、彼らは私たちに向かって、アルバニア語で「何しに来たのだ、あんたを呼んだ覚えはないぞ」と、叫ぶのです。私は答えました。「何も邪魔なんかしませんよ、ただ、ちょっと立ち寄っただけです」と。すると、「ここには、おまえたちが求めるものなんか何もないぞ、みんな俺たちのものだ」と、言いました。私はアルバニア語が話せます。会話はみんなアルバニア語でした。

それから我が家に向かいました。私が目の当たりにしたものと言ったら……。庭の果物の樹は、すべて切り倒されていた。何一つ、残っていません。桜の樹はまだ若かったのですが、すっかり折られていました。私たちを護衛してくれたイタリア人の兵士は、それを見てねえ、泣き出しましたよ。「なんということだ。彼らはならず者だ、人間じゃあない」と言いながら、男泣きに泣きました。ええ、通訳が教えてくれたの、イタリア兵が語る言葉をね。

実は、もう内戦になるずっと前からね、ペーチの町へ、どこからか見知らぬアルバニア人がやってきて、「たくさんお金を払うから、おまえの土地を売れ」とね、私たちも、さんざん言われたものです。でも、夫は決してそれに応じませんでした。

少し状況が落ち着きましてね、私たちは故郷のペーチへ一時帰還ができるようになったわけです。そしてペーチの町に、ふたたび私たちの家ができました。今度は、とても小さな家です。国連軍の避難民帰還プログラムによるもので、部屋はたった二つ、ウィークエンド・ハウスみたいなバラックです。ここに時々、家族で戻るのです。ブロックを積んだだけのものでね、雨どいもありませんし、暖房施設もない。部屋に入って、火を焚くと一度に部屋は暖かくなるけど、火を消すと一度に寒くなって、外にいるみたいなものです。

私たちの、あの家の半分にもならない代物ですよ。私たちの家には地下室もあったし、豚も飼っていたし鶏も飼っていた……。

はじめて、その小さな家に行ったときのこと。忘れもしません。私たちの隣の土地は、セルビア人のものでしたが、アルバニア人に土地を売りました。そのアルバニア人は、私たちの土地も安く手に入れようと考えたらしく、土地を売れと言ってきました。私はいやだ、と言いました。彼は、この辺りのセルビア人の土地をすべて買っている人です。彼は、「おまえたちの土地の近くには自動車道ができるから、やがて窓のぎりぎりまで道路になるぞ。そんなことより俺に土地を売れ、値段は相談しよう」と、言うのでした。「相談なんか結構」と、私は言いました。「いやだと言ったらいやだ、お断り」と、私は繰り返しました。実は、私たちの地所には、四つの水が流れているの。ベーリー・ドリムという山の清流が流れているほか、上流水も二つ、それから地下水も流れているのです。そこに男も目をつけたのですね。これからも、決して土地は手放しませんよ。

故郷に戻りたい。そこで、また暮らしたい。たとえ私の世代が無理でも、子供たちの世代になれば、その願いがかなうかもしれない。ビニールのシートを張って、薄い板が四枚あれば、土地に住むことができる。イタリア兵がね、「あんたはなんと粘り強い人なのだ」と、あきれていましたよ。ここには良い水が流れているし、電話もあるし、交通の便がいい。いずれにしろ、土地の売買をするようなアルバニア人とは、何一つ約束できません。

コソボ解放軍と呼ばれる過激派はね、プリシティナのあたりから来る人たちです。ペーチに昔から住む土地のアルバニア人とセルビア人は、何一つ、人間関係に問題はなかった。仲良しだった。昔からのお隣さんはアルバニア人の家族ですが、貧乏でしてね、それで息子さんは手癖が悪くってねえ、しょっちゅう我が家に泥棒に入るわけです。それでもお隣さんは過激派ではない。ある意味では仲良しといえる。そう、許してあげてしまうの。仕方ないでしょう。貧乏なのですもの。許すしかないでしょうが。

アルバニア人のイスラム教徒たちはね、信仰が理由で豚肉は食べない。その他は、セルビア人と同じようなものを食べる。でも、お隣さんのアルバニア人はね、こっそり豚肉を食べていた。人に知られないように、こっそりと食べるの。お隣さんは、よく家族そろって私たちの家に食べに来ましたねえ。我が家の飼っていた豚をつぶして肉を焼いたときも、一緒に食べたのです。彼らの家に呼ばれて食べたことはないか、ですって。それはありません。だって、彼らは貧乏で、何もないのですからね。私の作った肉とキャベツのチョルバなんかね、よく一緒に食べましたよ。彼らの家族の三人の娘は一人はアメリカへ、一人はスイスへ、もう一人はドイツに出稼ぎに行ったまま帰ってこない。家には手癖の悪い息子が残ったのです。この泥棒息子にはね、五人の子供がある。ええ、結婚している。でも仕事がない。両親も仕事がない。児童手当の社会保障だけで暮らしている。内戦前は、母親がよくやって来ましたよ。「今からご飯だけど、一緒にどうです」って言うとね、「ああ、嬉しいねえ」って、美味しそうに食べていきましたよ。それからね、「料理の油がないから、もらえるかね」って言ってくることもあった。そこで入れ物にラードを一杯にしてあげたものでした。内戦のあとでは、そんなこともありませんがね。泥棒さんの父親は、私たちに言いましたよ。「あんたたちから受けたご恩のことを思うとね、三分の一だって、返すことはできない。こんな風な世の中になっちまったけど、あんたたちのせいでもないし、わしらのせいでもない。政治がこんな世の中にしてしまった」ってね。

私たちの料理のなかでは、なんといっても薄い皮を重ねて作るピッタが一番のご馳走でしたね。ピッタの薄い皮は、小麦粉と水で自分で作るのです。みなさんは、お店で買うのでしょう。自分で作ると味がまったく違う。ピッタは、大きなテプスィヤという平たい器で焼いてね。二十人も座る大きな食卓を囲むのですよ。今度、生地を作ってお見せしましょうね。

火酒《ラキア》とピストル

ラトカ

コソボ・メトヒヤ自治州のオラホバッツ市（Orahovac）のゾチシテ村（Zočište）から難民となった。主婦。ゴッチ山の湖へ行く道を一緒に歩くうちに話が始まり、録音機で録らせてもらい、後にセルビア語から翻訳。

コソボのオラホバッツ市のゾチシテ村から来たよ。息子三人と娘一人、十二人の孫と九人の曾孫がいる。娘は結婚して、ベオグラードの近くのムラデノバッツ（Mladenovac）に住んでいる。残りの私たちは、クラリエボに住んでいる。息子たちは自動車の修理工場をやっている。ちょっと民謡を歌おうかね。

あそこにいるのは誰
ゾチシテにいるのは誰

娘は咽び泣き、芍薬の花は私を呼ぶ
おお、コソボ、コソボが私を呼ぶ
メトヒヤよ、メトヒヤよ、おまえを忘れまい
聖人は私の夢を訪れる
コソボよ、また、おまえのもとに帰ろう

私の育った村はね、アルバニア人も多く住んでいた。だけど何一つ、問題はなかった。セルビア人の結婚式にはね、アルバニア人たちもやって来る。アルバニア人の結婚式にもセルビア人が呼ばれる。一緒に踊った。アルバニア人たちは、楽器を演奏するのがうまいからねえ。結婚式のご馳走かい。セルビア人とアルバニア人のでは違った。アルバニア人の結婚式には葡萄のジャムで作ったピッタがふるまわれる。婚礼の食べ物だ。お客たちは、このピッタをいただく。肉のピッタも出る。フォークかスプーンでピッタを食べて、婚礼の式が始まる。それから歌って踊る。セルビア人は葡萄のピッタは作らない。肉入りのキャベツのスープ、生ハムや干し肉、チーズなどの前菜、お手製のパン、チョルバがふるまわれる。私もクラリェボで子供たちの婚礼を準備した。もう一つ、婚礼の歌がある。歌おうね。

さあ、夜が明けた
さあ、夜が明けた、もうお天道様が暖かい
さあ、夜が明けた、お天道様が暖かい
そうよ、私は哀れな娘
そうよ、私は哀れな娘

茨を摘みに森に行く
茨を摘みに森に行く
だけど知らない、誰がこの美しい顔に口づけするか

花嫁の着付けをしながら女たちが歌う歌だ。花嫁衣裳を着せ、髪を飾りながら女たちが歌う。私の婚礼かい。夫はゴイコといった。ゾチシテ村の出だよ。あのころ、娘たちは、誰と結婚するか、知らないまま嫁いでいった。どんな人が口づけをしてくれるか、若い男、それともずっと年上の男なのか。私もそうだった。夫はずっと年上だった。結婚式のとき初めて会った。私が十七歳のとき。いい人かって……。いい人だった。だけど好きになれなかった。家族同士で、かってに私を嫁にやると決めたの。いきなり結婚生活が始まった。息子四人と娘が一人生まれたけど、最後まで何一つ感じられなかったねえ。夫は二十七歳だった。婚礼の夜、夫は私を抱いて口づけをした。私は何一つ、知らなかった。

彼の家に嫁いで、彼の家族と一緒に暮らしはじめた。私の家は、私たち三姉妹のほか、四人の兄弟、子供は七人だった。そこから夫の家に嫁いだ。夫の家は、四人の兄弟と四人の姉妹、全部で八人。大家族の食事を作るのは姑だった。兄嫁も料理を手伝う。私はね、最初は料理をさせてもらえない。その横で、イモの皮むきと洗い物をする。食べものは、肉入りのキャベツのスープとか。チーズとか。家でとれるもので作った。私の家族が食べていたもので、夫の家に伝えたものもある。それは母から教わったテスピスタ（tespista）というお菓子だった。食用油を半リットル、砂糖を手のひらに一杯。秤なんかではかったらだめだ。鍋に砂糖を入れて火にかけ、焦がす。そこに油と水と必要なだけ小麦粉を入れる。約二百五十グラムだね。それを器にペタンと平たく延ばしていれて、ジュースをかけてオーブンで焼く。

水といえばね、井戸水だった。水道はなかった。料理のための水ばかりじゃないよ。野菜畑に水を撒くのも仕事だった。天秤棒をかついで、そこにバケツ二杯、水を運ぶ。

あのころは、みんな大きなソフラ（卓袱台）と呼ばれる丸くて低い卓を囲んで、大きな一枚の木の皿に盛られた料理を、一緒に木の匙で食べる。最初は、新しい家で恥ずかしかったけど、じきに慣れた。夫は牛を飼い、私は家の仕事。料理とか掃除とか。私のほかに二人の兄嫁がいて、ずっと年上だった。二人は、姑と一緒に料理をしていた。ある日のこと、ちょっと私にもやらせてと、言うと、あんたみたいな若いのがと、姑は言った。私はピッタの薄い皮を作った。小麦粉に水を入れてこねて薄くのばす。パンも焼いた。すると姑が言った。「なかなかうまいじゃないか。これからは、あんたがパンもピッタの皮も作りなさい。私よりか、ずっと上手だ」ってね。それから何一つ、問題はなかった。

一九九九年のことだ、私たち家族が難民になったのはね。その後で夫は亡くなった、二〇〇二年だったね。夫は、いつもイライラしていた。大変な焼きもちやきだったの。「どこへ行くのだ、誰と行くのだ」ってね。

一九九九年の春、NATOの空爆が始まって、私たちは隣村にしばらく避難していた。今は、私の村には、セルビア人の家は一軒もない。「奉仕医聖コズマと聖ダミヤン修道院」があるばかりだ。私たちはベリカ・ホーチャ村（Velika hoča）の知人の家族に九週間、世話になった。ビソキ・デチャニ修道院の葡萄畑がある村だ。そこからオラホバッツに移った。やっぱり友達の家だった。ここで三か月、お世話になった。水はね、KFOR（コソボ治安維持部隊）が給水車で運んできた。ときどき援助団体がやってきて、食品をくれた。食用油とか小麦粉とか、缶詰とかね。料理なんかできない。パンも焼けない。パンが焼けないのは大変だったね。

でも、いちばん大変だったのは、息子のゾランが逮捕されたときのことだ。小さな二人の子供と嫁がいるのにね。ゾランはＫＦＯＲに逮捕されてしまった。武器を持っているから、と言われてね。その当時はね、セルビア人もアルバニア人も、村人はみんな武器を持っているのが当たり前だった。その晩、オラホバッツ村のセルビア人の家はみんな取り調べられて、五人のセルビア人が連れて行かれた。嫁は泣き出した。「泣いちゃいけない、あんたが病気になっても医者も呼んでこられないじゃないか。ほら、私たちはみんな、兵隊たちに囲まれているのだよ」って私は嫁に言った。孫は、父ちゃんはいつ帰るのって泣く。

私はね、ピストルを取ると、村のＫＦＯＲのところに行って、逮捕した村の男五人を返せ、と言った。私には怖いものはないよ、失うものはないよ、すべて五人、無傷で返せ、とね。ＫＦＯＲの士官はドイツ人の女で、通訳はオランダの国旗を胸につけていたが土地のアルバニア人の男だったの。「ＫＦＯＲは何をしている。人を誘拐するために来たのかい。それは、ＫＦＯＲのやることじゃないだろう」と私は言った。実はね、土地のアルバニア人はね、私の顔見知りだった。父親はカッスムと言って、知り合いだったの。

次の日、家にあった自家製のラキアを二リットル、そう、強い火酒を用意した。葡萄からとれたお酒だ。その特別のラキアをアルバニア人の家に持って行った。アルバニア人は、酒は飲まぬと言う。「いいや、これをあんたは飲むのだ。そして五人の村人を一人残らず、返せ」、と私は言った。「あんたはオランダ人じゃない。わかっている。オランダに出稼ぎに行っただけだ。通訳なんかいらない、みんなを返せ」、とね。

しばらくして息子も残りの四人も、無事に帰ってきた。十二日間、監獄にいたことになる。そのあと、息子の家族は、セルビアの南の町、ブラーニェ市（Vranje）へ行った。難民収容所があったからだった。実はね、ＫＦＯＲに密告したのは、セルビア人のお隣さんだったのさ。六十歳ほどの男だった。その後、私たちは彼の家に押しかけて、喧嘩になったよ。

私たちはその後、村から避難することになった。家族全員でね、村を後にした。スナイパーたちが村を囲んでいて、とても危なかったよ。用意されたバスは、難民となった人で一杯だった。何を持ち出したかって、何一つ持ち出せなかった。着替えを少しだけ。バスは境界線の町、レポサビッチ市（Leposavić）まで行った。こうして難民になった。息子たちの家族と連絡をとるのは、大変だったよ。みんなそれぞれ、どこに行くのかわからないまま逃げたのだからね。友達が携帯電話を持っていたので、知り合いに聞いてもらった。じきに息子の家族は、ブラーニェの難民センターにいると分かったよ。最初は、クラリェボ市に住んでいた弟のところに身を寄せた。九か月して、難民支援のプログラムで私たちは小さな家を建てた。田舎の土地をもらい、そこに簡単な家を建てたの。弟の家族には、月々八十マルク（約四千八百円）を払ったよ。いろいろと費用がかかるからね。

ところでね、赤十字のためにね、テレビの撮影があってさ、四台もカメラが回ってね、私、コソボの歌を歌ったことがあるの。すごいでしょう。今度、カヨさんにも歌ってあげようね。

追記

ラトカの村は、コソボ・メトヒヤ自治州の南西部、メトヒヤ（修道院の荘園が多い地方の意）と呼ばれる地域に属する。アルバニアとの国境地帯である。東西二十キロ、南北六十キロの細長い肥沃な土地は、中世のセルビア正教会の領地であり、かつて王都のおかれたプリズレン市を中心に発展、数多くの修道院や教会がある。中世のオスマン帝国による支配が始まってから二十世紀にかけてアルバニア人の人口が増えていった地域で、民族紛争のもっとも激しい場所である。地名の語源について言えば、オラホバッツは胡桃（オラフ）の地を意味し、ゾチシテは、眼の病に効く泉があったことから、「眼のための地」を意味する。いずれもセルビア語起源。

ゾチシテ村は、オラホバッツ市の中心から東へ約五キロに位置する。一九九一年の人口調査では、千百人余り、そのうちセルビア人は四百人ほどいたが、一九九九年のNATO空爆の間に、セルビア人は全員、難民となった。二〇一七年十月現在、セルビア人の帰還者はいない。ゾチシテ村の「奉仕医聖コズマと聖ダミヤン修道院」は、セルビアのネマニッチ王朝が十四世紀に建立した。一九九九年にアルバニア人過激派によってセルビア人に対する民族浄化が行われ、修道院も略奪され墓地を含めて激しく破壊された。現在は修復され、危険な状況のなかで修道士たちが信仰を守る。護衛にはイタリア兵があたっている。

コソボ・メトヒヤの内戦を、イタリア兵の眼から描いた珠玉の短編に、アントニオ・タブッキの「雲」がある。NATOの空爆と劣化ウラン弾の問題が、この作品に縫い目が見えないほど丁寧に細い糸で縫い取られている（『時は老いをいそぐ』所収、和田忠彦訳、二〇一二年）。

逃げていく日

食事のあと、陽光の暖かなテラスで、輪になって話を続ける。ミレニアが、私のセルビア語の詩集から「寒い日々」という一篇を朗読した。それから、一人一人が、何を話してもよいのだった。どの声も、思いがけないほど厳かだった。ミレニアは、ノートにペンを走らせみんなの言葉を書き留めていった。

ミーラ
コソボ・メトヒヤ自治州のペーチ市から避難民となり、今はブルニャチカ・バニャ近郊の村に住む。

私は鶏を二羽、飼っていました。鶏小屋から放してやろう、小麦を南京袋一杯、播いておこうと、息子に言うとね、鶏たちはみんな私の肩にとまってね、コーコーコーコーって鳴いたのです。私のことを引っ掻いたりはしなかった。あんたたちのことね、どうしてあげることもできないの、神様のおぼしめしのとおり、ここに居ておいでね、と鶏たちに言いました。それから、卵を料理した。村を出ていく朝にね、コーコーコーコーって鳴いてね、みんな私の肩にとまっているのですよ。

草を食べさせようと、馬を放してやると、こちらを向いて涙をこぼした。馬は泣きました、人間のように。涙をぽろぽろ流して。あの日、燕たちは、どこにもいなかった。もしかして、私が、ただ私が、気付かなかっただけかもしれないけど。私の名前はミーラ。ペーチから来ました。メトヒヤの古い都です。

リーリヤ

コソボ・メトヒヤ自治州オビリッチ市（Obilić）から難民となり、ブルニャチカ・バニャの近くの村に住む。電力会社に勤務していたが、現在、定職はない。老人介護や清掃などの仕事をしている。夫は、まだコソボの家に残る。

私の名前はリーリヤ、オビリッチから来ました。今、読んだカヨさんの詩は、「寒い日々」という詩でしたね。一九九九年の春、空爆が始まったときはね、寒くはなかった、いい天気でした。三月の終わりで、肌寒かったかもしれない。もちろん、胸のあたりは寒々としていた、それは、当たり前だけど。

信じてもらえないかもしれないけど、私、空爆が始まるなんて思ってもみなかった。お隣さんたちが集まって、食糧はどうしよう、マカロニを買っておけばいい、水でふやかしておけば食べられるね、停電になってもね、なんて話を始めた。いったい、みんな、頭がどうしちゃったのかしら、って思いましたよ。最初の

ＮＡＴＯの爆弾が落ちてね、すぐに電気器具は一切、使えなくなった。停電です。テラスに出ました、いったい何が起こったのでしょう。オビリッチの町の通りは、人であふれていました。みんな店から店を回り、山ほど買い物をして戻っていく。店が空っぽになっていく。私もお財布にお金を一杯いれて、子供を置いてね、町に出た。子供たちは家に残してね。買い物に出たけど、何も買えなかった。店から店を回って、クラッカー二袋だけ買って家にもどった。

もの心がついてからというもの、コーヒーは私の魂の糧ですけどね、空爆開始の二日後、コーヒー豆が一粒も無くなった。オビリッチの町を見ていると、いったい、みんなどうしたのだろう、山のように買い物をして、店から店を回って買いまくっている。店は空っぽになる。とうとう我が家には、パンも食べ物も無くなった。コーヒーもね、はっはっはっはっぁ。何もかもなくなった。三人の子供と一緒に、私は家で一人ぼっちだった。

四月一日に、私たちは町を出ました。今も、思い出す。子供たちに何を食べさせたらいいのだろう。停電ですから、冷凍庫も使えない。パンを売っているのは早朝だけで、それは私が家から出られない時間です。子供たちの旅の支度をすませると、町を後にした。妹たちも一緒です。自動車に妹と私、後ろの座席は私の子供三人と、妹の子供三人、あわせて六人。妹と私とでね、はっはっはっはぁ。あれから、十五年が経ちましたねえ。六人のチビさんたちを後ろの席に乗せて、私と妹と二人して出て来たのですよ。

早い時期にコソボから出てきたですって。そう言えるかもしれない。でも、町を出るまでの数日の間に体験したことはね、それは恐ろしいことでした。私は何の準備もしていなかった。私のアパートの部屋のすぐ下の一階がね、お店です。下に降りて買い物をして、すぐ戻れるはずだけど。いったい、みんなどうしたんだろう。店に降りるとね、長い人の列ができている。マカロニとかなんか大量に買い込んでいる。買いだめしている。二袋のクラッカー……。二袋のクラッカーだけ買って、家に戻る。次はただ家を出て、何も手に入らずに戻る。最後は、お財布にお金があっても、何も買えなかった。そういうことだった。人はね、どんなに道を失ってしまうのか。こんな情けないこと、敵の者にだって体験させたくないことですよ。

ビリャナ

一九九一年、コソボ生まれ。一九九九年六月に難民となり、クラリェボ近郊のビタロバッツ村の難民センターで母と弟と暮らす。手芸プログラムの最年少の作り手。

一九九九年当時は八歳でした。小さかったから、あまり覚えていない……。馬車に乗って逃げたの。途中、水路の岸で眠ったことを覚えている。

誰かの静かな声

こんなこと、二度とあってはなりませんよ。

ふたたびドゥシカ

また私の話す番ね。逃げてきた日のこと、よく覚えていますとも。ペーチの町を去ろうと決めて、チャコル村を越えることにしたのはね、その朝、アルバニア人のテロリストたちが町に入ってきたからです。これで難民となる決心がつきました。土曜日のことでした。窓から外を見ますとね、みんなね、町を出ていく準備をしています。荷物をまとめて、車で出ていく。「どうしよう、私たちも出ましょうか、みんな車に乗って出ていくから」と、私は子供たちに言いましたが、子供たちは、「いいや、ここから出て行かないよ」、と言います。「行きたかったら、母さんだけで行ったらいい」と、言われました。月曜は、職場に出なければなりません。「今日は土曜だから、町を出ようか」と、言ってみましたが、子供たちは、「行きたかったら、母さん、一人で行けばいい」、と言う。それで、その日は家族全員で家におりました。でも月曜日の朝になったらね、町にコソボ解放軍の部隊が入ってきた。テロリストです。夫と長男は、仕事に出かけていました。

夫は職員の給料を支払わなくてはなりませんでした。コソボ自治州の警視庁の長官でしたから。夫が職場に着くと、金庫が破られていた。大急ぎで銀行に走り、職員の給与支払いに必要なお金を用意しなくてはなりませんでした。それから、夫は家に戻ってきた。長男は警察官です。上司だけが一人、職場におりまして、同僚は一人もいなかった。職場に残るべきかどうかどうか、息子に指示を出す者もない。息子も家に戻って来ました。ところがね、娘の義父はね、「わしは、ご先祖様の家を守る」と言って、家から出ようとしません。「決して行かぬ」という義父を、町から出ましょうと、やっとのことで説得しまして、一族そろって町を出たのでした。さっきもお話ししましたように、チャコル村を通って逃げて来たのですよ。爆弾が飛んでくる、弾丸の音がする。それは怖かった。チャコル村を抜けてから、車を降りて、少し休んでいますとね、傍にいた歯医者さんが赤ちゃんを抱いていたのですが、弾丸がちょうど赤ちゃんの身体の横をすり抜けていった。赤ちゃんに弾丸は触れず、無事でした。それから、隣の共和国、モンテネグロに抜けたのです。

家を出る前のことは、もうお話ししましたね。そうだ、黒豚のこと。まだ話していませんね。私たちは豚を三頭、飼っていました。家を後にする前に木の大きな餌箱をトウモロコシと麦で一杯にして、もう一つの餌箱を水で一杯にして、豚小屋の扉を広く開いたのに、豚は庭へ出て行こうとしない。そうしましたらね、黒豚が、私たちの横を狂ったように駆け抜けて行った。どうやら、黒豚はよその家から逃げてきたのですね。後から聞いたのですが、私たちセルビア人が町から出たあと、カトリック教徒のアルバニア人たちが、セルビア人の村を回って残された豚たちを集めたということでしたね。イスラム教徒のアルバニア人たちは豚肉を食するのが禁じられていますからね。

ユーゴスラビア時代のほうがよかったかどうか……。そんなこと考える暇はありません。毎日が生きるための厳しい戦いですから。でもね、一九四五年から、ずっとコソボの民族問題はありました。一九四七年、私は小学校一年生でした。一人で学校に行こうとすると、男の人が棒で私を殴ろうとした。私は大きな声で、お兄さんの名を呼んで、「助けて」と、叫んだ。すると男は、まるで何もなかったような顔をして道の反対側に行ってしまった。当時も民族問題はあったのですよ。アルバニア人の村のそばを通るときは、待ち伏せされていることもあったし、油断はならなかった。今となっては、すべては終わってしまったけど……。

ふたたびリーリャ

コソボの空にね、黒い鳥たちがたくさん飛んできたの。これは悪い兆しだって、おじいさんたちが言った。黒いサギなの。空いっぱい。戦争の前にね、四年くらい前かなあ。

ビーリャ

ミレニアの親戚。ブルニャチカ・バニャに住む。看護師として病院に勤務し、今は年金生活を送る。この日は、大きな鍋に昼食を作ってくれた。

あの日は朝から晩まで、ブルニャチカ・バニャの町は、人であふれていた。コソボ・メトヒヤからみんなトラクターに乗ってやってきた。たくさんの人々。泣き声が、夜遅くまで聞こえていました。

赤く染めた卵

スターナ

一九四七年、コソボ・メトヒヤ自治州のネロディムレェ村（Nerodimlje）生まれ。ウロシェバッツ市（Uroševac）から難民となり、ブルニャチカ・バニャに移り住む。主婦。ミレニアの別荘で昼食が終わり、コーヒーを飲みながら話が始まった。手芸プログラムを通して、お付き合いも長くなった。録音機で記録し、後日、日本語に翻訳した。

私が生まれたのはネロディィムリェ村、一九四七年生まれです。村で十九歳まで過ごして、五キロほど離れたウロシェバッツ市に移り住みました。一九九九年の夏まで暮らしたのです。そのあとは、ご存知のとおり、私たちは町を後にして、ブルニャチカ・バニャに移り住むことになりました。町を出たのは、一九九九年六月十九日。夫と私より二日ほど先に、下の息子の夫婦が町を出ました。次男夫妻と小さな二人の子供。長男はマタルシカ・バニャに逃げて、クラリエボ市の赤十字に登録しました。私たちも後からクラリェボの赤十字に登録して、二〇〇五年までブルニャチカ・バニャの難民センターで暮らした。スターラ・シュマディヤという難民センターで、メルクール・ホテルのすぐ近くです。六年間、そこで、私たち家族六人が生活したのです。
難民センターには、四十六人が十四の部屋に住んでいた。そのうち十二人が小さな子供でした。人生で、いちばん素晴らしい仲間たちでした。みんな戦場から逃れてきたのですが、一人も、嫌な態度をとる者はありませんでした。難民センターで同じ村の出身は、親戚のダンカだけでした。ダンカの夫と私の夫は、従兄弟です。

六年が過ぎまして、今、私は長男夫妻と一緒に借家住まいをしています。次男は三年前に結婚して独立しました。長女の家族は別に住んでおります。三年前に夫が亡くなりましてね。私の人生で、過ぎるべきことは過ぎた。人生には谷も頂上もございますね。幸せなことに、みんながこうして生きて一緒に居られますよ。神様がおっしゃるように、すべてはなるようになるものです。

あの日、どうやって家を後にしたか、お話しなくてはね。お手洗いから出ますと、夫がテレビのコードを取り外している。私は、「待ってよ、そんなものは置いていきましょう、お願い」、と言った。そんなもの置いていきましょうよ、と言いながら、私は泣いていた。子供たちは、二日前に町を後にしていましたし。そんなものは置いていきましょう、と言ったのです。

そのとき、窓の方を見ると、塀の向こうにアルバニア人たちがいました。お隣さんはアルバニア人で、その塀が家と家の境だったのです。そのアルバニア人の家の庭は、どこから来たのか、アルバニア人でいっぱいです。見知らぬアルバニア人の娘が、塀を越えて私たちの庭に入ろうとしている。それまではね、私たち、年の多い者は、このままこの土地に残ってもいいと考えていたのでしたけどね。私は、夫に言いました。「人生は一度だけ。もうだめだわ、ここから逃げましょう」って。アルバニア人の娘たちは、本国のアルバニアから国境を越えてセルビアに来たのです。コソボのアルバニア人ではない。あと二分、私たちの出るのが遅れていたら、大変なことになっていたはずです。お隣さんに電話をかけました。お隣さんは、「もしもし、スターナ、どうしたの」って言いました。私は泣きながら、「奥さん、もうおしまいよ。もう私たちはここを出て行くわ」と、言いました。

通りに出ると、一瞬のうちに何千というアルバニア人が現れた。突然にですよ。過激派のコソボ解放軍もいたはずです。すでにこの町にアルバニア人たちは来ていたのかもしれないけど、私たちは気が動転していて気づかなかっただけかもしれない。土地のアルバニア人ではなかった。アルバニア本国から来た人たちだと思いますが、土地の人も混ざっていたでしょう。私たちの家は、アルバニア人に焼かれてしまいました。なにも無くなった。裸一つ。通りは、万というアルバニア人の女や子供で、あふれている。幸いなことに、夫は火をつけられた自動車の火を大急ぎで消して、それに乗って、こうして助かったわけです。ごらんのように、何一つありません。家を売ることもできませんでした。身分証明書だけを持って出てきたのです。

こうしてすべてを失った。今は、毎月、次男が百ユーロ、私が百ユーロと、家賃を分け合って払っている。長男は巡査を二十二年間、勤めましたが、今は定職がない。悩んでいますが、薪割りならできると、日雇いの仕事で暮らしている。子供を学校にやらなくてはなりませんし。私のわずかな年金だけが定収入です。

次男はなんとかやっています。コンピュータが分かるので、何というのだったかしら、ゲームセンターに勤めています。奥さんはブルニャチカ・バニャの人でね、今、おなかに赤ちゃんがいます。奥さんの両親がこの土地の人だから助けてもらえます。長女はニーシュに住んでいます。夫となんとかやっています。集合住宅の家を手に入れて、これから入居するところなの。娘には、二人の子供がいます。娘の夫は、コソボの町で農協の所長をしていましたが、同じような職場で仕事を続けることができました。運が良かった。私たちには家が二軒ありました。夫は、町の運送会社の副社長でした。すべてを持っていた、それを今、すべて失いました。

食べ物の話でしたね。我が家の料理はね、伝統的なものです。でも、初めからお話しましょう。私は、貧乏な家に生まれました。二十五人の大家族でした。父方の叔父たちの家族も一緒の大家族でした。私が十三歳のとき、父は家を買いました。親戚から土地を買って家を建てたのです。そのころから私を掌の水のようにして、つまり眼のなかに入れても痛くないというふうに、それは大切に育ててもらいました。でも一九九九年の空爆の直前に父が死んで、五か月後に母が亡くなった。その村の家もすっかり壊されてしまった。私には男の兄弟はなく、妹が一人いるだけです。

空爆のあとで故郷の村を、三度、訪ねました。妹は、とても行けないと言って、行きませんでしたが、私は、行きたかった。夫の弟が行くというので、車に乗せてもらいました。夫の弟は、まだコソボに住んでいます。村まで続く自動車道、三十二年も過ごしたウロシェバッツの家の傍らを通りました。でも車から出られませんでした。車から出ようとすると、ブルドーザーがいて、自動車道を広げる工事をしているから、通行止めだというのです。窓から見ますと、私たちの家はすっかり取り壊されていました。壊したのは、お隣さんのアルバニア人ではなかった。壊したのはアルバニア本国から来たアルバニア人だ、と軍関係の外国人が言っていました。何十年も仲良しにしていた土地のアルバニア人は、そんなことしませんとも。

ウロシェバッツはね、セルビア人は少数でしたが、土地に昔から住むアルバニア人とセルビア人は、仲良く暮らしていました。仲良しのご近所さんもいましたよ。友達もいた。そうそう、セルビア正教会の復活大祭のとき、こんなことがあったわ。私のことをね、「嫁さん」ってね、親しみをこめてご近所のアルバニア人のおじいさんは、いつもそう呼んでいましたけど、ある日、「嫁さん、お願いがある。これから、あんたたちの復活大祭だろう。うちの娘がね、子供を産むことになったが、これまで女の子ばっかり産んでいる。アルバニア人の家族に息子がないって、どんな辛いことか分かるだろう。赤く染めた卵をくれないかねえ。私には六人の孫娘たちがいるが、男の子が一人もいない。赤い卵をもらったら、娘は男の子を産むかもしれないから」って言ったのです。「ああ、おじいさん、そんなことだったの。もちろん、あげますとも。ずっと前から、あげようと思っていた」と私は言いましたよ。

お祭りのときは通りで子供を見かけると、復活大祭の卵をあげたものです。我が家の子供とおじいさんの子供は、いつも一緒に遊んでいた。仲良しでしたよ。いつもお祭りの卵をあげていた。子供たちはトランプをしたりね、クロスワード・パズルを一緒にやったりしていた。一日中、一緒に遊んでいたものですよ。それはね、内戦になる前のこと。内戦の三年前でしたね。

私は下の息子を呼んで、染めた卵をお隣さんのところへ持って行ってちょうだいと言いました。すると、息子はね、「僕はもう大きくなったからね、隣の家は女の子ばっかりだから、勘違いするかもしれないだろ。僕はいやだ」と、言いました。「あら、それは思いもつかなかった」と言って、私がお隣さんのところへ卵を持っていきました。私はね、いろんな色の模様の卵が好きだけど、赤く染めた卵を選んで十二個届けたのですよ。お隣さんのおじいさんは喜んで、「復活大祭おめでとう」とアルバニア語で言いました。その二年後にね、おじいさんの家には男の子が生まれたのです。どんなに嬉しかったことか。おじいさんは、お礼に私に靴をプレゼントしてくれたのですよ。

内戦のすぐ後のことを思い出します。どうしても許すことができないこと。まずアルバニア人の住民は、三か月ほど、この村からどこかへ行き、集団で避難していました。その朝、私はパンを買おうと家を出ました。すると隣のアルバニア人の家の門の前で、兵隊が家に火をつけようとしている。それはセルビア軍、つまり正式にはユーゴスラビア軍の兵士でした。アルバニア人の家を焼こうとしている。「何ということをするの、この家に火をつけてはいけないよ」と、私は言いました。それはNATOの空爆が終わりかけたころのことですよ。兵士はセルビアの南の町、レスコバッツ市（Leskovac）の出身ということでした。戦争なのです。双方で、戦闘をしているのです。

この出来事のあと、お隣のサブリヤさんが、私に訊きました。「スターナさん、あんたの息子さんたちはどこなの」って。「息子の一人はアルバニアとの国境に、もう一人はマケドニアとの国境に動員されているの」と答えると、私は泣き出してしまいました。「二か月半、息子たちに会っていないのよ」と。するとサブリヤさんが言いました。「夫の弟がウロシェバッツに動員されているの」って。セルビアとの境界で、土地を守っている。「あんたたちも悪くない、私たちも悪くないのにね」と、私は言いました。

そのサブリヤさんはね、アルバニア人でしたが、私の生まれた村で働いていた。産婆さんでした。夫は村の看護師でした。私の母の出産のときは、彼女の夫が助けてくれて、何一つ問題はありませんでしたよ。彼女たちがアルバニア人であることは、私たちにとって何の問題もなかったの。彼女はセルビア語がとっても上手でね、アルバニア人だとわからないくらいでした。だから私は、彼女のことを、新しい人が来るときは、かならず紹介しました。つまり彼女はアルバニア人だっていうこと。誰かがそれと知らずに、くだらないことを言ったら不愉快でしょ。

私たちは、土地のアルバニア人と何一つ問題はなかった。政治は、何ということをしたのでしょう。なぜ戦争になったか、いろいろ言われるでしょう。でも、ちょっと待って、彼らも悪くない、私たちも悪くない。誰が悪いのかわかっている。だけど、彼らに悪い運命を望んだりしない。私は家を失った。私には何もない。一度だって、アルバニア系の人々に私と同じ難民の運命を望んだりしたことはない。一度たりともね。

お料理のこと。家でよく作るのは、豆スープ、キャベツのチョルバ、肉なしで作るの。それから緑のものは、ホウレンソウです。ホウレンソウでパイも作る。パンも焼く。子供が大勢のときは、チーズを入れる。大人数でしょ。庭で食卓を囲んで食べることもあった。でも子供たちが、食べ物を理由に喧嘩することはなかったわ。

私の父はね、七人の子供を育てたの。父の兄が第一次世界大戦で戦死しましてね、父が兄の子を引き取った。父は祖父から家を相続しましたが、家屋敷や畑は、兄の子供たちにも分けました。私たち二人は女の子ですから、いずれ嫁にいくと考えて、遺産は分けませんでした。

食べ物についていえば、大変でした、あのころはね。少しばかり家畜を飼ってなんとかやっていた。牛とか山羊とかね。私も森で山羊や牛の世話をした、五歳くらいからですよ。豚の世話もね。育てた家畜をつぶして肉にする。かなりの肉ですが、大家族ですから一人がもらえるのは、わずか一切れ。それも冬の間だけです。肉料理は冬でしたよ。ちょっとの肉をたくさんのパンで食べる。従兄弟たちが大勢でしたからね、肉は男の子たちが食べてしまうの。私も妹もそんなに大食らいではなかったしね。でも妹が十分におなか一杯食べられないのが不憫でしたねえ。

私の母は裕福な家の生まれでした。使用人もいる大きな家で、資産家でした。ときどき母方のお祖父ちゃんの家に行きました。自分の家で食べたくないときは、お祖父ちゃんの家で食べたの。お祖父ちゃんの家には六人も使用人がいて、大きなお家でした。「お祖父ちゃん、これ、妹にも持って行っていいかな」って言うと、お祖父ちゃんは、「いいとも、持っておいき」ってね。こうして妹にお祖父ちゃんのところから食べ物を持ってきてあげたの。

母は、とても貧しい男の人に嫁いだ。でも母は一度も、豊かな家から貧しい家に嫁いで残念だと言ったことはないの。どうして父のもとに嫁いだかと言いますと、母はお嫁にやられたということなの。母は、まだ学校に通っておりました。教師になる勉強をしていた。私の父は、母方の祖父の使用人の一人でした。おとなしい少年だった。十五、六歳から祖父のところで働いていたのです。祖父は、少年がとても気に入ってね、一人娘を貧しい使用人に嫁がせたのです。でも母は一度も、それが恨めしいと言ったことはない。父方の叔母さんに母は、「実家よりも嫁いだ家のほうがいい」って、言っていたそうです。母は立派な人でしたね。

母は、村一番、お料理が上手でした。父が実家から独立して家を構えると、母は料理の腕前を発揮しました。婚礼、子供の洗礼式、軍隊に入隊するときのご馳走。そんなとき、村の人は母に料理を頼むの。村の方々のご馳走作りを引き受けるくらい料理の名人でした。グーラッシュ、パプリカッシュ、パプリカの肉詰め……。昔はね、機械なんてないでしょう。たくさんの野菜を手で丁寧に刻むのですから、大仕事でした。

父方の叔母たちは、一人も学校を出た人はありませんが、母は一度だってそれを理由に叔母たちを軽蔑したことはありませんでしたし、そのことを問題にしたことはない。母はね、教師をしておりましたが、手芸がとても上手でした。学校のあとで、編み物や刺繍や機織りを村中の娘に教えていた。まるで学校みたいでしたよ。娘さんたちが家に来るとね、どうやるのか丁寧に見せてあげるのです。私は、「お母さん、もういいわよ、たくさんよ」って言いましたがね。でも母は、「娘さんたちの役に立つのだからね」って言いました。私も母からいろいろと教わりました。みなさんの難民支援団体「ずどらぼ・だ・すて」みたいな団体を持っていたようなものです。ふふふっ。

一九九九年の空爆のときのこと……。私たちはウロシェバッツにおりました。空襲が始まったのが三月。私たちは一か月間、ウロシェバッツの難民センターにおりました。大きな建物で、地下は緊急の避難所でした。三百人くらい収容されていましたが、小さな子供も大人もいました。それは大変でした。嫁は、生まれて半年の男の赤ちゃんがいたから苦労しました。嫁と赤ちゃんは、じきにグラチャニツァ修道院（Gračanica）の難民センターに移しましてね、そちらの方が、生活が少しは楽でしたから。一か月間、自分の家に住めなかったことになります。食べ物は、各自がなんとかしていました。ときどき、赤十字から食べ物が届きましたけどね。ある人は食べ物があり、ある人はないという具合でした。家に戻って冷凍庫にあった食べ物を持ってきました。誰かが分けてくれることもあったけど。でも、お腹がすいたとか喉が渇いたとかはなかったです。

恐ろしいのは、ＮＡＴＯの空爆のあとで町に戻ったときのこと。家にいることもできない、何もできない。空爆の後で町に帰ってからが、いちばん怖かった。ＮＡＴＯの空爆が終わると、難民センターを朝の六時に出ました。それから午後の二時ころまで、私たちは町の広場におりました。アルバニア人たちから口笛を吹かれたり、罵倒されたり、乱暴されたり。それは大変だった。町は私たちの知らないアルバニア人でいっぱいでした。

夫は、難民センターにいた人たちが帰るためのバスを手配しなくてはなりませんでした。夫は運輸会社の副社長でしたから、軍の司令部に許可を取りにいかなくてはなりません。難民となった人たちのために三台のバスを準備した。避難民が移動するバスですから、大きな危険があるのです。会社の許可は出ましたが、軍の許可なしには動かせません。殺されるかもしれないのですから。運輸会社の社長は町から脱出していて、おりませんでした。「殺すぞ」と脅迫されて、逃げていた。夫は、十日間、会社の責任をとることになり、混乱のなかで、夫がどこか、長男がどこか、わからなかった。やっと二人が帰ってきて、私たち家族がそろいました。次男はもうセルビアに難民となって逃れていました。軍の会館の前に、親類もみんな一緒にそろいました。

するとそこにアルバニア系のコソボ解放部隊が現れました。三人のアルバニア人で、車でやって来た。そして長男を連行して行ったのです。さっきも申したように、長男は交通巡査でしたでしょ。交通違反をした人を取り調べるなど、現場の仕事が多かった。誰かに罰を与えたり、誰かを許したりというのが、息子の仕事でした。その息子が、アルバニア系のコソボ解放部隊に捕らえられたのです。

すると、やはりコソボ解放部隊に入っているアルバニア人のお隣さんがね、兵士に言いました。「この人は、私たちのすぐ隣に住んでいる人ですよ」とね。「大丈夫だよ、ここに居なさい。私たちが守ってあげるからね。ひどいことにはならないさ」ってお隣さんは息子に言った。それで私はお隣さんに言いました。「ねえ、いったい何が欲しいの。ここに私の家の鍵が二つある。なんでも欲しいものはお取りなさい。家に鍵はかかっていないけど、念のために鍵を持っていきなさい。お願いだから、息子を返してちょうだい。さあ、どうぞ」と、私はハンドバックから鍵を取り出して、お隣さんに渡しました。「あなたたち家族は、ちゃんと居るべき場所に居た。大丈夫だ。あんたたちのことは、よく知っとる。あんたたちには、何にもせんから、心配せんでいい」と、お隣さんは私に言いました。でもね、お隣さんが心の中で何を考えているのかは、私にはわかりません。

しばらくして、夫の弟の夫婦が、私たちの家を見に行きました。家は、焼かれてしまいました。二人はそこから電話をかけてきました。「家のものは、何一つ残ってない。全部運び出されている」と。アルバニア人のお隣さんに聞くと、私たちの家財は、隣村に住むアルバニア人のサーミヤさんの家族が持っていったということでした。年の多い人で、息子と奥さんと隣村に移っていった人です。その家族から私たちは、昔、土地を買いました。その家族が、私たちの家財道具を一切、運び出してしまったのです。

「お隣さん、あんなに物をいっぱい運び出すのを、黙って見ていたのね。残念なのは赤ちゃんのベッドだわ」と、言いますと、「最初に来た者が取っていったのさ。みんな、あんたが置いていったのだろうが」とお隣さんは言いました。息子の婚礼の後でしたから、お祝いの品々がたくさん家の中にはありましたがね、すべて盗られてしまいました。なぜ、こんなことをしたのか。すべては持ち運ばれ、今は、家もなくなり、塀が作られてしまいました。


お料理の話でしたね。母から受け継いだものもあるし、夫の母から教わったものもあります。私の得意なのはサルマ（sarma）です。それからムサカ（musaka）、私の母よりムサカが上手な人はいないくらいでした。夫の母は、トウモロコシの粉で、ゼリャニツァ（zeljanica）と呼ばれるチーズ・パイを作るのが上手でしたね。小さなころからよく食べていたものですね。

サルマはね、まず玉ねぎを炒めます。炒めずに入れる人もいるけど、私は炒めます。ひき肉一キロから一キロ半くらいに対して、小さなコーヒーカップ一杯から一杯半のお米を入れます。調味料を加え、それを塩漬けキャベツ（ザワークラウト）の葉っぱで巻いてね。ベーコンの塊か、豚のアバラ骨の燻製と一緒に煮込むのです。パプリカの粉は入れるけど、ほんの少しね。水をひたひたに入れて煮込む。サルマやジャガイモ料理には、植物油はだめ、豚の脂が合う。ラードじゃなくちゃね。鍋を火にかけて、しばらく煮てから、それをオーブンで焼く。火の強さ、薪の量によっても違うけど、弱火でゆっくり料理するのが一番おいしい。強い火で速いのはいけない。

ムサカも、ひき肉と玉ねぎを同じようにして、そこにジャガイモを薄く切ったものと交互に重ねていく。ただ米は入れません。家によって作り方は違う。母のやり方と夫の母とでは、作り方が違った。でも、たいてい夫の母のやり方に従いました、母のよりはね。母の料理を受け継いだものもあるけど。台所でね、夫の母から料理の作り方を受け継ぐわけですよ。

夫とどうして知り合ったか、ですか。私はね、村の小学校のときからずっと一緒なの。夫は一つ上だった。私ね、お転婆だったの。ふふふっ。宿題はね、彼のノートを、こっそり書き写したりしていた。小学校五年生のときから、いつも隣の席でした。とっても仲良しだった。友達だった。大人になって五か月くらいお付き合いしてね、結婚したの。

夫は、後にベオグラード大学に行きました。私はね、八年制の小学校を卒業すると、二年間、看護学校で勉強して、助産師の資格をとりました。さらに上の学校に行きたかったのですが、父が反対しました。妹は小学校初等四年間だけを終わり、そのあとは学校に行きませんでした。どうして、おまえだけ学校に行くのか、と父は言って、勉強を続けるのを許してくれませんでした。残念ながら、助産師の免許はコソボの家に残ってしまいました。ちゃんと実習も終えて働く資格があったのですが、今度は夫が私に就職をさせてくれませんでしたよ。夫の母は重い病気で、後には寝たきりだったのでね。私が学校に通ったのは十年、そのあと上の学校に進めませんでした。そうして人生が過ぎていったわけです。

難民生活のことをもう少し、申し上げましょう。ウロシェバッツの難民センターで、援助でもらったのは、缶詰類、ジュース、食品を少々。そこに一か月いたと申しましたね。それぞれが、自分の家からマットなどを持ち込んで、生活しました。テーブルなんてとんでもない。牛乳、肉の加工品とかで暮らしました。難民センターでは、それぞれが自分でなんとかしなくてはならなかった。なんとか暮らしました。

さっきも申しましたがね、私たちの嫁は、コソボの中央にあるグラチャニツァ修道院の難民センターに移った。赤ちゃんがいましたので、実母と一緒に、条件のよい難民センターに移ったのです。

私たちの難民センターには、二、三十人くらいに対して、二つだけコンロがありました。自炊のためでしたがね、薪のコンロです。薪は十分ありました。自炊をしたい人は、自炊ができるということでしたけどもね。難民センターでは、強い人がたくさん取るものです。一つの部屋には三つの家族が一緒だった。それぞれ何か持ってくると、みんなで分ける。食べ物をみんなで分けあいました。私たちの家族、それから従妹の夫婦の家族、そして夫の母と親類の女の人が一人。とにかくその間、腹も空かず、喉も渇かずにすみました。

その後、さっきも申したように、一度、家に戻りました。それまで家には誰も入り込んだりしなかった。家に戻ったのは、空爆が終わったからでした。すべて手つかずに残っていた。最後にコソボから出ることになる十日から二週間ほどを、ふたたび自分の家で過ごしたことになる。その後、家が無くなったことはお話しましたね。

一九九九年のＮＡＴＯの空爆のこと。それは激しいものでした。激しい空爆が始まって難民センターに逃れたのですからね。何か仕事を始める、すると爆弾が降ってくる。数えきれぬほどの飛行機が爆弾を落としていく。空爆はひっきりなしに続いた。休みなく続いた。どこかに身を隠さなくてはならない。それで難民センターに逃れたわけです。コソボに落とされた最初の爆弾はね、私たちのウロシェバッツに落とされたのです。そのとき息子はね、投下された場所から、たった二十メートル離れたところにいたのですよ。やっとのことで、命が助かった。怪我はなかったけど、激しい精神的なストレスのために、息子は治療を受けなくてはならなかった。そのあとも、息子は巡査の仕事を続けましたがね、ずっと空爆は続いていたから大変でした。たくさんの爆弾が毎日のように落とされましたよ。

土地のアルバニアの人たちはね、彼らは彼らで自分たちの難民センターに行きました。近いところにいたのは、分かっていましたけど。

NATOの空爆が終わって、私たちが戻った次の日に、アルバニア人のお隣さんが来てね、「スターナさん、コーヒーを飲みましょうよ、戦争から解放されたから」って言いました。「とんでもない。大変なのはこれからだわ」と私は言いました。「外国の軍隊が帰っていくから、私たちがなんとかしてあげる」と、お隣さんは言いました。「何を言っているのよ、そんなの無理よ」と私は言いました。私は予感していた。「時が来たらね、外国の軍隊はこれからもずっとここにいることになる。そうすれば私たちはもう、ここに帰れなくなるの」と、私は言いました。お隣さんは、何も分かっていなかった。私にはすぐ分かった、何が起こっているのか。

私たちは、車でコソボを後にしました。先ほども言ったように、夫はまず多くの人たちがセルビアに移るために、バスを手配しなくてはならなかった。それで多くの人がセルビアに避難できたのですよ、避難民としてね。軍の正式の許可をとるのに苦労しましたがね。

私たちの車が境界線のメルダレ村（Merdare）まで来たときにね、私は泣いた。あれほど泣いたことは一度もなかった。声をあげて泣きました。夫はね、もう、たくさんだ。やめろって、私を叱りました。私たちの車にはね、セルビア人の近所のお婆さんが一緒に乗っていました。お婆さんはね、クルシェバッツ市（Kruševac）にすでに家族が避難していたので、その家族のところまで乗せていくことになっていたの。クルシェバッツに入ると、ガソリンがなくなってしまいました。どこにガソリンがあるだろうと、夫がまず店で訊くと、ここにはないと、言われた。喫茶店で訊きますと、その先の建物に、こっそりガソリンを売っているところがあると、若い店員さんが教えてくれた。夫はガソリンを買いに行きました。

するとね若者がね、私のそばにしゃがんで言いました。「ねえ、お母さん、どちらからいらっしゃったの」とね。「ウロシェバッツから」と言うと、若者は涙を流して言いました。「たった今、サテライトの番組で、みなさんがどうやって逃げて来たのか、見たばかりですよ。大変でしたねえ」と言ってね、若者は泣いていた。するとそこに若者のお母さんも出てきました。どうやら家族でやっている喫茶店らしかった。若者は私たちにコーヒーを運んできた。「お願いよ、コーヒーなんかいいから」と言ったのに、「いやいや、お母さん、コーヒーを飲んでもらわなくては」と、コーヒーばかりでなく食べ物までくれたのでした。それから、誰と一緒なのか、と訊きます。夫と一緒だけど、と言うとね、それなから、そうおっしゃってくれたらいいのに、といって、その店まで行って、夫のためにガソリン代まで払ってくれてね。パンまであげようと言うのでね、それはもらえない、もう軍隊からもらったのだから、と私は言いました。検問で待っているときに、軍が配っていたのです、パンと水と缶詰ももらいましたから。

それからマトゥルシカ・バニャ村のバス・ターミナルに着くと、私たちは車のなかで夜を明かしました。夜が明けると、お店でパンを買うことにしました。息子たちの家族がそちらの方に先に逃げていたと申し上げましたよね、息子たちに持っていこうと思って。すると店員さんが、「奥さん、どちらから来たのですか」って訊きました。「ウロシェバッツです」と言うとね、店員さんが泣き出したのです。私は涙をこらえて、泣かないようにしました。「子供のために、パンを買おうと思って」と、言いました。私たち夫婦のほかに二つの家族が一緒でしたから。娘の家族と娘の夫の姉と子供たちです。ところが店員さんはね、お金を受けとろうとしない。私は泣き出しました。「お金を受け取ってくださいよ」ってね。すると店員さんは「どうしてお金をいただけますか、お母さん、どちらに行くのですか」って言うの。「私もわからない。どこに行くのか、そんなこと、どうしててわかるというの」と私は泣きました。

故郷を後にしてからは、ほんとに大変でした。辛いことばかりでした。マトゥルシカ・バニャでは、翌日、すぐに赤十字に行って登録しました。そこからブルニャチカ・バニャに行くようにといわれました。どちらもクラリェボ市の赤十字の管轄だったのです。難民センター……。六年を難民センターで過ごしたのです。

食べ物のことね。センターでは、自分たちで料理をしていた。赤十字から支援物資をもらう。ときには、援助物資を売って肉を買うこともあった。三年間はそんな感じでした。そのあと、どの国の支援だったかわからないけど、六か月、家族の人数にあわせて、食糧の配給がありました。ジャム、ジャガイモ、缶詰、オレンジ、野菜など。家族の人数にあわせて配られる卵の数も決まるし、ジャガイモや野菜の量も決まるわけです。冬の間も食糧は確保できました。料理は自分たちでしましたがね。

難民センターには、いろんな地方から来た人が暮らしていました。コソフスカ・ミトロビツァ（Kosovska Mitrovica）、プリズレン、コソボ・ポーリェなどです。先ほども申しましたが、ダンカさんだけが同郷の人でした。ダンカさんは私の娘と仲良しでした。ダンカさんはね、特別介護の必要のある子がいたので、あとから援助があって住居をもらって、移っていきました。苦労していましたよ。

楽しみは誕生会でした。子供たちのためになんとか開いていました。大人はね、家族のスラバ（家族の守護聖人の祭り）のときは、どの家族も質素ながらもご馳走を作ってね、お菓子なんかも手作りで、みんな集まりました。すべてが違う町から来たのにね、喧嘩はなかった。大人も子供も、仲良くしておりましたねえ。

雨、雨、雨だった

ふたたび、リーリャ

難民となる直前まで、私は会社に出ていました。子供たちは家に残り、私は外から鍵をかけていった。夫は、動員されて戦場にいました。非常時における当直ということでしたから、二、三時間だけ職場で当直、そのあとは家に戻る。それが二、三日続いた。勤め先はコソボの電力会社、事務系の仕事です。親戚と話し合って、子供たちも連れて、私の妹とオビリッチの町を車で出ることにしたのです。

道を走らせていくと、私たちの車の他は誰も通らない。真っ暗です。誰もいない。警察の車がときどき通りかかるだけでした。とても怖かった。ブルニャチカ・バニャの町に着くと、すっかり暗くなっていて、雨、雨、雨だった。真っ暗でした。私と三人の子供、妹と三人の子供。最初は、父母のところに身を寄せた。妹と私と六人の子供たち。弟夫妻と子供もいた。

私たちの父母は、すでにトルステニック市に難民として移り住んでいました。ブルニャチカ・バニャの隣町です。一時は、二十八人が、父母の建て始めたばかりの家に住みました。一足先に難民となって出てきた弟夫妻も一緒に住んでいました。そのうち十一人は幼い子供です。

一か月ほどして、五月になると、妹と私は、子供を連れて、父母と弟夫妻の家を出ました。かなり大きな家だったけど、二十八人が一緒に暮らすのです。叔母ちゃん、ここって難民センターだっけ、と甥っ子が言いましたっけ。子供がいっぱいの家です。カーテンだってカーテンらしくないくらい、床も床ではなかった。家はめちゃくちゃですよ。母が一人でみんなの食事を用意していました。私たちには小さい子供がいるから、子供の世話で手一杯でしょう、と母が言って……。

私と妹は、赤十字の人に難民センターに行く方がいいと勧められました。二人とも夫がコソボ電力勤務なので、電力会社の所有していた休暇村がブルニャチカ・バニャにあって、そこに移りました。弟はなぜ出ていくのだと、怒りました。みんなで住めばいいよ、と。だけど、大きな家といっても二十八人が住むのは無理です。弟の小さな息子は、叔母ちゃんたちと一緒に難民センターにいく、と別れを惜しんでいましたっけ。

それは休暇村のペンション形式の住居でした。テラス、風呂、ダイニングキッチンと寝室。生活に最低限必要なものは、そろっていた。洗濯機だけはないけど。休暇村に、電力会社の職員の家族が難民となって生活していた。三十七世帯、そのうち七十四人が子供でした。十五年間、そこに住んだのです。でも一度も、問題は起きなかった。みんな仲良しだった。大きな子供たちもいたのにね。

でも就職は厳しかった。今でも定職はありませんよ。市場でいろんなものを売って暮らしました。最初は、赤十字の食糧の援助がふんだんにあったの。十キログラムの小麦粉が一世帯に、一か月分として届いた。私たちは、小麦粉やマカロニなんかを売りました。衣料とかショルダーバッグを仕入れて売ることもありました。現金はね、よそのお宅のお掃除などをして稼ぎました。コソボを訪ねたりとかするときに、お金は必要ですからね、厳しい生活でね、みんな身体を悪くしましたね。小麦粉、マカロニ、米ばかりの料理……。

三人の子供は、みんな上の学校に進みました。長女はクラグエバッツ大学を卒業、次女はベオグラード大学で国際関係学を修め、ベルギーの大学の修士課程に留学の予定です。一番下の男の子は高校生で、ベオグラードの防衛大学を受験しようと考えています。夫は、コソボのグニラネ（Gnjilane）で働いていて、単身赴任です。時々、こちらに来るの。彼はコソボの土地に忠実なのですよ。そういう人はとても少なくなってしまったけど。グニラネ村は、セルビア居住地の一番先端、アルバニア人地域との接点の村です。二〇〇四年に、弟は癌で亡くなりました。二〇〇八年には、私が癌の手術を受けた。

子供はね、大きくなればなるほど、お金がかかる。生活はどんどん厳しくなっていきます。長女は二十六歳、次女は二十四歳、長男は十九歳。学校に行くとね、別の意味でいろんな必要が出てくるでしょう。ミレニアさんのところの手芸プログラムで編み物をするほかに、老夫婦の介護をしたり、よその家の清掃をしたりして、お金を稼いでいます。

上の二人は、高校生のとき、夏休みにモンテネグロの海岸でアイスクリーム売りのアルバイトをしました。子供はみんな質素で、真面目です。長女は会計士の国家試験を受ける予定です。経済学部を卒業したの。次女は、国際関係、修士は外国でやることになった。これで、きっと就職ができると考えている。今、ベオグラードで、アンケートのアルバイトを一日、三、四時間やっています。息子も、高校を卒業して大学に進めば、ベオグラードに行くことになる。バスケットボールの選手なので、スポーツ関係の奨学金がもらえたら学費の足しになるでしょう。大学は出なくてはね。

私たちはね、まだいい方ですよ。私たちはオビリッチから来た。なんとか準備をして難民になった。セルビア本土までも距離が近い。だけどメトヒヤ地方の人は、可哀想ですよ。なに一つ持たず、スリッパをつっかけたまま家を捨てたのですよ。セルビアとの境界線まで遠いしね。メトヒヤ地方はね、コソボの南部。アルバニアとの国境に近い地域です。この地域の人たちは、まだ世の中で何にも問題にされていなかった一九九八年から六か月、過激派のテロで家から出ることもできないくらい危険な生活をしていたのですよ。

こんなことがあった。内戦が始まりかけていて、異なる民族の間では口を利かない雰囲気がどこの職場にもあった。私が働いていた電力会社では、セルビア人もアルバニア人も一緒に勤務していましたけど。ある朝のこと。一九九九年の春、ＮＡＴＯの空爆が始まる直前に、若い職員が話しかけてきた。彼はアルバニア人なのだけど、夜警の当番が明けて、疲れ果てた様子だった。私にこう言ったの。「昨晩は、一睡もしなかったよ。俺たちは、この状況に賛成じゃない。いいかい、あんたたちは、セルビアに出て行くだろう。俺たちはここに残る。そして、あんたたちの方が、きっと楽をする。俺たちは、きっと大変なことになるだろう」って。

私ははじめ、彼の言葉が信じられなかった。だけど空爆が始まってわかった。代々この土地に住むアルバニア人は、こんな内戦には賛成ではなかった。今のアルバニア人の指導者ハッシン・タッチ（サッチ）は、よその土地から来た人なの。昔からここで暮らす人の気持ちなんか彼には関係ない。土地のアルバニア人たちは、こんな内戦なんか賛成ではなかった。みんな扇動された、騙されたのですよ。アルバニア人の今の指導者は、よそから来た人、欧米諸国の支持があるのでしょう。前のアルバニア人の指導者、ルゴバはね、アルバニア人の民衆の代表だった。彼はね、最後にはユーゴスラビアの軍隊が護衛についていたのですよ。

夫は今、コソボに残って仕事しているでしょ。アルバニア人の村のそばを通ると、アルバニア人の村も大変だとわかると言うわ。解雇、失業。女の子は通りを一人で歩くのが危険、人さらいにさらわれる。

コソボ・メトヒヤの食べ物は、何といってもピッタ、薄い皮を重ねたパイです。テーブル一面にね、パイの生地をごく薄く広げていくの。小麦粉と水と塩を混ぜて、よくこねる。それから生地をパンの塊みたいに分ける。そのあと、塊をごく薄く広げるわけ。その薄い生地に具をつめる。大きな丸いパイ皿に、どの家庭でもどれくらいの生地が必要かみんなわかっている。薄く広げた生地には、溶かしたラードを振りかけ、生チーズと溶き卵を混ぜ、香辛料を振りかけ、パイ皿にのせて、また次のパイの生地をのせて生チーズ、卵。三ミリから四ミリの厚さ。それを重ねていき、オーブンで焼く。とっても美味しいわよ。

パンを焼く、生きていく

スラビツァ

コソボ・メトヒヤのキエボ市（Kijevo）から難民となり、クラリェボ市近郊ベラノバッツ村（Beranovac）に難民として住む。主婦。

私はね、ピッタの生地は、いつも自分で作る。薄いパイの生地ですよ。コソボの家庭ではね、ピッタの皮は自家製です。お店で買ったりしないの。私はキエボから来ました。マタルシカ・バニャの難民センターで十年間暮らしました。汚くて狭くて、たくさんの人でねえ、まあ大変でしたよ。料理をゆっくりするわけにいかない。それでもスラバ、家族の守護聖人のお祭りのときだけはね、なんとかご馳走を作りましたね。我が家のスラバは冬の最中、一月九日の聖ステファン、夏は八月十五日です。一週間はかけて料理とお菓子の準備をします。豆スープ、菓子パン、ケーキ、みんな手作りです。

今は、難民支援のための住居に住んでいます。クラリェボ市の近くのベラノバッツ村です。ダイニングキッチンと寝室が一つだけ。四十一平米に七人で住んでいます。五人は、みんな息子です。一番下は二十歳、まだ学校に通っています。一番上は三十三歳、二番目は三十歳、三番目はお隣の国のモンテネグロに行ってね、パン屋で働いている。四番目はね、製材所で働いている。最後の子は、まだ学校に通っていて仕事はない。一番上の息子はね、トラクターに轢かれて両足を大怪我してね、身体障害者になってしまった。何一つ収入はないし、働けないのです。歩くのはなんとかできるけどね。

料理は、グーラッシュを作ることが多いですね、肉をちょっと。キノコも入れる。イタリアン・パセリ、人参、玉ねぎ、ニンニク、トマトを煮込みます。ほかに、ピッタもよく作る。キフラ・パンも焼きます。中にベーコンを細かく刻んで入れる。生チーズと卵も少し。パンは毎日、自分で焼きます。そのほうが安上がりなの。男の家族でしょう。一キロのパンを七本も買わなくてはならないから、自分で作ったほうがいいのですよ。

夫は年金生活。二〇〇七年四月四日にね、心筋梗塞を起こした。プラムの畑で働いて帰ってきたら、苦しがる。熱がある。痛いという。痛み止めを飲んだけど、おさまらない。子供たちもみんな心配している。どうしたのだろう。息子たちは怖がっている。「私が連れていくよ」と、タクシーで夫を保健所に連れて行ったのは翌日。お医者さんに、すぐに病院に行きなさいと言われて、夫は三週間入院した。そのあと、ニーシュ市の病院で心臓の手術をしたの。二〇〇五年に、夫はすでに糖尿病になっていたから、身体が弱っていた。

夫の障害年金はね一万三千ディナール（一万三千円）くらい。最低賃金の三分の一ですよ。私は勤めたことはないの。主婦です。だって家族が大きいから、料理も洗濯も大変でしょ。洗濯機がなかったから、全部、手洗いだった。夫の年金だけでは、とても暮らせない。でもね、生きていかなくてはね。

魂の香り

コソボ・メトヒヤの女声たち

秋の午後は、少し肌寒い。私たちは居間で話を続けた。ミレニアが暖炉に火を入れる。台所からビーリャが沸かすコーヒーの香りが流れてくる。ミレニアが、膝にノートを広げた。そして、一篇の「詩」を読み上げた。部屋は静まり返る。それは誰の詩なのか、とみんなが尋ねると、「さっき、みんなが話してくれた言葉を書き留めて、それぞれの人のお話から文を一つずつとって繋げたの」と微笑む。私たちは驚きの溜息をついた。

買い物に出たけど、何も買えなかった
黒豚が、私たちの横を狂ったように駆け抜けて行った
通りには旗がたくさん翻り、私たちは勝ったのかしらと思った
妹は、通りには出ないでと頼んだ
草を食むようにと、馬を放してやると、こちらを向いて涙をこぼした

ものがあったとき、ものがなかったとき、それをこの詩から思い出した
カーテンはもうカーテンではなく、床も床ではなかった
そのまま眠った、雨が降り続けた
私は八歳だった
息子と逃げ出した、息子の命、自分の命が心配で
でもなんとかいつも、パンが見つかった
パンは魂のように香った
パンの香りは私たちを目覚めさせ
私たちに語りかける
たとえどんな人生であろうとも
人生を夢見て、人生を思い出し、人生を愛しなさいと
この詩は食物のこと
みんなで分け合う食べ物、みんなで分けあうパンのこと
パンは、魂の香りをしている

この「詩」を聴き終えると、スターナが語りはじめた。

国境を越えるときパンが配られた。そのパンにカビの臭いがした。たくさんの人たちが国境を越える。だ

けど、みんなに配るなら、どうしてカビ臭くないパンを配らないのかしら。そんなパンが配られた。そして難民センターに行ったのです。子供だっているのよ。そのことをどうして考えないのかしらね。今でもね、誰かがごみ箱にパンを捨てるのを見るとね、とっても腹が立つ。小さなころね、一日中待って、やっと夕方になってパンが食べられたこともあった。パンを捨ててはいけない。パンを大切にしなくては。

人生でいちばん大切なこと

ふたたびコソボ・メトヒヤの女声たち

暖炉であかあかと薪がぱちぱち快い音をたてる。和やかに時が流れていた。ミレニアは、最後にみんなに質問する。人生でいちばん大切なことは何か、と。一人一人が答えた。

健康。子供と一緒にいること。夫、子供、友達と一緒にいること。

健康、子供と家族、ご近所さん。今朝も、私の作ったお菓子、新しいお隣さんに届けたわ。

健康、仲良しでいること、自由。

健康、幸せ。つまり、家族みんなが一緒にいること。そして友情が、私たちのまわりに広がること。自由に楽しく暮らすこと。

健康、仲良しでいること、愛。

炎、そして安らぎ……。

追記

私たちは満ち足りた気持ちで山を下りた。ミニバスでブルニャチカ・バニャの町に戻ると、そこからみんな、それぞれの場所へ帰っていく。途中で、リーリャさんの家に立ち寄った。庭には、日々草が空き缶のなかで花を咲かせていた。どんなことがあっても、私は負けないのよ、とリーリャさんが胸を張って笑った。

ミレニアの笑顔に見送られ、私はベオグラードに向かった。

右の手、左の手

ミルカ、スラビツァ、スネジャナ

二〇一五年十月十八日、ふたたびブルニャチカ・バニャ市を訪ねた。池澤夏樹さんも一緒だ。市民図書館に難民となった女性を招き池澤さんを囲む。今回もミレニアが、「ずどらぼ・だ・すて」の手芸プログラムの女性たちを集めてくれた。久しぶりの再会。池澤さんが『南の島のティオ』について話したあと、女の人たちは短い自己紹介をした。名前、生年、出身地。一人一人の声を聴き合う。ペーチ、オビリッチ、クリーナ（Klina）、キエボ、ネロディムリェ……。十二人の女性たちが残してきた地名。一人一人の話を速記。後日、メモから翻訳。

ミルカ

一九九三年、六月十三日、ペーチの町を出ました。山を越えて逃げました。ラドバッツという山。大変な旅でどこへ行くのかもわかりませんでした。モンテネグロに出て、クーラ山に出て、しばらくそこに住み、二〇〇〇年から息子たちとクラリェボ市に住んでいます。息子二人、娘二人、孫七人。なぜ町を後にしたか……。それは、町から一人、また一人と人が出ていったからです。セルビアの警察も軍隊も、町から出て行った。誰が私たちを守ってくれるというのか、不安でたまらなかった。

ドゥシカ

私もペーチから逃げてきました。別の山を越えた。クーラ山の境は閉鎖されていた。町にイタリア軍がやって来た。子供たちと一緒に逃げました。ルゴバ山を越えたの。それはアルバニア人の住む山です……。

スラビツァ

キエボから逃げてきました。一九九九年六月十三日、夫と五人の子供と難民になった。あのとき、いちばん上の子は十八歳、いちばん下は四歳。コソボ・メトヒヤの町、ズベチャン (Zvečan) の小学校の校庭で夜を明かし、その後はセルビアに入り、ウシチェ村の鉄道駅で眠った……。クラリェボ市の近くの村です。

スネジャナ

コソボ・ポーリェから逃げてきました。一九九九年六月十三日に、夫は、送電線の復旧工事をしていて死にました。四か月、私は一人ぼっちで町にいました。誰もいない集合住宅で一人ぼっちだった……。

このあと、スネジャナの声は嗚咽となり、沈黙となる。

＊　＊

黄金色に光る林を抜けて、みんなで市場の近くにある「ずどらぼ・だ・すて」の集会所へ向かう。簡素な木製のベンチに坐り、机をつないだ大きな食卓をみんなで囲む。並べられたご馳走は、みんなの手作りだ。パプリカの深紅、アイバルと呼ばれる夏野菜のペーストのオレンジ色、キツネ色の大きな丸いパン。それから薄い皮で肉や野菜やチーズを包んだピッタ……。ピッタの薄い皮は、小麦粉と水をこねてテーブルに薄い皮を広げ、それぞれが家で作った。皮のしっとりとした味は手作りでなくては出せない。

ジュースで乾杯する。リーリャは、肉詰めパプリカを作った。よく使いこんだ楕円形の土鍋にパプリカが花のように並ぶ。「肉と玉ねぎのみじん切りを同量にする。この鍋なら、それぞれ一キロずつ。お米はその三分の一ほど。最初、鍋を一時間ほど火にかけて煮込む。さらにオーブンに入れて一時間くらい」とリーリャさんが説明すると、「その割合はギリシャと一緒だ」と、池澤さんが言った。

夫を失ったというスネジャナに話を聴きたかった。彼女に声をかけて、私は驚いた。最初に会ったのは十二年前、私が「ずどらぼ・だ・すて」のメンバーだったときで、同じ年生まれの仲良しだ。ああ、あなただった、と私。眼鏡をかけていたので、すぐに分からなかったのだ。あの日のまま物静かで、微笑をうかべて再会を喜ぶ。編み物の編み目がいつも美しい人だ。

ふたたびスネジャナ

夫は四十三歳でした。コソボの電力会社のエンジニアでした。戦争中は、毎日、出勤していた。あっちこっち故障ばかりだったから。NATOが送電線に新型爆弾を落として、ショートさせて停電ばかりだったでしょう。

一九九九年六月十三日は、日曜日でした。死ぬ三十分前、彼は同僚と二人で家の前を通りかかりました。町にはUČK（コソボ解放軍）と呼ばれるアルバニア人の過激派が、たくさん歩いていました。十七時四十五分でした。私は二人に、家に寄ってご飯を食べていらっしゃいよ、と言いました。夫は仕事のあとで、ゆっくり食べるから、と言いました。それが最後の言葉となりました。

空爆が続いた後、二日間、ひどい雹が降り、あちこちで送電線の故障を直さなくてはなりませんでしたから、まず送電線の電源を切り、それから工事を始めます。夫と同僚は、高いところへ上りました。そこにテロリストがやって来て、電源を入れた。二人は高圧線に触れて負傷しました。親戚が車で、五キロ離れたセルビア人の病院に運びました。十八時四十五分。外科病棟。夫は左手で電線に触れ、心臓に電流が流れたのです。即死でした。同僚は右手で電線に触れて負傷、生き残りました。

四か月、私は一人ぼっちで集合住宅に住んでいました。五階建ての二階、部屋番号は九番。集合住宅からはみんな出ていって、私は一人だった。しょっちゅうコソボ解放軍の兵士たちが黒い制服を着て、二、三人でやって来る。扉をドンドンと叩く。「ここから出ていけ、おまえたちはセルビアに行け」、と叫ぶ。国連軍に私を守ってくださいと訴えましたが……。私は美容師、自分の店がありました。その店も焼かれた。町を出たのは十一月一日、弟がやって来て、こんなところでどうするのだと説得されて、彼の車で逃げたのです。

＊

後日、スネジャナに電話をかける。彼女が夫のために作った料理が知りたかった。思いがけない私からの電話に、明るい声で答えてくれた。

もちろん、あの日のお昼ごはん、覚えているわ。ジュベッチとバニリツァだったわ。

ジュベッチはね、長方形の器を用意する。お肉は、豚肉一キロと若鶏のモモ肉を半キロ。お米を百グラム。ジャガイモをサイコロに切ってもいい。玉ねぎを二個、ニンニクを一かけら。人参二本。緑のパプリカ二本。まず野菜をサイコロに切り食用油で炒めて、少しずつ水を加え、しばらく弱火で煮る。若鶏のモモ肉と豚肉は別々に、お鍋に入れて、肉がかぶるくらいの水で煮る。沸騰したら五分ほど弱火で煮る。それぞれの肉とスープを合わせ米を入れ、先ほど炒めておいた野菜を合わせ、パプリカの粉を小さじ一杯、塩コショウをして、鍋に蓋をして弱火でさらに煮る。お米が煮えたら大匙一杯の小麦粉を牛乳で溶き、鍋に入れてかき混ぜ、パプリカの粉をさらに少々加える。これを四角い器に移し、二百五十度のオーブンで十五分焼くの。

バニリツァの材料は、ラード百五十グラム、砂糖二百グラムをあわせてよくかき混ぜ、そこにバニラシュガーを四袋入れ、黄身一個を加えてさらによくかき混ぜ、小麦粉を約半キロくらい入れてこねる。手につかないくらいの小麦粉の量がいいので、少しずつ小麦粉を入れて様子を見ていく。それを板に伸ばして、指一本の厚さにする。約一センチね。その生地をラキアのグラスなどを型にして抜いていく。直径三センチくらいかな。二百度のオーブンで焼く。十分から二十分、焼きすぎないこと。冷えてから、一枚にアプリコットジャムを塗って、もう一枚を合わせる。

わかったかなあ。私の作っているところを見るのが一番よ。今度、いらっしゃい。きっとよ。

追記

あの日、集会所からみんなが帰って行く。暖かな空気が、部屋に残っている。そこに私とミレニアだけがいた。

「スネジャナとは長い付き合いになるけど、この話をしたのは今日が初めてだわ。仲間たちもこの話、知らなかったもの。若くして難民となって、子供もいなかったから、みんなで早くいい人を見つけなさいといつも言っていた。今はね、ブルニャチカ・バニャに住む人と一緒になったの。とても優しい人よ」とミレニアが言った。

V　野いちごの森へ

シダは荒地に生える

梨と猫

ドレジニツァ（Drežnica）は、クロアチア共和国南部の帯状の地帯、セルビア共和国との国境にひろがる軍政国境地帯（クライナ）に位置し、リカ地方とも呼ばれる地域に属する。オーストリア・ハンガリー帝国が、オスマン・トルコ帝国の脅威から領土を守るため、中世にセルビア人を屯田兵として配置した地であり、セルビア人居住地となっていた。この地方のセルビア人は、リカ人、またはクライシニック（辺境の人）と名乗り、郷土愛を抱いている。戦争が起こるたびに、民族問題が炎上する感じやすい地域であり、第二次世界大戦の激戦地、民族を越えたパルチザン闘争の中心となった土地だ。

二〇一五年、九月十九日の午後四時。ノビ・ベオグラードの長距離バスのターミナルに私たちは着いた。夏の日の名残、空気が熱い。「ドレジニツァ郷土会」の仲間とともに、ドレジニツァへ三日間の旅をする。洋氏の父親の姓はブケリッチ、祖先はクライナ地方の出である。ドレジニツァ町にブケリッチという集落があり、旅に誘われたのだった。バスでは同郷の人々が、久しぶりの再会に喜びの声を上げて挨拶を交わす。旅行の準備をしたジュルジツァは、すらりとした長身。てきぱきと私たちの顔を名簿と照らし合わせている。笑顔を絶やさない。

高速道路を一時間ほど走ると、バスは一時停車する。薄闇から元気な声が響きわたる。デサンカ・マラビッチと孫息子だ。のっぽの孫はまだ十四歳。バスがふたたび走りはじめる。彼女は、古びたトランクを持ち込んだ。それを開くと、瑞々しい香りが広がる。梨の実だ。「さあ、おあがりなさい」、とデサンカの朗らかな声が響く。「私の果樹園で摘んだの。農薬かけていないから、皮ごと食べてね」と。よく熟れた不揃いの梨の実が、次から次へ、手から手に運ばれる。頬張ると、花のような香りの汁がしたたり落ちる。

クロアチアの国境を越え、高速道路を走り続けると、宵闇が風景を包みはじめた。インターチェンジのレストランでコーヒー、夜になっていた。じきに古い友達のように打ちとけて、いつのまにか内戦の話になった。内戦の始まったあの年に、この道を反対方向から難民となって命がけで逃げてきたのだから。みんな陽気で、過酷な日々を冗談で笑い飛ばす。なんというエネルギーだろう。

ふたたびバスに乗り込む。車体の揺れが大きくなり、石ころだらけの細い田舎道に入る。昼間の疲れのせいか、深い眠りに落ちる。着いたぞ、と男の声が聞こえ眼を覚ます。ドレジニツァだ。それぞれ、村の人の家に向かう。ホテルなどない。

空には、こんなに星があった。空気が澄んでいる。肌寒い。コオロギや鈴虫の声が響いていた。どこから か白い子猫がついて来た。私たちはデサンカの実家、お父さんの家に泊めていただく。月光の中、門を開くと家の扉が開き、お父さんが迎えてくれた。はにかむような微笑で。

時刻表にない列車

ソフィア・ヤクシッチ

ドレジニツァ生まれ。高校の物理の教師をしていた。ドレジニツァへ向かうバスの中でのお話を、翌日、ノートにセルビア語で書きとめ、後日、翻訳。

私はドレジニツァ生まれ。高校の物理の教師でした。夫は、生まれ故郷のコソボで就職しました。それで長いこと、コソボに住んでいたのです。子供は三人、長男は一九六六年生まれ、次男は六十八年生まれ、長女は七十八年生まれです。

ドレジニツァは、かつてマリア・テレジアのオーストリア・ハンガリー帝国が、セルビア人たちを屯田兵として入植させたので、昔からセルビア人が住んでいる土地です。人口は、第二次世界大戦前までは五、六千人ほどでした。それが、今は五百人にも満たないほどです。

土地の人でも、郷土の歴史をよく知っている人は少なくなりましたが、第二次世界大戦中、イタリアのファシストの支配下にあったときのこと。一九四一年、九月二十一日は、セルビア正教会では生神女《しょうしんじょ》マリアの誕生を祝うお祭りですね。ドレジニツァの教会にも人々が集まっていましたが、そこをイタリア軍は攻撃した。町は破壊されました。約千人もの若い未亡人や子供たちは、ウスタシャに連れられ、時刻表にない列車で強制収容所へ運ばれて行きました。第二次世界大戦が終わると、この町には屋根のある家は、一軒もなかったと言います。この地方では最大のセルビア人の町だったのが、今は村人が五百人もいない。今回の旅では、あの悲劇を記憶するため、私も正教会へお祈りに行こうと思って。今日の旅は、あなたたちご夫妻も一緒と聞いて、とっても嬉しい。

一九九九年まで私たち家族は、プリシティナ市から十キロほど離れた村に住んでいました。歴史のある美しい村でした。建築の文化が豊かな土地でね、細い石畳が巡り、それは素晴らしい村でした。村に張り巡らされていた高い壁には要塞のように小さな窓がついていて、トルコによる支配の面影がありました。夫の生まれ故郷でした。夫は電気工学のエンジニアです。村では、みんな仲良く暮らしていましたね。

追記

ソフィアは、洋の父ブランコ・ブケリッチを尊敬していて、一緒に旅をするのを喜んでくださる。夫妻は、Ⅳ章でも語られたコソボに住んでいた。一九九九年までプリシティナに住んでいたのだから、NATOの空爆のときにベオグラードへ移動したのだろう。過酷な体験をしたはずだが、懐かしい思い出だけを穏やかに語った。

山羊と子供

ペタル・マラビッチ

一九二八年、ドレジニツァ生まれ。デサンカ・ラブナイッチの父。ドレジニツァ町の一軒家に一人暮らし。リエカ市(Rijeka)に住む次女が、週一回、手料理を届けて家の掃除をする。デサンカは、夏と冬の三か月を父とともに過ごす。二〇一五年九月十九日の夜、食堂で話を聞き、ノートにセルビア語で記し、後日、翻訳。

第二次世界大戦……。私は十三歳でした。イタリアのファシストは恐ろしかった。ドレジニツァの町にいては危ない。戦争が始まると、山羊を連れて裏の森へ逃げ込みました。森の中で山羊の乳を搾っては飲み、スレモシュという草を食べていましたよ。ニンニクの臭いのする野草で、白い花をつける。そうして生き延びたのです。森で二頭の牛に出会いました。私がどこに行っても、ついてくるのです。牛たちは人間みたいですよ。私にすっかりなついていました。森の中でコップを見つけてね、そこに乳を搾って飲みました。

第二次世界大戦のときは、まずイタリアのファシストが来て、それからドイツのナチスが来て、最後にクロアチアのウスタシャが来た。私たち家族は、裏山の森の小屋で暮らすことになりました。兄と妹と私と父母。多くのことは忘れました。

この近くにルキッチ・ベルティという村があってね、三人姉妹が住んでいて、三人ともドレジニツァに嫁いできました。お隣さんは長女と、私は次女と結婚したのですよ。今年の春、妻を失くしましてね、私は一人ぼっちです。あのころのことは、思い出したくない。

チーズとジャガイモ

デサンカ・ラブナイッチ

ドレジニツァ生まれ。リエカ市の大手の貿易会社に勤務し、リエカ市警察本部次長だった夫と二人の息子と暮らしていた。一九九一年、クロアチアの内戦で難民となり、セルビアのスレムスカ・ミトロビッア市（Sremska Mitrovica）に移り住む。二〇一五年九月十九日の夜と翌朝、二度にわたり、お父さんの家の食堂で話を聞いてノートに記し、後日、翻訳。

私の母の名はナランチャ。オレンジという意味ですよ。戦争が始まったとき、母は十二歳でした。旧姓はボスニッチ。両親は二人とも、生き延びるためにパルチザンとなり解放戦線に出てしまいました。その母親のナーダ、つまり私の祖母は戦死しました。母を含めて六人の子供が家に残されて、少女だった母が、子供の世話をしたのです。母はパルチザンを助けていました。十二歳の少女が、パルチザンのために牛乳と野いちごを運んだのですよ。この話はね、郷土史研究家のブーダ・ボスニッチさんが聞き書きを残しました。「戦争の嵐と十二歳の少女」という文章です。あなたには、いつか読んでほしい。母がね、ファシストの強制収容所に収容されていたときのこと。イタリア兵に銃身でなぐられ、母は失明した。この時の出来事は、死ぬまで母の心の傷となっていました。悪い夢にうなされ、眠れぬ日が何度もありましたよ。

戦争当時、ドレジニツァの少女たちは、南京袋に二十キロほども豆を入れて森の道をずっと歩いて隣の町まで行き、たった三キロの塩と交換し、また長い道のりを帰ってきたものです。塩を持って帰って来られたときはまだいい。途中で、盗賊などにあったら豆を取られてしまう。殺されるかもしれない。子供たちには苦しい時代だった。子供たちはね、責任感が強かった。だからこそ生き延びることができたのです。この土地は優れた人を輩出しています。最後の一ディナールまで、子供の教育につぎ込む人が多い。教育熱心ですよ。

＊

今度は、一九九一年の内戦のことについてお話しします。私の家族は、リエカ市から難民となってセルビアに来ました。夫はリエカ市の警察に勤務していました。私はリエカの大手の貿易会社に勤めていた。

難民になったのは一九九一年の五月。内戦が始まるとすぐに、難民となったのです。内戦が始まると、クロアチアは、まず社会的に高い地位にあったセルビア人を解雇し、追放しはじめた。まずは軍隊と警察。職場の私の同僚は、セルビア人に対する憎しみを隠そうとしませんでした。「でもあなたは別よ」と、私には言いましたけどね……。それから、奇妙な電話がかかるようになった。「まだ、お前たちはここにいるのか」とね。誰の声なのかは、だいたい見当がつきました。夫は、リエカ市の警察のトップから二番目、重要な地位にありました。だからクロアチアの新政権が、どんな者たちを恩赦で刑務所から出したのかよく知っていたのです。

ある日のこと、私たちのクームで結婚式の仲人だった人が、家に来ました。家宅捜査のためなの。武器を隠していないか捜査に来たのです。居間のソファをひっくり返しました。それから家の中をすべて、ひっかきまわした。夫が武器を所持していたことは知っていましたからね。彼は、夫の部下でした。武器は夫がセルビアに持って行った、と私が言うと、彼の怒りは頂点に達しました。

私の夫はね、身の危険を感じ、一足先、一九九一年の二月に町から脱出していた。自分の名前が、抹殺するべき人物のリストに載っていたのを知っていたから。私は息子二人とリエカに残っていた。このときの家宅捜査で、私はすっかり怖くなり、町を去って難民となる決心をした。仲間たちは、境界の検問所で「家族に不幸があって」と言うと、問題なく通してくれると教えてくれた。十四歳と十二歳の息子二人、そして私。国境を越え、セルビアのルーマ市（Ruma）に着きました。


でも最悪の出来事は、一九九五年の八月四日から五日にかけて、クロアチアから大量の難民がセルビアに着いたときのことだと思う。「嵐の作戦」です。クロアチア軍による民族浄化のための攻撃です。セルビア政府は、難民としてセルビア本土に逃れてきた人々を、今度は列車でコソボ・メトヒヤ自治州のコソフスカ・ミトロビツァ市（Kosovska Mitrovica）へ移住させたのです。難民となって私たちが住みはじめたスレムスカ・ミトロビツァ（Sremska Mitrovica）の駅が、ちょうど列車による移送の出発点となったから、移動させられる人たちを見た。コソボはその時すでに、アルバニア人との民族問題で大変な土地でしょう。どんなに怖かったことかしら。

私たちが難民となったことは、誰も知らなかった。父にも母にも知らせなかった。密かに、誰にも知られないように、リエカを去りました。クロアチアでは十八年間働き、今、百十ユーロ（日本円で約一万四千円ほど）の年金がある。セルビアでは、ルーマの市役所に就職できて十八年間働いて、一万一千ディナール（日本円で約一万一千円）の年金が出た。でもこれでは少ないから暮らせない。息子夫妻たちがいなかったら、生きていけないわね。

私たちはベオグラードに逃げ、作家ブラナ・ツルンチェビッチが作ったセルビア移民協会に登録しました。夫はベオグラードの警察に転職となり、ボスニアとの最初の国境となったスレムスカ・ラチャ村（Sremska Rača）に配属され司令官となりました。サバ川の岸辺の町です。夫の名は、ドゥシャン・レブナイッチ。最初の一年ほどは、私たちは叔父の家に身を寄せていました。それから三年間は、借家住まい。一九九四年に、セルビアの警視庁が住居を確保してくれた。リエカ市から難民となったとき、私たちはすべてを失いました。集合住宅に八十平米のフラットを持っていたけど。クロアチアに残った妹に頼んで、フラットに残った物を取り返してもらいました。長距離バスの運転手に頼んで、テレビ、洗濯機など、一つ一つが、少しずつ届きました。ふふっ。私は、どんなことがあってもあきらめない。意志を強く持つこと。そうすれば、できないことなどありません。

さあ、朝ご飯よ。リカ地方の伝統的な食事ですよ。よく洗ったジャガイモを丸ごと茹でる。茹であがったジャガイモは、皮ごと縦に四つに切る。熱々のところを、この土地の名物のチーズと一緒に食べる。ほおら、できた。熱いうちに食べましょう。この地方は、土地がカルスト地質で痩せているので、穀物や野菜を育てるのには向いていない。でも牧畜には適しているから、チーズ作りで有名です。また水が少ない土地だから、ほくほくの美味しいジャガイモがとれるのよ。

チーズはね、生チーズではなく、半分熟成したものです。噛むと、歯とこすれてキシキシきしむでしょ。それでチーズは、シュクリーパッツ（škripac）、つまり「きしみっこ」と呼ばれています。万力という道具があるでしょ。それと同じ名前よ。お隣さんは、チーズ作りの名人です。そうそう、あの猫ちゃんの家よ。チーズは人気があってね、遠くからも注文があるから、なかなか手に入りませんよ。もうずっと先まで、予約が入っているの。スロベニア人やドイツ人のお得意さんもあるらしいわ。ドレジニツァに残った数少ない若い家族です。でも娘たちはリエカの学校に通っている。将来は、クロアチアの方に住むでしょうね。

追記

デサンカの実家の庭に、シュテルナ（šterna）と呼ばれる井戸のようなものがあった。雨水をためる貯水タンクだ。話には聞いていたが、リカ地方は、痩せた土地である。水がない町を初めて見た。町というより村だが、どこにも川は見当たらない。小川すらない。

見えないパン

ナランチャ・マラビッチ

一九三〇年八月二十五日、ドレジニツァ生まれ。ペタル・マラビッチの妻、デサンカ・ラブナイッチの母。戦後、ドレジニツァ製材所で事務員として働いた。二〇〇三年三月五日、ドレジニツァにて逝去。『パルチザンのドレジニツァ』に掲載された「戦争の嵐のなかの十二歳の少女」（二六三―二六四頁）を翻訳。

一九四二年九月、イタリアの占領軍は、その家来のウスタシャとチェトニックの助けを得て、ドレジニツァを攻撃し、すっかり町を焼き払いました。家ばかりでなく畜舎などドレジニツァの民のすべての財産を焼き払ったのです。敵の部隊が周りの村に現れると、ドレジニツァの人々は、森へ逃げて身を隠さなくてはなりませんでした。誰もが、持てるだけわずかな荷物を持って逃げました。毛布、食べ物、食器などです。誰もが自分の村から、最も近くて安全そうな森へと隠れたのです。こうして、ドレジニツァの周りの村、つまりベルティ村（Berti）、ルキッチ村（Lukić）、ヨチッチ村（Jočić）、そしてシュキピナ村（Škipina）から、カペラ山（Kapela）のツルニ・ブルフ（Crni vrh）の森へと逃げたのでした。ツルニ・ブルフとは黒い頂という意味です。そこに私たちの家族も隠れたのです。森で人々は散り散りになり敵から身を守ったのでした。

私の父の名は、ニコ・ラドゥーロビッチ＝ベルト。父が木の板でなんとか小屋を作り、私たちは住みました。この先どうなるか分からぬ不安と恐怖のなかで……。連れてきた牝牛を森に放して草を食べさせました。父と村の仲間は、私たちを守るために見張りに立ち、村で何が起こっているか偵察した。イタリア兵は村から村へと入り、次々と火を放った。それは苦しく辛い状況でした。すべては焼かれ、しかも冬が迫っていた。私たちは屋根もない小屋で、生活の糧もなく、どうやって生き延びるのか不安でいっぱいだった。

イタリア兵は、チェトニックの助けを借りて、プロパガンダを始めました。森から出るように呼びかけるビラをあちこちに撒いたのです。誰にもひどいことはせぬ、誰も逮捕しないと約束する、と書いてありました。食べ物の貯えは底をつき、とくに問題だったのは水でした。家畜にも人間にも水がない。そんなわけでイタリアの部隊を信じる人が出てきて、家族を連れて山を降りていく者が出てきました。その人たちをイタリア軍は捕えました。それだけではなく、イタリアの部隊は、チェトニックの手引きで、森のなかに隠れていた人々を見つけ出し、村へと連行しました。さらにイタリアの部隊は村から出ていくとき、捕らえた人々を家畜とともにオグリン市（Ogulin）へ追い立てていきました。

オグリンに着くと、イタリアの部隊は私たちから家畜を取り上げました。女や子供、老人から引き離し、まず男たちを貨車に乗せました。それから、残りの村人も貨車に乗せられてシュクリェボ（Škljevo）まで連れていかれ、そこから歩かされて、クラリェビツァ村（Kraljevica）とバカル村（Bakar）まで連れていかれました。そこはイタリアの強制収容所だったのです。男、女、子供と、別々に連れていかれました。粗末な木のバラックの収容所は、有刺鉄線で囲まれていました。薄い毛布みたいなものが与えられましたが、食べ物はひどいものだった。衛生など問題外です。みんなの身体に、ノミ、虱、ダニなどの害虫がたかりました。老人や女たちは、飢餓と混乱ですっかり疲れ果て、伝染病にかかり、すぐに病は広がり、人が死んでいくのが日常になった。十人くらいが死んだ日もあった。ドレジニツァの人が何人、収容所に入れられていたか、よくわかりませんが、数百人いたことは間違いない。

クラリェビツァ村とバカル村の人々には、ドレジニツァの人々が苦しみ、肉体的に消されていく恐れがあることが、よくわかっていました。できる限り、助けようとしてくれた。土地の女の人や子供は、有刺鉄線のところまで来て、鉄線の隙間から、収容所の人々に食べ物を差し入れてくれた。イタリアの監視兵は、それを力づくで、止めようとした。それでも、土地の人たちはやって来て、食べ物を届けてくれた。収容所に入れられていた人々は、有刺鉄線のあたりに集まり、食べ物の差し入れをもらいましたが、イタリア兵に蹴散らかされ、殴られるのでした。

そのとき私は十二歳の少女で、差し入れをもらおうと、有刺鉄線のところまで一人で行きました。ある日のこと……。女の人が差し出してくれた一つのパンを、有刺鉄線の間から手にすることができた。その瞬間、イタリア兵が銃身で私の頭を強く殴りました。私は気を失い、手から叩き落されたパンをもう見ることもできませんでした。あのときの傷の後遺症で、一生、苦しんでいます。手術で、片眼は摘出されました。いつも、戦時中の子供時代のことを哀しく思い出す……。飢え、避難、強制収容所、その他の困難を……。私の三人の子供は大人になった。私はたとえ片方の眼を失っても、戦後は恵まれた不安のない子供時代を送ることができた。社会主義の私たちのユーゴスラビアで、子供を育てることができて、満足しています。

追記

九月二十一日の朝、ドレジニツァのセルビア正教会で、生神女《しょうしんじょ》マリア生誕祭を祝ったあと、私たちは公会堂に行った。この町の郷土史家、ペタル・ラドイチッチさんが、「ドレジニツァを訪ねてくれた記念に本をお贈りしたい」、とおっしゃって、ボルドー色の表紙の大著を下さる。ずっしり重い。カルロバッツ市クロアチア・アーカイブ刊の『パルチザンのドレジニツァ』(ブーデ・ボスニッチ他編著)である。郷土の歴史とともに第二次世界大戦の記録が、体験者によって書かれている。児童も含むパルチザンの戦死者の記録、大戦中の死者と死因の分析、人口移動の記録……。郷土史の意味をはるかに越える第二次世界大戦の証言集である。ユーゴスラビア社会主義連邦共和国があった一九八二年の刊行、九百四十二頁もある。私が書物をいただいたのを心から喜びデサンカは、「母の手記がこの本に載っている」と教えてくれた。「この本にはね、子供たちがパンと野いちごを野戦病院に運んだ話もある。必ず読んでね」と弾んだ声で言った。そのボスニッチ氏による聞き書き「戦争の嵐のなかの十二歳の少女」を訳した。

ドレジニツァからオグリンまで約三十六キロ。オグリン駅からシュクレボ駅まで約八十六キロ。シュクレボ駅からクラリェビツァまで約十二キロ、バカル村まで約六キロ。収容所のあったクラリェビツァとバカルは、いずれも海辺の小さな町。カトリック教会のあるクロアチア系の町である。このあたりの海岸地方は、民族を越えて反ファシズム運動が展開されていたことが鮮明になる。

朝の牛乳

スミリャ・エデル
ドレジニツァ生まれ。第二次世界大戦中に少女時代を過ごす。『パルチザンのドレジニツァ』に掲載されたチェドミル・マラビッチの「子供たちも戦った」(三六九頁)に引用の文章を翻訳。

一九四二年の春、ドレジニツァに病院ができると、子供に新しい課題ができました。子供と言いましたが、今、思えば、一度だって子供だったことはなかったかもしれない。朝、母は、牛の乳をしぼりました。どれくらいの牛乳だったのか覚えていませんが、朝早く、少し年上の女の子と一緒に、負傷者のために牛乳を病院に届けました。バケツを頭に乗せて運びました。そんな運び方を覚えたのは、泉が遠くて水を運ぶときもバケツを頭に乗せて運んでいたからです。病院は遠かった。まず野原を通り、森を抜け坂道を辿り、山を登っていきました。森の中にひっそり、身を隠すように、病院は建っていた。

思い出すのは夏、大変な飢餓の年のこと。私たち子供は、負傷者のために野いちごを摘みました。木の皮でコゾリツァという小さな籠を編み、野いちごでいっぱいにして病院に運ぶ。あのときに野いちごを食べたから、私たちの身体からあんな力が出たのでしょうか。子供だった私たちにとって、口に広がる甘さは身体が欲しがっていたものだったのでしょうか。いいえ、私たちは野いちごを食べたりしなかった。負傷した人たちに野いちごを届けることが、私たち子供の幸せで誇りでした。そして負傷した人々は、そのご馳走に胸を打たれたのでした。手のある者は、私たちの頭を撫で、どの村から来たか尋ね、道は険しくなかったか、敵は怖くなかったか、なぜ自分たちで野いちごを食べなかったかと訊きました。私の頭を撫でてくれた負傷兵は、ラーデ叔父さんみたいだった。その年、リカ地方のコレニツァ村（Kolenica）で、第六リカ師団の兵士として戦死した、あのラーデ叔父さんみたいだった……。

あのころの私たちは、いつも逃げていたか、逃げる準備をしていた。

ああ、あの子たち

イエレナ・スタルツ＝ヤンチッチ

ドレジニツァ生まれ。第二次世界大戦中、パルチザン第七病院の看護師を務めた。戦後は、エンジニアとして働く。『パルチザンのドレジニツァ』に掲載されたチェドミル・マラビッチの「子供たちも戦った」（三五五─三五六頁）に引用の文章を翻訳。

ある日のこと、日が昇ってからしばらくして、大通りから小さな子供たちの歌声が聞こえてきた。ああ、あの子たち。果てしない列、さえずる声。子供たちは、ドレジニツァのピオニールだ。みんな、いい匂いの野いちごでいっぱいの籠やバケツを運んでくる。いちばん小さい子供たちは、藁に野いちごの実を刺して花環のようにして運んできた。

病院の前に着くと、行進しながら病室に入ってきた。病室は、明るくなった。ピオニール代表は、負傷兵に短い挨拶をした。一度も言葉を間違えず。負傷兵たちは心を打たれた。

それから野いちごが配られる。野いちごは、一人一人の負傷兵に贈られた。子供たちは、その後も何度かやってきた。サクランボや他の果物を届け、負傷兵たちを限りなく喜ばせた。

追記

この原文は、「カルロバッツ市クロアチア歴史アーカイブ」のファイル「人民解放運動におけるドレジニツァの文化・教育活動」に保存されている。

イェレナ・スタルツ＝ヤンチッチは、前述の『パルチザンのドレジニツァ』に「ドレジニツァにおけるパルチザンの病院」（四四七―四八七頁）と題する詳細な記録を残している。それによると、一九四三年八月のイタリア・ファシスト政権降伏後、パルチザン第七病院はドイツのナチス軍とウスタシャの攻撃にあい、約三十人の患者や負傷者が虐殺される悲劇にもかかわらず治療活動を続けた。一九四三年十一月と十二月の報告書が残り、三人の医師と五十五人の看護師等が働いていたと記されている。この月の患者数の記録はないが、同年の五月は百六十人（そのうち負傷者は二十九名）。当時の献立は、次の通りである（同上、四七七頁）。

十一月二十二日　朝食は、コーヒーとパン。昼食は、牛肉、スープと野菜煮込み、米。夕食は、ニョッキ入りグーラッシュ。

十一月二十三日　朝食は、コーヒーとパン。昼食は、ビーフ・スープ、グリンピースとマカロニ。夕食は、リジョットとラキア（火酒）入りハーブ・ティー。

十一月二十四日　朝食は、コーヒーとパン。昼食は、ビーフ・スープと牛肉のソテー、グリンピースのピラフ。夕食は、パスタ入りグーラッシュ、ラキア（火酒）入りハーブ・ティー。

手紙を書いてくれ

シェキッチ村ピオニールの少年たち

ドレジニツァのシェキッチ村（Šekić）ピオニールの少年たちが、負傷してパルチザン病院に入院した少年にあてた手紙。『パルチザンのドレジニツァ』に掲載されたチェドミル・マラビッチの「子供たちも戦った」（三五五―三五六頁）に引用の文章を翻訳した。

親愛なる同志ミルティンへ

僕らシェキッチ村のピオニールは、昨日、病院に行き、負傷した同志たちに水とサラダ菜、花と玉ねぎを届けたが、君をお見舞いできなかった。君が入っている病室は、チフスが感染して死ぬかもしれないから、子供は立ち入り禁止だ。今日も、病院に来て、野いちごとサラダ菜と水を届けた。だが今日も、君の病室に入れない。だから看護師の同志サバさんに渡しておくから、彼女から野いちごと水をもらえ。紙を少し差し入れるから、手紙を書いてくれ。病院から退院したら、きっと楽になる。これで今日はおしまいだが、シェキッチ村のピオニールは君が大好きだ、挨拶を送る。

ファシズムに死を、自由を民に！

シェキッチ村の仲間より

追記

第二次世界大戦中、祖国解放運動のなかで刊行された『ピオニール』誌、一九四三年（十号・十一号）九頁に掲載。前述の原文を掲載した雑誌は、「クロアチア労働運動歴史アーカイブ」に保存されている。「ファシズムに死を、自由を民に！」は、祖国解放戦線の合言葉だった。

パルチザン第七病院

ペタル・ラドイチッチ

ドレジニツァ生まれ。ザグレブ大学建築学部卒業後、ザグレブ市の建築会社に勤務していたが、ドレジニツァ地方の建築関係のプロジェクトを担当したのを機に、一九八〇年後半から故郷に戻り、郷土史の編纂に携わる。ドレジニツァに妻と住む。ドレジニツァ郷土博物館館長。ソフィア・ヤクシッチは実の妹。九月二十日、バスによるドレジニツァ周辺の村の見学で、案内役を務める。この日の見学での説明を録音させていただき、後日、記録して翻訳。

ドレジニツァは、オスマン・トルコ帝国の脅威からオーストリア・ハンガリー帝国が身を守るため、現在のクロアチア共和国の辺境にセルビア人を屯田兵として入植させた地域に位置します。セルビア人が最初に入植したのは一五八〇年です。カルスト地帯で地味の悪い帯状の土地に、トルコから追われたセルビア人たちが集落を形成しました。この広大な土地には、ほとんど水がありません。川も流れていない。カルスト地帯ですから、水は地面に吸いこまれてしまうのです。

第一次世界大戦のとき、この土地からギリシャのテサロニケの戦場に送られ武勲をたてた兵士に、ペタル・カラジョルジェビッチ一世が、褒賞としてコソボやスラボニアの土地を与え入植させます。一九二〇年、多くの人がここからコソフスカ・ミトロビツァやスレムスカ・ミトロビツァ、バイモック（Bajmok）に移住しています。

この土地には、産業らしいものはほとんどありませんでした。二十世紀になって林業と製材業が始まり、一九一三年に製材所ができたくらいです。僻地ですから、アメリカなど外国に出稼ぎに行く若者たちが多かった。その中で、アメリカ合衆国で労働者運動に参加した若者が、故郷に戻って共産主義思想を広めます。製材工場には労働組合ができました。

この一帯は、第二次世界大戦の激戦地です。ドレジニツァは、クロアチアのパルチザン活動、祖国解放運動の中心地となりました。ここから海岸まで約四十キロメートルですが、海岸地方のクロアチア人のパルチザンとよい協力関係がありました。自分たちの食べ物のない時代に、クロアチア人のパルチザンは食料や衣類の援助をしてくれました。セルビア人と海岸沿いのクロアチア人が協力して、祖国解放運動を組織したのです。ドレジニツァ町では、第二次世界大戦時、五千人から六千人ほどだった住人のうち、二千五百人ほどが祖国解放運動に参加し、九百人ほどが命を失っています。

窓の外をご覧ください。このあたりは、戦後は牧畜がさかんでした。多くの家が、牛と羊を飼っていました。デサンカさんの実家でも、二百頭くらい羊を飼っていましたよ。毛糸も生産しましたし、チーズ作りも盛んでした。今は、牛も羊もほとんど見当たりませんね。人の姿もまばらです。ユーゴスラビア内戦のあとは、人口は四百人ほどとなり、それも多くが高齢者です。

＊

バスは、やがて森の中にうねうねと続く細い道を辿りはじめた。両側から木の枝がガラス窓にカタカタと触れゆっくり進む。

この森の中に、ドレジニツァのパルチザンの司令部がありました。ドレジニツァの第二次世界大戦当時の人口は約六千人、そのうち二千五百人がパルチザンとなり解放戦線に参加したと申し上げましたね。一九四二年には、ドレジニツァのこの森に、クロアチアのパルチザン闘争の司令本部が置かれていたのです。

幼い少女たちは、パルチザン病院へ野いちごや牛乳など食物を運ぶ役目を担っていた。デサンカさんのお母さんもその中の一人でしたね。ドレジニツァの町から、森の山道を六キロも歩いて届けたのですよ。さあ、バスを降りてください。ここから歩きますよ。急な坂道ですから、気を付けてくださいね。

＊

森の道をさらに進むと、空き地がぽっかりと現れ、素朴な白いコンクリートのモニュメントの群が現れた。ドレジニツァ解放四十周年の一九八一年を記念し、ズデンコ・コラーツィオが制作。樹木が鬱蒼と茂る戦争の道は、子供の足にはきつい。標高千メートル、ヤボルニツァ山の森である。

＊

これが有名なパルチザンの第七病院の跡地です。第二次世界大戦が始まり、最初は、ブケリッチ村（Vukelić）の上のあたり、シェキッチ村（Šekić）の民家の部屋が野戦病院でした。負傷したパルチザンの治療をする施設がなかったので、一九四一年十二月六日にこの森に診療所が作られました。翌年、深い雪の中を、最初の医者がやって来ました。ユダヤ人のオットー・クラウス（Oto Kraus）先生、看護師のリリー・シャエル（Lili Šael）を伴い橇に乗ってきました。先生は脚を悪くして、歩くのは無理でした。ムルコプリェ村から、医療器具、手術台と薬品を持って来たのでした。先生は一九四二年から活動を始め、治療を続けながらパルチザンの若者に医学的な知識を教え、治療の実践を教え、医学教育も行っていたのですよ。

一九四三年のお正月に、新しい病院が建てられます。アルプスの山の家のスタイルの二階建てでした。沿岸地方、イストラ半島のパルチザン闘争では、この病院はよく組織され、後にユーゴスラビア各地から送られた負傷兵の治療にあたりました。ここで二千人ほどの患者が治療を受けました。モンテネグロ、セルビア本土、ダルマチア、ボスニア、スロベニア、さらにイタリアからの負傷兵が治療を受けたのです。民族を越えたユーゴスラビア、いや国際的な病院になったのです。

少し離れたところ、そうです、あそこにチフスの患者を隔離する病棟もありました。給食室、工作室、遺体安置室、そして最後には手術室もできました。食品を貯蔵した倉庫もあった。届けられた食べ物はここに一度集めて、後で患者たちに配られるのでした。

伝染病が流行ると、一日に十数人が死んでいきました。何度か攻撃を受けたのですが、一九四三年の秋、ドイツ軍が戦車で突然、攻撃してきて、患者や医師たちの喉をかき切り、殺戮が行われました。そのときは三十名ほどが犠牲になりました。

＊

ふたたびバスに乗る。ヤボルニツァ山の納骨祈念館に移動する。金色に色づきはじめた木の葉を踏みながら。代表が花環を捧げて、私たちは輪になる。宗教的な祈りなどはなく、黙祷を捧げる。

＊

こちらを見てください。この石の壁に大きな銅のレリーフがあったのですよ。彫刻家コスタ・アンゲリ＝ラドバーニとブラーダ・ウロシェビッチの共同制作。横たわるパルチザンの負傷兵を癒す看護師を描いたものでしたが、剥がされてしまったのです。幸いなことに、この小冊子の中に写真がありますから、どんな記念碑かわかります。しかし、破壊した人は罰せられもしません。この内戦で残念だったのは、沿岸地方の人たちの変化です。彼らはクロアチア民族主義とは無縁で、ユーゴスラビア主義だった。今度の内戦では、第二次世界大戦のような民族を越えた協力はありませんでした。

追記

ペタル氏は土地の名士である。夫妻の家は、ドレジニツァの丘の上にあった。彼自身による設計。滞在最後の日の朝、ソフィアに誘われ、坂道を上り、お宅を訪ねる。テラスでコーヒーとお菓子をご馳走になる。奥さんの手作りの林檎ケーキだった。私の大好物、とソフィア。この家には、別の幸福な時間が流れているのだと、樹木の光の中で思った。また、いらっしゃいね、と夫妻は別れ際に笑顔で言い、私たちはしっかり握手を交わした。

コスタ・アンゲリ＝ラドバーニ（Kosta Angeli Radovani）は、一九一六年にロンドンで生まれたクロアチア人の彫刻家。二〇〇二年にザグレブで亡くなった。戦後のユーゴスラビアを代表する彫刻家。戦後、ザグレブ工芸美術大学に彫刻科を設立。パルチザン闘争をテーマとした数多くの記念碑、野外彫刻を制作した。ドレジニツァの町の広場には、やっと修復の始まったセルビア正教会の聖堂の前に、一九四九年の彼の作品、巨大な男の銅像「蜂起の記念碑」が生い茂る草地に立ち、遠くを見つめている。

バス旅行の朝、隣の子猫が門の外で私たちを待っていて、集会所まで見送ってくれた。夜は、月明かりの道に出て私たちを待っていてくれて、家の門のところまで送ってくれた。

大きな胡桃の木の下で

ミルカ・ラドゥーロビッチ
一九五四年、ドレジニツァ町ラドゥーロビッチ村生まれ。戦後、少女時代に、家族とともにボイボディナ自治州のパンチェボ市へ移り住む。彼女の村へ行き、そこで聞いた話を記憶し、宿でノートに書き取り、後日、翻訳した。

私はラドゥーロドビッチ村生まれ。父は営林所で働いていました。母に言いつけられて、この山の頂の家から父の職場まで、お弁当を届けるのが私の仕事でした。森の続く二キロの山道を、母も小さな娘によくそんなお手伝いをさせたものです。アスファルトの道もなく、私はたったの五歳でしたよ。

この庭を見てくださいな。今は、夏の間だけ、私たち兄弟の家族がここで過ごすだけですから、果樹の世話ができない。それでもこんなにたくさん、ドングリが実るのですよ。ヘーゼルナッツです。大きな木でしょ。ほおら、お取りなさい。味は悪くないわ。となりは胡桃の木です。この木の下に集まって、私たち子供は遊んだものです。お祖母ちゃんが、台所の窓を開いて、おあがりなさい、と言って、お皿を差し出す。あつあつのパンケーキをみんなにくれました。胡桃の粉とお砂糖のパンケーキ、美味しかったなあ。

小学校はドレジニツァ町へ通いましたが、子供が多かった。この内戦のあと、学童は全校でたったの十七人。私が通っていたころは二百八十人もいましたよ。冬になると、学校の鞄に乗っかって橇にして、坂道をすべりおりましたっけ。あのころの鞄は革製だから、丈夫なものです。乱暴なことをしたわね、ふふふっ。

私の母は、家族そろってパンチェボ市へ引っ越そうと、父を説得にかかりました。ドナウ河の岸辺の化学コンビナートのある工業都市です。子供たちのために、移住しようと主張しました。こうして私たちはパンチェボに移り住んだのです。私が七つのときのこと。二つ下の妹と生まれて間もない弟、父と母の家族です。今から思うと、母は子供のためというより、自分のために引っ越したかったのでしょうね。この村には水がありませんものね。水道が来たのは、つい二、三年前のことですよ。森の道を歩いて井戸、つまりドイツ語風に言えばシュテルナまで行って水を汲む。そうだ、行ってみましょう。ご案内するわ。

第二次世界大戦のとき、幼い母は近所の女の子と二人で、二十キロもある豆の袋をかついで海辺の遠い町へ運んでいったといいます。三キロの塩と交換するためです。豆を誰かに盗まれると、すごすごと家に戻るほかなかった……。ほら、着きましたよ。この井戸ですよ。昔のままだわ。バケツもある。ここから水を汲んで、家に運んだの。想像できますか。古着からスビタックという円形の座布団みたいなのを作り、頭に乗せて、そこにバケツを一つ乗せて、両手に一つずつ、全部で大きなバケツ三杯、運んでいたのです。

この地方の料理は、素朴なものが多いですね。たとえば、ツィツバラ。食用油を五十ミリリットル、小麦粉二百グラム、トウモロコシの粉三百グラム、水一リットル。これを合わせて鍋に入れ、かき混ぜる。よく煮えたら、生チーズを混ぜて食べます。ここにはお菓子を作る伝統はありません。でも降誕祭には、飾りのついたパンを焼いて蝋燭を立てます。無病息災、豊作、多宝を祈り、火を灯す。宝とはね、この土地では家畜のことです。煙が、一家の主のほうに向かうと、幸福な年になるのです。

追記

ドレジニツァに着いた翌日の朝、ミルカ親子に誘われ、山上のラドゥーロビッチ村へ行く。大学生の息子さんも一緒だ。ドレジニツァの中心部から鬱蒼たる森をぬうように坂道が続き、シダが人の背丈より高く群生し、赤茶けている。カルスト地帯で水がない土地という証拠である。シダは地味の悪いところで育つという話を聞いたね、と洋氏。

ラドゥーロビッチ村からはドレジニツァの地形がはっきりする。盆地の底のドレジニツァ町の中心を山並みの輪が囲む。放射線状に小さな集落が点在、どれも寒村だ。ラドゥーロビッチ家の墓は、ドレジニツァを見下ろすように小高い丘にある。雑草が生い茂る。草取りをして蝋燭を灯し、合掌。彼女の生家まで二キロだが、そこから家が数軒並び、景観が変わり別世界となる。冬は誰も住まぬ家の庭に、ヘーゼルナッツの大樹が実を落とす。大粒の実は、素朴な甘さだ。七粒をポケットに大切にしまう。村は過疎化し、門構えの立派な農家に老人が独りで住む家が多い。

Ⅱ章のダルコ・ラドゥーロビッチの父もこの村の出身。ミルカの遠い親類にあたる。私たちがこの村を訪ねたと知ると、彼は妻と一緒に「ドレジニツァ郷土会」に入った。この次は一緒に旅をしよう、と……。

花と爆弾

スルジャン・ブケリッチ

ドレジニツァ町ブケリッチ村に生まれる。オグリン市でホテルの支配人をしていたが、内戦により故郷に戻る。バスで夫妻の家を訪ね、立ち話を記憶して翌日にノートに記し、後日、翻訳。

私は、内戦が始まる一九九一年まで、オグリン市の公営ホテル・カペラの支配人でした。ホテルは倒産し、私はレストランを開きました。だが、一九九一年八月十七日の夜半から十八日にかけて、何者かの手によって店は爆破されました。それでドレジニツァの生まれ故郷に移って来たのです。
お話したいことは、山ほどあります。来てくださってありがとう。また、いらっしゃいよ。

追記

ドレジニツァ村での滞在中、私たちは、三度、仲間たちと昼食を共にした。一度は、「ドレジニツァ郷土会」の主催で、村の集会室の二階。三度目は、町のセルビア正教会が小学校の集会所で用意してくれた昼食。

「ドレジニツァ郷土会」の昼食は、土地の伝統料理であった。一度目は、鹿肉のグーラッシュ。土地の男の人が森でしとめた鹿の肉で、野草の香りが高く、肉は舌の先でとろけていく。サラダは、キャベツ。キャベツを千切りにして酢と油で和えただけだが、このサラダで料理人の腕がわかる。歯ごたえといい、味付けといい、見事だった。

二日目は、バリボ（varivo）というインゲン豆とザワークラウトの煮込み。バリボは、セルビア料理では茹でた野菜の付け合せのことだ。茹でるという意味のバリッティ（bariti）という動詞から派生した名詞だから主菜は意味しない。肉料理の付け合せ、人参の煮込み、グリンピースの煮込みなどを指す。だがドレジニツァでは主菜なのだ。これに似た料理がスロベニアの海岸地方にあり、ヨタ（jota）という。素朴な料理だが、蛋白源もビタミンも豊富、一皿ですべての栄養素が採れる。屯田兵の知恵である。

旅行の参加者、五十人分の食事を料理したのは、ドレジニツァから八キロほど離れたブケリッチ村のスルジャン・ブケリッチと妻のスネジャナだった。とてつもない大きな鍋を車に乗せて村から運んできた。きびきびとしたスルジャン、物静かで気品のあるスネジャナ。バス旅行のとき、みんなでブケリッチ村の夫妻の家を訪ねる。手入れのゆきとどいた庭、軒下にかけられた植木鉢のペルニカの花びらの紅色が鮮やかだ。洋の父親のブケリッチ家の先祖はオーストリア・ハンガリーの軍人。歴史を遡れば、どこかでこの村と繋がっているのだろう。

サンドイッチと空き瓶

ジュルジッツァ・オストイッチ
ドレジニツァ生まれ。内戦まで家族とザグレブに住む。夫はユーゴスラビア連邦軍の軍人。難民としてベオグラードに移り住む。ドレジニツァの旅で仲良しになり、二日目の午後、お願いしてカフェで録音。後日、翻訳。

あの日のこと。ザグレブを出て、ボサンスキー・シャマッツ市（Bosanki Šamac）まで自動車で走りました。十四歳と八歳の二人の息子を連れていました。途中、クロアチア国防隊（ZENGA）の検問があったら、ボスニアのトゥズラ市（Tuzla）へ行くと答えるようにと、仲間が教えてくれました。妹に赤ちゃんが生まれて、お祝いに行くということにしました。トゥズラは、クロアチア人の多い町なので怪しまれないのです。

私の名前も苗字も、クロアチア人にもあるから、セルビア人だと思われませんでした。ボサンスキー・シャマッツには、貨物輸送のトラックが何台も停まっていた。居酒屋の電話を借り、両親にクロアチアを無事に出てボスニアに入ったと伝えました。道中、気をつけてね、と父母は言いました。当時は、携帯電話なんてありません。午後四時。ザグレブを朝七時に出た。たった二百二十キロを走るのに九時間かかりました。途中で車を停められ、十七回も検問がありました。そこで宿をとろうとすると、居合わせた男の人が、「ここは長距離トラックの運転手ばかりだから、よしなさい。二十キロ先に、モーテルがある」と言いました。

モーテルで一晩、泊まることにしました。車を停めようとすると、ガソリンの注入口の蓋のところを、隣の車の蓋にくっつけて駐車しなさいと隣にいた男の人が言いました。当時、ボスニアではガソリン不足で、駐車中の車からガソリンを盗むのが横行していたのです。少し休んで、さあ車を走らせようとするとガソリンが抜かれているということがしょっちゅうでした。そんな難しいことはできないと途方にくれる私に、じゃあ、僕が駐車してあげるから、キーをくださいと言って、彼の車の隣に上手に駐車してくれました。ザグレブを出るときに、最後の石油スタンドでたっぷりガソリンを入れてきました。盗まれたら大変です。翌朝も、その人が車を出すのを手伝ってくれました。私のことが気に入ったのか、それとも二人の幼い子供を連れているのに同情してくれたのか、親切にしてくれましたね。

こうして苦労してベオグラードに入りました。空港近くのズマイという石油スタンドで親戚に電話をかけて迎えにきてもらいました。着いたのはちょうど、正午でした。ジョン・ケネディー通りの親戚の家に二週間ほど、落ち着くまで世話になりました。

ザグレブを出るとき、二人の息子は、もう小さくなかったから、二度とこの家に戻って来ることはないと解っていました。二人のためにサンドイッチを作り、袋に入れました。そして空のビンを二本。途中でおしっこをしたくなっても、車を停めるわけにはいきませんから。でも二人とも、ボサンスキー・シャマッツに着くまで、何も口にしませんでした。スモッキー、ほらユーゴスラビア時代から有名なトウモロコシの粉でできたスナック、それにも手を出さない。おしっこもしませんでした。緊張していたのでしょう。二人とも黙ったままでした。検問所では、ブーツ、パーカーとスパッツを触られ、何か隠してはいないか念入りに調べられました。夫はユーゴスラビア軍の大佐でしたから、車の中から、それを連想させるものが出てきたら大変です。でも無事に終わりました。

夫は、兵舎に監禁されていました。大佐でした。今はなんという名前か知りませんが、ザグレブ市のレーニン広場、イスラム教のモスクの近くの第五軍管区の兵舎です。一九九一年三月、クロアチア共和国の警察は、これまでの赤い星ではなく、赤と白のチェス盤模様をシンボルにすることにして、この日に、ユーゴスラビア軍の兵舎は封鎖され、すべての軍属と兵士が捕虜となってしまいました。一歩も外に出ることは許されませんでした。封鎖が解除され解放されたのは年の暮れ、一九九一年十二月二十五日です。

ザグレブから逃げて来るときのことで、思い出すことがあります。途中で、何台ものトラックが私の見たことのない草を山のように積んで走って行く。ボスニアのセンベリアのあたりで見かけました。あとから聞くと、それはテンサイ、砂糖のためのビートでした。あの辺が産地なのですね。私の故郷にはありませんから驚きました。この戦争のあとで、砂糖の工場も閉鎖されたようです。

最初は、親戚の家にお世話になりましたが、料理は自分でしていました。ザグレブから当時、二万マルク(約百二十万円)の貯えを持ってきましたから、お金はありました。あとから夫もベオグラードに出てきました。自分は軍属だ、住居は軍が何とか保障してくれるはずだから、このお金は無駄にせず、住居を確保したとき、家具を買うのに使おうと夫は言いました。息子の卒業式もスーツなどを買わず、ワイシャツとズボンで済ませました。でもこのお金は、四年後、夫の葬儀と墓碑のために使うことになります。

そのころ、法律で軍属の未亡人は、年齢にかかわらず年金を受けられることになりました。さまざまなパートタイムの仕事をして、今日まで働いてきまして、上の子は結婚して孫娘がおります。下の子も、もうじき結婚する予定です。

ドレジニツァに行くたび、必ずお土産に買って帰る食べ物があります。それはリカ地方独特のやり方で作るチーズです。大きな塊を買って帰ります。ジャガイモを茹でて、チーズと一緒に食べる。そう、シュクリーパッツというチーズです。息子たちの家族を集めて、このチーズを一緒に食べるのがご馳走です。

私は、人生でいろいろなことを味わいましたが、明るさを失うことなく生きてきた。親戚にも友達にも、自分の抱える問題で嘆いたことはありません。自分が犠牲者だと考えたことはない。陽気さを忘れないこと。それこそが、私なのです。

そうだ。バリボ（varivo）の作り方でしたね。インゲン豆と干し肉を一晩、鍋に水を入れ、つけておきます。翌朝、鍋を火にかけ沸騰してきたら、一度、水を捨て、新しい水をひたひたに入れて煮ます。別の鍋で、ザワークラウトを茹でて煮こぼし、水を切り、豆と干し肉の鍋に入れて合わせ、弱火でさらに煮込む。ルーを作ります。フライパンにラードを熱して、小麦粉、みじん切りの玉ねぎを炒め、最後に、パプリカの粉を入れます。このルーを煮上がった豆のスープに入れて、よくかき混ぜる。鍋の底から、ぷくぷく泡が立ってきたら火を切る。これで、でき上がりです。

セルビアに移ってから、料理についていえば、びっくりしたことがあります。私たちの故郷では、そんなにパプリカの粉を使いませんが、ここでは、料理にたっぷり入れますね。私の料理は白っぽいのですが、こちらの人の料理は赤い色なのですよ。慣れるまで、時間がかかりましたね。

雪と少年

シーモ・トミッチ
一九四〇年、ドレジニツァ生まれ。セルビアの南部、クルシェバッツ市（Kruševac）に住む。ドレジニツァからバスでベオグラードに帰る途中、オグリン市で休憩。古城の前に佇んでいたら、自然に話が始まった。途中でお願いして、録音させていただく。後日、翻訳。

このお城みたいな建物はね、第二次世界大戦のとき、クロアチア独立国のウスタシャの強制収容所だったのですよ。今は郷土博物館です。ええっ、私の話ですって。もちろん、いいですよ。録音もかまいません。喜んで、お話ししましょう。

第二次世界大戦が終わると、ここはオグリン市の生徒寮となりまして、私は専門学校時代を過ごしました。男子二百七十名、女子三百六十名。この町で学校を終えて、それからベオグラードで兵期を終わり、レスコバッツ（Lekovac）で就職しました。今はね、クルシェバッツ市に住んでいます。故郷のドレジニツァには戻らなかった。両親が住んでいましたから、休みは帰省していましたがね。あのころオグリン市は映画館があって映画をよく観ました。あなたのお国のチャンバラ映画も良く観ましたよ。そうそう、クロサワもね。

私は一九四〇年五月十二日生まれ、ちょうど戦争の始まった時期です。このオグリンの城壁は、オーストリア・ハンガリー帝国の時代に建てられました。十五世紀ころですね。フランコパンスキー・カシテル

(Frakopanski kaštel) という古城です。第二次世界大戦のときは、セルビア人を収容する強制収容所でした。

大戦中のことです。真夜中に、この鉄の門を開き、収容所の監視人が「さあ、出ていけ」と叫ぶ。するとみんな外へいっせいに走り出す。この道を渡ってね、ほら、私たちの後ろを見てごらんなさい。絶壁はジューリン・ポノル (Dulin ponor) と呼ばれている。当時は柵もない、絶壁のずうっと底を川が流れているでしょう。ドーブラ川 (Dobra)、この川はサナ川 (Sana) に流れこむ。逃げ出した人は闇のなかで何も見えず、次々に、深い谷へと転落して死んでいったと言います。やっと自由になれた、だが闇で何も見えない。クロアチアの詩人、イヴァン・ゴラン・コバチッチが、当時の残虐を描いていますね。「洞穴」という詩がある。ご存じないですか。必ず読んでくださいよ。いつか、あなたに、この本を差し上げたい。

戦後、生徒寮に入っていたときですがね、クロアチア人の生徒もたくさんいましたが、何も問題はなかった。ほんとうに仲良しでしたよ。戦後のユーゴスラビア。「友愛と団結」が合言葉でしたからね。

私の母は、パルチザンの看護師でした。名前はナランチャ・コサーノビッチ。先ほど、みんなで訪ねた森のパルチザン病院で働いていた。父もパルチザンでした。大戦中、トミッチ一族は、森の小屋に隠れていました。私は四歳でしたから、思い出は霧の中です。覚えているのは、小屋の前で、焚火の火が赤々と燃えていること。父はほとんど家にはいませんでした。家の中では、子供と牛が一緒に寝るのでしたよ、はっはっはぁ。

冗談みたいな話がある。とにかく小屋に持ってきたものは、殺して食べることになっていた。つまり、ウサギとか雉とかです。私は四歳だった。母が小屋で妹を産んだ。私はね、お隣さんの小屋に駆けて行って頼みました。「ねえ、妹を殺さないようにみんなに言ってよ」って。みんな大笑いでしたよ。

当時、何を食べていたかですか。豆、ジャガイモ、そしてイラクサ。イラクサに救われたようなものです。鉄分がたくさんだから。それからスレモシュという野生のニンニク。イラクサは熱湯で湯がいて、料理に使う。豆のスープにも入れたりしてね。

思い出は、みんな霧のなかです。思い出すのは雪で、そこを小さな僕が駆けている。僕はとにかく、やんちゃでした。いたずらっこだったのですよ。

私はブルニャチカ・バニャに夏の家がある。今晩、そっちへ行きます。今度、遊びにおいでなさいな。

追記

ドレジニツァ町はオグリン市の行政区に属する。オグリンまでバスで一時間も走ったろうか。初秋の陽光は強い。中世の面影を残す町には、オーストリア・ハンガリー帝国支配下の時代の城壁があり、古城はユーゴスラビア王国時代の刑務所、第二次世界大戦中はクロアチア独立国の強制収容所であった。一九六八年から郷土博物館となっている。道を挟んで険しい岩の深い谷があり、遥か下に川が流れていく。身震いのする深さである。

イバン＝ゴラン・コバチッチ（Ivan Goran Kovačić　1913–1943）は、ボスニア出身のクロアチアの詩人。母はユダヤ人。ザグレブ大学在学中に左翼思想に共鳴、第二次世界大戦中はパルチザン活動に身を投じた。一九四三年、チェトニックによりフォチャ市（Foča）で殺害された。十連の長詩「洞窟（Jama）」は、ボスニアの寒村リブノドル（Livnodol）で起きた、ウスタシャによるセルビア人虐殺を描いた作品。「血は僕の光と闇／穏やかな夜は、よく見える僕の眼の洞窟から掘り出され」と始まる。旧ユーゴスラビア時代はすべての地域の高校の教科書に載っていた。

オグリン市は、本章のスルジャンが公営ホテルの支配人をしていた町。トミッチ家の別荘があるブルニャチカ・バニャは、Ⅳ章のコソボの女性たちが集まる「ずどらぼ・だ・すて」の集会所がある町だ。

VI　飢餓ゆえの戦争、戦争ゆえの飢餓

捨てるな、パンは神の恵み

小さなパン

バネ・カラノビッチ

一九五二年、ベオグラードに生まれる。芸術写真家、ベオグラード工芸大学名誉教授。同じ団地に住む仲良しである。妻はサラエボ出身の画家でムスリム人。二〇一七年一月二十七日、京都から帰ってしばらくして、ノビ・ベオグラード四十五団地にて立ち話。記憶して数日後に、書き記す。

やあ、久しぶり。日本から帰って来たのだね。君が京都にいっていた間は、洋さん、寂しそうだった。泣いていたよ、はっはっはぁ。冗談さ。そうか、食べ物と戦争の本を書いているのだね。戦争中の食べ物の話というとね、詩人のドゥシコ・トリフーノビッチが話してくれたことを思い出す。子供の詩をたくさん書いていたあの詩人さ。僕らは、ドゥシコの家族と親しかったから。

ドゥシコたちは、内戦の始まったサラエボで、食べるものに苦労してね。ときたまパンが手に入るとね、細かくサイコロに切る。それを家族で少しずつ、分け合って食べたって言っていた。小さかった娘さんはイタリアに移住した。

そうだ、日本でも有名になった歌手のヤドランカ・ストヤコビッチのために歌詞を書いていたね。

追記

トリフーノビッチ（Duško Trifunović, 1933–2006）に、一度だけお会いしたことがある。ブルバス市のユーゴスラビア詩祭に招かれた日のことだ。一九九六年の五月だったろうか。彼はサラエボを脱出してブルバス市に移り、難民生活を送っていた。にこにこ微笑を浮かべ、冗談ばかり言って、みんなを楽しい気持ちにさせる人だった。「私の友だちのヤドランカ・ストヤコビッチ（Jadranka Stojaković, 1950–2016）は日本に住んでいます。歌手ですよ。ご存知ですか」と、懐かしそうにおっしゃった。詩人は、ノビ・サド市でひっそり亡くなった。

ユーゴスラビア・ポップを代表する「一日が長かったら（Svi smo mogli mi）」は、トリフーノビッチの詩にヤドランカが曲をつけたバラード。難民センターの仲間とカセットフォンで聴いたのを思い出す。ヤドランカはサラエボ市生まれ、サラエボ美術大学を卒業後、歌手として活躍。一九八八年から日本に移住、音楽活動を続けた。内戦時は、バニャ・ルカに両親が住んでいた。日本でコンサートの舞台から転落、怪我がもとで体調を崩し、東北沖大地震のあと帰国、バニャ・ルカ市で亡くなった。

丁寧に小さく切られたパンは、東方正教会の聖体受領のとき、人々に配られる聖パンを想い起こさせる。銀の器に盛られ、神父の手から民の手に配られる、小さく切られたパンを。

鳩と白い花

ドラガナ・ゴレタ

一九七九年、ボスニア・ヘルツェゴビナのトゥズラ市ルカバッツ村（Lukavac）に生まれる。ベオグラード大学文学部日本学専攻課程を卒業後、ベオグラードの日系企業に秘書として勤務。小学校六年生のとき、ボスニアのトゥズラ市から難民としてセルビアへ避難した。ベオグラードのドナウ河の岸辺のレストラン「メーゼ」にて、四時間ほど話を聴く。録音機は使わず、ノートにセルビア語で記録し、後日、翻訳した。

私は一九七九年五月二十七日、トゥズラ市郊外ルカバッツ村に生まれ育ちました。トゥズラから十四キロほど離れた村です。村の小学校に通っていましたが、六年生のとき、残念なことに、まさに戦争のために村の学校生活は断たれてしまいました。

兄弟は、兄が二人。母は再婚です。兄は義理の父の息子、つまり義理の兄です。実の父は一九八一年に、村の湖で水死してしまいました。血の繋がりのある父のことは覚えていません。家族は仲良しで、義理の父が、私にとっての父でした。上の兄は、結婚して小さな子がいました。下の兄は、独立していました。父、母と私の三人暮らしでした。

ボスニアでの内戦では、トゥズラには一番遅く戦争が入り込んできました。ボスニアの内戦は、一九九二年三月に始まりましたが、トゥズラが戦闘状態に入ったのは五月になってからです。ルカバッツ村の人々は、誰一人、自分の村に戦争がやって来るなんて、信じられなかった。昔から、つまりユーゴスラビア社会主義連邦共和国の合言葉、「友愛と統一」を信じていた。旧ユーゴスラビア時代の民族友愛です。誰一人、テレビですでに見ていたものが、私たちの村にもやって来てほしいなんて思っていなかったのです。この戦争の政治的な理由については、はっきり知りません。トゥズラの戦闘についてのドキュメンタリー番組があって、どのようにしてトゥズラに戦争が入りこんできたのか、説明したものがありますが……。

いずれにしろ、村の人々は、銃声が鳴る日に備えて支度をはじめました。私たちは集合住宅に住んでいました。同じ建物の人たちは、まず入り口の扉に鉄の柵をとりつけました。入り口の扉はガラスでしたから、鉄の柵で強化したわけです。兵士が簡単に入り込めないようにしたのです。そのときは、まだ誰がどちらの民族の軍につくのか、はっきりしていなかったのです。

ルカバッツ村はセルビア人の村でしたが、トゥズラ市にはいろいろな民族の人が混じって暮らしていました。私も異なる民族の血が混じりあった結婚から生まれた子供です。私の実の父はクロアチア人でした。母方の祖父はブリェドル市出身のユダヤ人、祖母はセルビア人でしたから。第二次世界大戦のとき、祖父の家族はユダヤ系の姓名を捨てて、セルビア系の名前をとり、子供たちにもセルビア系の名前を付けました。クロアチア独立国によるユダヤ人虐殺を避けるためでした。

私の実の父は、クロアチアのグーニャ村（Gunja）の生まれで、経済の専門家でした。ボスニアとの国境の村です。母は園芸関係の専門家でした。二人ともベオグラード大学を出ています。母は卒業後、トゥズラ市役所の都市計画課に就職ができて故郷に戻りました。実父もやはりトゥズラで職を得て、知り合って結婚したのです。

その当時、村の人たちはみんな仲良しで、いいお付き合いがあって、みんな助け合って暮らしていました。小さかった私は、自分の仲間を苗字や名前で区別することはありませんでした。宗教や民族で区別したりすることはなかったのです。そんなこと、どうでもよかったのです。

それは突然のこと

ちょっと話がそれましたね、戦闘が始まる日に備えて、どんな支度をしたのか、お話しますね。まず、みんなは砂嚢を運んできて建物のまわりに置きました。それから住民が地域の見回り、建物の見張りの番を決めました。毎晩、誰かが、建物を見張ることになったのです。それはトゥズラ市全域で始まりました。みんなが自分自身を、自分自身の手で守るという目的でした。

私の家族、つまり義理の父と母と私は、食品を蓄えました。そうそう、私の義理の父はモンテネグロ人でセルビア正教徒でした。家族は、実にいろんな民族が混じっている。蓄えたのは小麦粉、食用油、砂糖など。でも、他の人もそうでしたが、多くの蓄えは準備しませんでした。戦争が数年間も続くなんて誰にも想像がつかなかった。戦争になっても、すぐ終わる、長く続きはしない。そう思ったのです。でも、それは私たちがそう信じていただけでした。義理の父と母と私の三人、兄嫁と二人の子、つまり五歳の女の子と一歳半の男の子。私たち六人は、八か月間、セルビアで難民生活を送ることになりました。

それは、突然のことでした。一九九二年五月二十五日、突然に、私たちは村を後にしたのです。両親が学校に私を迎えに来て、急いで家に戻りました。二時間足らずで、旅の支度をしました。最低限に必要なものだけ、小さなトランクと大きいトランク。小さなトランクは紺色の革製、古風なトランクです。大きなトランクは茶色。パジャマと下着と洋服。五日から七日分の着替えが入っていました。私のトランクは、紺色の小さなトランク。そのトランクの中に、オレンジ色のパジャマが入っていたのを覚えています。白い大きなお花がついていました。お人形も入れました。ぬいぐるみのビーバーで布の帽子をかぶっていました。どんな洋服だったか、よく思い出せませんけど。でも歯ブラシのことは覚えている。持つところに、ドナルド・ダックが付いていました。とにかく、大急ぎでトランクを詰めたのです。

どうして、こんなに急に出発しなくてはならなかったのか、わかりませんでした。今でも、わかりません。私たちは、自動車で出発しました。ワールブルグという名前の車でしたっけ。みんなで六人。そのうち二人は、五歳と一歳半の子供です。道をまだ覚えています。まずトゥズラを抜けて、マエビッツァ山に向かいました。トゥズラの近くの山です。トゥズラから出るあたりのこと、覚えています。すでに軍隊がいたるところに検問所を置いていました。そのときは、まだユーゴスラビア連合軍でした。その数日後に、撤退していくユーゴスラビア連合軍が攻撃される事件が起きました。その事件がどうして起きたのか、まだ今もはっきりしていません。まるでなにか秘密でも守るようにして……。

セルビアとの境界まで、それは長い旅でした。約七十キロメートルの距離を旅するのに、八時間もかかったのです。午後二時から、旅は始まりました。セルビアには、義理の父の妹のダリンカ叔母さんが住んでいたので、頼っていったのです。ドリナ川を渡ったのは、シェーパック橋のところです。セルビア側の川岸のズボルニク市（Zbornik）のあたりです。トゥズラを出てからも、いたるところに軍の検問所がありました。検問所ごとに、車が止められて検査があり、車のトランクを開けさせられました。まだ戦闘が始まっていない地域にも、検問所は置かれていました。ボスニアの北西のあたりです。

食べ物ですか。何一つ、食べ物は持っていきませんでした。水さえ持っていかなかった。赤ちゃんが一緒だったのに……。恐怖とストレスから、食べ物のことなんか誰も思いつかなかったのです。裸で裸足のまま、村を出たといっていいほどです。道には、それほど長くはないにしろ、車の列が続いていました。

蜜蜂と父

ローズニツァ市（Loznica）にいたころのことをお話しします。ドリナ川の対岸のセルビアの町です。ローズニツァに着いたとき、両親はじきに家に戻れるだろうと考えていました。戦争は長くは続かないだろうと私たちは信じていたのです。でも、たった二日の間に、ボスニアとの国境はすべて閉鎖されました。もう誰一人、ボスニアに帰してもらえませんでした。そのとき、本当の戦争になったのでした。それは一九九三年の五月の末か六月の初めだったと思います。私たち大人数の家族は、叔母さんの小さな家に住みはじめましたが別の住居を探さなくてはなりませんでした。セルビアでの生活が長引きそうなことは誰の眼にもはっきりしていました。叔母さんの友達の一人が、近くの村の別荘を使っていいよ、と申し出てくれました。ノボ・セロ（Novo selo）という村です。ボスニアに帰る目途がつかない間はずっと、その家で暮らしていいと言ってくれたのです、しかもただで。こうして、私たちはセルビアで難民となったのでした。私たちのこんな暮らしは一年ほど続きました。私たちの両親は就職できませんでしたから、どうやって食べていくかが問題となりました。難民の身分証明書では就職できなかったのです。

二週間ほどすると、もう一つの家族がやって来ました。若い母親と二人の小さな子でした。その別荘に、九人が住むことになりました。でも家は、ゆったりとしていて三つの家族が住むのに十分でした。ボスニアでは、戦争がますます激しくなっていきました。さまざまな人道援助団体の活動が始まり、食糧の配給が始まりました。

私たちが住みはじめた地域は、国際赤十字の管轄でした。もう一つ人道援助団体があったはずですが、なんという団体だったか思い出せません。人道援助物資として、二十五キロの小麦粉が一家族に配られました。私たちは三家族でしたから、七十五キロの小麦粉が一か月に支給されました。小麦粉には、いつも蛆虫がはいっていました。パンなど焼くときには、まず、ふるいにかけなくてはいけない、というわけですね。そのほかに、数キロの砂糖、食用油。それに缶詰の肉、最低最悪の品質でしたけども。袋入りのインスタント・スープもありました。マカロニもあったと思いますが、そこにも蛆虫が入っていましたっけ。赤ちゃんがいましたので、粉ミルクが配給されたのは、ありがたいことでした。それから、ときどき粉末卵とジャガイモの粉末も届きました。すべては、生き延びるだけに必要な基本的な食品でした。

幸いにも、暮らしはじめた別荘の裏には、大きな庭がありました。義理の父と母は、野菜作りが大好きですから、すぐ野菜の種を播きました。種は村人から分けてもらいました。お隣さんです。お隣の家族とは、すっかり仲良しになりました。とっても、よくしてくれました。ズボンコさんとスターナさんです。お隣さんは、いつも牛乳とチーズをくださいました。クリームチーズもね。みんな自家製です。そして卵も。お隣さんは大きな農家で、私たちを助けてくれたのです。ほんとうに善い人たちでした。庭の畑に両親が植えたのは、ジャガイモ、トマト、それからグリンピースを少しとレタス。もちろん、玉ねぎと豆。ラシタンという青菜も植えました。少し苦い味の菜っ葉です。子供たちのためと、トウモロコシも。おやつのポップコーンにするためです。こうして食べ物をすべて賄うことができました。

私の母は、そうそう、名前はソーニャです。母と、父の息子のお嫁さんと、最後にやって来た若い母親アンキツァさんと、交替で料理しました。一度だって、別々に食事をしたことはありません。みんな一緒に食卓を囲みました。とても良い食卓だった。私たち子供三人、つまり兄嫁の長女とアンキツァさんの息子と私ですけど、そろって小学校へ通いはじめました。四年生までは村の学校に通いましたが、私は七年生になっていたので、レシニツァ（Lešnica）という三キロ半ほど離れた村の学校に通いました。

どんな料理が食卓に並んだかというと、それはボスニア料理でした。朝食はパンにクリームチーズを塗ります。自家製ですから塩は入っていません。そこで少し、塩をかけました。ジャムを塗るときもあります。もちろん、お手製のジャム。そのころは、セルビアもすでに食糧難となっていました。国連による経済制裁がありましたから。このほかに牛乳かお茶。お茶は、ペパーミントかカモミールです。卵焼きもよく作りました。お隣さんから、卵をいただきましたから。すべて村でとれたもので、自家製でした。パンも自分たちで焼きました。イーストが無いときは、重層を入れました。お隣さんからラードをいただくと、パンに塗って食べました。そこに玉ねぎを刻んでのせるか、パプリカの粉を振りかけます。甘いのが好きなら、ジャムです。たいていはプラムのジャムでした。プラムのジャムは、この土地の食べ物の代表ですもの。どの家でも、大きな鍋で、庭で火を起こして作るのです……。

私たちの家族は、戦争前は、ミリノ・セロ（Mirino selo）という村に別荘がありました。ルカバッツから十二キロ程のところです。大きなお庭と大きな果樹園がありました。そこでジャムとか、冬のための夏野菜の保存食を作ったものです。すべて別荘で作ったのですよ。でも、すべて戦争で焼かれてしまいました。セルビア人の村でしたが、今はムスリムの支配下のトゥズラ市に入っていますから。その村は、戦争中はセルビアの勢力の下にありましたけどね。

私の父、そう義父は、ミリノ・セロ村で養蜂をやっていました。二つの養蜂箱を持っていましたが、それを残したままでこちらに来てしまいました。村には、仲良しの農家がいました。戦争の間、ずっと私たちの別荘の番をしてくれて、蜜蜂の世話も続けてくれたのです。私たちが難民となったあの夏、二つの養蜂箱を自分の家のそばに移して、自分の蜜蜂と一緒に世話をしてくれたのです。その夏、蜜蜂は三十キロの蜜を作りました。蜜がとれてわずか二日後、迫撃砲が落ちて、すべての蜜蜂が殺されてしまいました。父はそれを聞くと、声を上げて泣きました。人間は、生き物と結びつくものです。三十キロの蜜はけっして少なくありません。でもなにより、父は蜜蜂たちの死が悲しかったのです。

母の製菓工房

さて、私たちにはお菓子を買うお金がありませんでしたから、手作りのチョコレートを作りました。ブラックチョコとホワイトチョコです。カカオと粉ミルクが人道援助で届きましたから、それが材料でした。

そうそう、食事のことでしたね。まず必ずスープが出ました。メインは豆スープ、グリンピース、サルマです。サルマに使うキャベツがないので、さっきお話したラシタンという葉を使いました。ムサカも作りましたが、ひき肉の代わりにレンズ豆を入れました。レンズ豆は、人道援助で届いたものです。

それからレストバン・クロンピール（restovan krompir）というジャガイモ料理。ここにディルを入れました。セルビアではミロジヤと呼びますが、私の故郷ではコパルと言います。まずジャガイモを茹でて、よく水をきります。いちばん美味しいのは、新ジャガです。ふつうのジャガイモなら、茹でてから縦に四つに切ります。別の大きな鍋に、油を熱します。ラードでもいいですよ。そこに茹でたジャガイモを入れて炒め、ディルのみじん切りをふりかけ、よく混ぜます。五分から七分。それは、戦時中の料理の定番でした。

両親は職がないので、家で仕事をしていました。二人とも土地の農家の仕事をときどき手伝いました。トウモロコシを摘む仕事は、そのころ手作業でした。コンバインを動かすためのガソリンが無かったのです。村では、秋の畑仕事を互いに助け合ってやっていました。畑仕事は、一日で十マルクになりました。約六百円です。

母たちはお金を集めて、芥子の実とカカオを買いました。手製のお菓子の材料です。母とアンキツァさんは、手製のチョコレートと、芥子の実のケーキを作って、小学校の前で売りはじめました。そのころは、学校の近くに、子供がおやつを買いに行くようなお菓子屋さんやパン屋さんは、ありませんでした。私たちですって。私たちは、売り物に手を出すことはできませんでした。パンにジャムを塗ったものがおやつでした。たくさんのケーキやチョコレートを目の前にして、食べられないって、どんな感じかおわかりですよね。ふふっ。この仕事は、大切な収入源となりました。トウモロコシを摘む手間賃は、わずかなものでしたから。母たちは、安い材料でかなりのお金を稼ぐことができたのでした。材料の八割は人道援助から届いたものです。芥子の実とカカオとバニラシュガーだけを買い足しました。

お肉はよく手に入りました。お隣さんが何羽か鶏のヒナをくれましたが、それを育てて増やしたのです。父と母は、お金を貯めて、子豚を三匹買いました。一匹は、お正月のときに食べました。あとの二匹を育てました。次の冬を越そうと考えたのです。自家製のソーセージを作るつもりだったのです。

しかし、私たちの両親は、それでもボスニアに戻る方法はないかと考えていました。父の息子、つまり私の兄たちは二人ともボスニアに残っています。すべての連絡手段が、断たれていました。電話も郵便も。私たちは、兄たちのことが心配でなりませんでした。もう一つの理由は、古い竈が恋しくて、とにかく胸も心も張り裂けそうだったということです。

ノボ・セロでも新しいお友達ができました。友達の多くは、私と同じようにボスニアからの難民の子供たちでした。私たち子供のほとんどは、激しい戦闘が始まる前に故郷から出てきていました。ですから、どんなに恐ろしいことが起こっているのか、まったく想像もつかなかったわけです。おしゃべりのテーマは、たいていい自分の故郷へ帰りたいということか、外国へ行きたいということでした。

一九九三年のセルビア正教の降誕祭、一月七日のこと。お隣さんの家でお祝いしました。私の家族は、いろんな民族が混じっていたから、宗教がないような家族でした。そんなわけで、家族のお祝いごとに入れてもらうのは初めてでした。宗教的なお祝いがどんなふうに行われるのか、知らなかったのです。村のしきたりでしたが、子豚の丸焼きを串にさしたまま、入口の扉のところに立てかけていました。樫の木の枯れ葉で飾ってあります。するとお隣さんの子猫たちがやって来て、子豚の尻尾をカリカリ齧りました。おかしかったなあ。ふふふっ。それから初めて、パナギヤというお祝いのお菓子を食べました。小麦の全粒を炊いて、刻んだ胡桃と干葡萄を混ぜたものです。降誕祭のとき、家に入るとまず、お菓子をお匙に一杯いただき赤葡萄酒を一口飲むのです。そのとき初めて、私は正教会の降誕祭のしきたりに触れたのでした。お祭りは素敵な体験でした。とてもいい雰囲気で、なにかしら家庭の温もりがありました。私たち子供は、こうしてお隣さんの降誕祭のお客さんになったのでした。同じような年の子供がいたので招かれたのです。両親も別の家族に招かれていきました。

新年のお祭りのほかに、豚肉を食べたのは二、三度だけです。肉といえば、鶏肉を煮たものでした。あとは、山羊の肉を食べたこともあります。山羊の乳も飲みましたよ。

陸の孤島

一九九三年の三月、私たちは突然、ボスニアに戻りました。住民交換のために用意されたバスの切符が手に入ったからです。住民交換は、民族による住み分けが目的でもありました。バスには、たくさんのムスリム人が乗っていましたが、少数ながらセルビア人もいました。みんな故郷に帰る人たちでした。当時は、いたるところに境界の検問所がありました。バスは、セルビア人勢力とムスリム人勢力を隔てる境界まで来ました。それはシュトゥロビッチ（Štulović）という村です。ブルチコ市（Brčko）あたりの村でした。母と父と私の三人だけでした。兄の妻は、その二か月前に、やはり住民交換があってすでに故郷のルカバッツに帰っていたから。

故郷に着くと、ある家族が庭にテーブルを出して、チーズ、クリーム、パンと蜂蜜でもてなしてくれました。朝早くに旅に出て、故郷に着いたのは午後の二時でした。あのときと同じトランク、あのときと同じ自動車。そしてノボ・セロでの生活で手にしたもの……。アンキツァさんは、ノボ・セロに残りました。

故郷に帰ると、戦争でした。学校の授業は、集合住宅の地下室で行われました。町の中心部には、セルビア人の村から追われて難民となったムスリム人たちが住みはじめていました。授業の内容は戦争前と同じようなもので、まだ「セルビア・クロアチア語」という科目もありました。八年生になったとき、ボスニア語という科目になりました。町からは多くの人たちが出て行き、多くの人たちが移り住んできました。

私たちが戻ると、トゥズラ市は大変な飢餓にみまわれていました。トゥズラ市はムスリム人の勢力に入りました。兄は、私たちがいなかった間、どんなことがあったのか、何も話そうとしません。私たちが難民となっていた間に、私たちの小学校はムスリム系の軍隊に占拠されていました。飢餓……。トゥズラ市は、新しい国境に囲まれて、陸の孤島となりました。食料品を輸送するルートが断たれたのです。内戦のために電力の供給が止まり、工場の生産も止まりました。両親は、職場に復帰できませんでした。母は市役所の都市計画課の勤務、父は化学のエンジニアでトゥズラのソーダ工場の社長だった人、最後は市長まで務めましたが、二人とも失職したのです。

誰もが深刻な問題を抱えていました。ルカバッツ村もムスリム勢力のもとに置かれました。もとはセルビア人が多く住んでいましたし、クロアチア人も住んでいた地域です。一九九三年九月、クロアチア勢力とムスリム勢力の戦闘が始まると、道がすべて閉ざされる状況が生まれたのでした。トゥズラ市へ入る道はすべて閉鎖されました。完全なる飢餓に、町も村も襲われました。私は八年生でした。

人道援助団体の活動にも大きな変化がありました。国際赤十字、ムスリム系のメハメット、カトリック系のカリタスが活動していましたが、他の地域から来た難民の人だけが対象でした。飢餓に苦しむ土地の市民には誰も援助の手を差しのべません。計画された方針でした。クロアチア人はカリタスの援助。ムスリム人はメハメットの援助を受けます。赤十字だけがすべての民族を対象にしました。セルビア人だけを対象にした援助団体はありません。私は民族主義者ではありません。でも、そうした状況だったのです。しかし、みんなが同じように苦しみ悩んでいました。状況が昔とまったく変わってしまった土地で、名を名乗らぬ嫌がらせの電話がかかってきました。おまえたちの首をかき切るぞ、セルビア人は出て行けなどと脅すのです。私もそんな電話に出たことが一度あります。市民たちは苦しみ悩んでいる。しかし軍隊が戦争を進めていく。そして闇市で稼ぐマフィヤたち。国家はないのです。

赤十字の援助の内容は、大匙八杯の洗濯せっけん、大匙三杯のインスタントジュース、大匙五杯の小麦粉、百五十ミリリットル入りの瓶詰の黄色い植物油脂、小さじに何杯かの砂糖、大匙に何杯かの米。透き通ったビニール袋の隅っこに、援助物資がちょっぴり入っている感じです。こんなことをお話していいかわからないけど……。お話してもいいでしょうか……。実は、すべてを闇に頼ることになりました。叔母さんが私たちに千マルクくれました。日本円だと六万円くらいです。それで半年過ごしたのです。闇の値段は、小麦粉一キロが二十マルク(約千二百円)、砂糖一キロが六十マルク(約三千六百円)、油一リットルが四十マルク(約二千四百円)でした。人道援助物資も売りに出ました。飢餓に慣れるのは、ずっと困難なことでした。迫撃砲であれば、避けることができる。でも飢餓を避けることはできないのです。

一九九三年九月、ムスリム系の軍隊が学校から退去すると、授業は地下室で続けられました。電気があるときは授業がある。ないときは暗闇です。各学年に、地下室が割り振られました。科目の教師は、建物から建物を回って教えました。授業中に、迫撃砲が聞こえます。ブンという音が聞こえたら、あなたが生きているという証拠です。

国際赤十字の援助は、家族あたり、一か月に小麦粉一キロ、砂糖一キロ、油一リットル、マカロニ一袋。これでは足りません。一家族、三日くらいしか持ちませんでした。私たちは自然に頼ることになりました。さまざまな野草です。ブラシャッツ（vrašac）やスレモシュなど、ニンニク科の野草を摘みました。菜園ではイモと豆が育ちました。戦争が激しくなって、みんな畑で野菜を育てていましたが、暮らしは農家の人々に頼ることになりました。戦争では山の上の農村がよく攻撃されます。農家の人たちは、村から逃げて山を下り、下へ下へと都市部へ移ってきました。集合住宅のまわりに菜園ができました。

飢餓、病気、渇き。私たちを絶望へ導いていきました。薬も手に入りませんでしたから、病気が広がっていきました。人はきちんと食べていないと、栄養不良となって病にかかりやすい。でも、誰一人として、この事実を伝えた者はありません。テレビでも報道されませんでした。

一九九三年の末まで、私たちはトゥズラ市に残りました。一九九三年十二月三十日、ブルチコ市へ移ったのです。それは、また捕虜交換でした。さきほど住民交換と申しましたね。公式には捕虜交換、けれども戦闘員ではない人々も多かったですから。大変に危険がともないました。まず交換の名簿に載せてもらうのが、非常に困難でした。紛争当事者たちは、なかなか合意に至らなかったし……。こんなこともよくありました。お金を払って名簿に載せてもらう。ところが別の地域に移動する前に、殺されてしまうのです。私の兄の友人は、こうして殺されました。下の兄は、住民交換のリストに載せてもらおうと思ったのでしたが、あきらめました。でも、これで助かったようなものです。

一九九三年十月、私たちの友人ゾランは、住民交換のリストに載りましたから、当然、向こう側に移ったものと思っていました。ところが、一九九四年の二月、ラジオ無線で友人たちがゾランの消息を尋ねたら、よくわからなかったので、何が起こったのか疑いはじめました。三月になって雪が解けたら、野原でゾランの死体ともう一人の青年の死体が見つかったのでした。

私たちは、故郷に戻ったときに通った境界をふたたび通って、故郷から出ました。シュトゥロビッチ村でした。公式の住民交換は、国際団体の監視下に行われます。国際連合保護軍や国際赤十字です。でもシュトゥロビッチ村に入りますと、国際団体の誰一人として、私たちに付き添おうという者はありません。おそらく彼らは入れてもらえなかったのでしょう。私たちはミニバスに乗り換えさせられました。次の検問所に着くと、今度はムスリム人の軍隊が私たちに車の外へ出ろと命じました。両親は目隠しされ、私もハンカチで目を隠すように命じられました。恐怖に身が凍りました。何が起こるのでしょう。もし映画だったら、殺されるシーンが続いたでしょう。それからまた、ミニバスに乗せられました。十分ほど乗ったでしょうか、目隠しを解けと言われました。目隠しは、彼らの陣地を知られたくなかったからだったのです。

こうして、やっとのことでセルビア人居住地域に移りました。小さな鞄二つ。鞄は一人一つと決まっていました。トランクは許されなかった。国境の兵士たちは、何か気に入るものがあると取り上げる。スプーンやフォークまで。人間はどこまで堕ちていくことができるのでしょうか。しかも底が見えないのです。人は、下へ下へと堕ちていく。幸せな巡りあわせですが、ブルチコには、亡くなった父の妹が住んでいました。スタンカ叔母さんです。彼女の家に一か月半ほど住んだあと、ある家を貸してもらうことになりました。食べ物の問題は、ここでは悪くなかった。でも迫撃砲はしょっちゅう落ちてきました。

小さな光

一番覚えているのは、友達のことです。彼らの顔が思い出されます。ムスリム人の友達、いろんな民族の友達のこと。戦争のすべての日々、その不幸、苦悩のなかで、友達のおかげで一粒の幸せを見つけることができた。その一粒には、大きな意味がある。それは灯台の光でした。私たちの友情は、民族の違いによることの戦争を否定するものでした。

今日、私たちは平和のなかで過ごしています。でも食べ物を捨てている。そして小さなものの中に幸せを見つけることができない。いつも、幸せなどない場所に幸せを求めているのです。私の友達は、私の安らぎの場所、慰めでした。彼らと付き合うこと、笑うこと、おしゃべりすること。そうしていると、まるで戦争なんか起きていないかのようでした。難しい話をするわけではなくて、冗談を言ったり、なにかの夢について話したりするだけですけど。

今日、人々は、あの時よりもずっと不満を言っています。それほど悲劇的ではない運命を嘆いています。戦争とは混乱、カオス、死に囲まれた破壊です。魂、知恵、心を持たずして生き延びることはできない。ネガティブなものだけに目を向けていたら、生き延びることができない。そうした状況のなかでは、魂はほんの少しの光に照らされることだけを求めている。そうした小さな幸せこそ、人生にとって大きな働きがあるの。あなたに強い力を与える。あなたの眼を開かせ、前へと歩ませてくれるからです。それは、暗闇のなかにあいた小さな穴みたいなものです。その穴を通って、光の束が入り込んでくるのです。その光こそ、友達でした。今も、彼らと連絡があります。一人はルカバッツ村に残りました。二人の女の子はドイツに移住しました。

戦争の中では、悪とおなじくらいに善きものもある。私たちを引き離そうとする力があると同じように、離れずに一緒にいようとする人々もいるのです。

一九八一年のこと。同じ集合住宅に二歳の女の子が住んでいました。かわいそうに、鍋の熱湯をかぶって火傷を負いました。その当時、重度の火傷を治すことができるのはスロベニア共和国のリュブリャナの病院だけでした。私の父は、軍のヘリコプターを手配して彼女をリュブリャナ市の病院に運びました。女の子の命はこうして救われたのです。でも家族の人たちは、父にお礼を言ったことはありませんでした。

一九九三年のこと、戦争が激しくなっていました。女の子のお父さんが私たちのところに来ました。袋を二つ提げていた。一つの袋にはジャガイモ、もう一つの袋には庭仕事の道具が入っていました。「娘の命を救ってくれたのに、一度もあなたにお礼を言ったことがなかったね。これで今度はあなたの命が救えると思う」と言って、自分の畑の一部分を使わせてくださったのでした。食糧を手にするのがとても大変な時期に。戦争のあいだ、家族は女の子をどこかに疎開させていたみたいでした。

あのころのことをまた思い出します。一九九三年の春、家のあらゆるものを売らなくてはなりませんでした。金や銀、食器、家具など。生き延びるためです。コップとか小さなものは、物々交換で消えました。最後は、家は空っぽでした。モスリンのカーテンは二百グラムのチーズ、テレビは二十キロの小麦粉になりました。食器のセットは二キロのプラムのジャム、胡桃材の大きな家具は何かの食糧になりました。私の子供部屋だけ残っていました。冬が来ると、暖をとるのが大変でした。植木鉢はコンロや暖炉のかわりです。植木鉢の上のほうに穴をあけて鍋をのせ、火を起こします。その上に金属の網をのせて、煮たきをするのです。乾燥させたイラクサのスープもこのコンロで作りました。戦時中の料理でした。

鳩たち

内戦も終わり、トゥズラの友達の家を訪ねたときのことです。彼女の家のあたりに鳩がいないのに気が付きました。どうしてかと訊くと、戦争のときに食べてしまったからだということでした。驚きました。戦争のときの料理では、こんなのがありました。それはゾーバ（セイヨウニワトコ、Ⅵ章の扉写真参照）という白い花の天ぷらです。花をきれいにして、トウモロコシの粉を水で溶き、卵とメープルを入れた衣につけて、食用油で揚げるのです。鳩のシチューは、鍋に毛をむしった鳩を入れて茹でて、そのあと鳩を取り出します。そのスープに玉ねぎ、人参など入れて柔らかくなるまで煮ます。最後に鳩の肉を鍋に戻して味付けします。小麦粉を油で少々いためて加えてとろみをつけます。黄身と生クリームなどを溶いて加えます。コーヒーのかわりは、チッコリーでした。

今、食べ物は、店の棚にあふれています。なかなかの値段です。でも食べ物は、どの野原にもあるのです。実際に体験しないうちは、不幸せとおなじように幸せも見えない。それから感謝をするということが、どんなに素晴らしい感じかもわからない。それは人生に感謝をするということです。恐ろしいことを体験しないうちは、悪を直視しないうちは、人生の意味は見えない。今日、私たちは、不必要な感情に自分の身を任せています。間違った理想に身を任せています。自分の欲望を間違った方向にむけています。それは人間を砕いてしまう、人間をへし折ってしまう。飢餓のなかでは、人間は信仰すら失う。イスラム教徒の人も、ひどい飢餓のなかで、豚を捕まえて食べていた。食べ物を選ぶことはできないのです。人生が、ただ生き延びるための意味だけになったとき、人間は何のために闘っているのかがわかる。何が人生にとって大切かわかる。私たちは命に感謝をしなくてはならないのです。

追記

数年前の秋の日、ドラガナが私の研究室に現れた。かなり前の世代の卒業生だ。今年から先生のところで修士課程をやりたい、と言う。もの静かで控えめな彼女のことを、私はあまり覚えていなかった。どうして私のところで勉強したいのか、と尋ねると、「戦争のために四年間はろくに授業に通えなかったのです。大学に入学したものの、生活のために、ある家具店で事務員として働いていた。今、やっと勉強する条件が整ったので、本当の勉強をしたいのです」と言った。この時、初めて学部時代の彼女の苦労を知った。誠実で優しい彼女の人格に、私はどれほど励まされただろう。修論を書き終えたころ、日系のT社に就職。忙しい毎日を送っている。

この書物のために、お話を聴きたいというと、もちろん、とすぐに返事があった。あの日は、丁寧なメモを用意し、落ち着いて語り続けた。レストラン「メーゼ」は、友達が経営していたが、残念なことに今はない。

ユーゴスラビア連邦軍のトゥズラ市撤退について記す。一九九二年五月十五日、ボスニア政府との合意にもとづき、ユーゴスラビア連邦軍はトゥズラ市から撤退を開始。徴兵制度に基づく若い兵士たち、職業軍人も含め約六百人、二百台ほどの車両の列が、静かにビェリナ市（Bijeljina）へ向かう途中、ボスニアの警察、および当時はまだ非合法組織であった緑ベレーと呼ばれるムスリム系の軍隊の約三千人に攻撃された。ユーゴスラビア連邦軍は、約二百名の死者を出したと言われる。この悲劇は、ほとんど語られず、闇に葬られようとしている。

食べ物という喜び

ベドラ・アルシッチ

一九五六年、ヤイツェ市生まれ。サラエボ大学文学部卒業。一九九二年春、サラエボから難民としてベオグラードに移り住む。サラエボでは新聞社の校閲部に勤務していた。現在は、ベオグラードの新聞社の校閲部に勤務。夫と娘と三人暮らし。ベドラはムスリム人、夫のミランはセルビア人。ベドラの娘オルガは、我が家の三男、光の高校時代からの親友で、付き合いは長い。二〇一七年二月十二日、アルシッチ一家のお宅で、話を伺う。ベドラの話をノートに記し、後日、翻訳。夫のミランもヤイツェ市出身、サラエボ大学法学部卒業。娘のオルガは、一九八四年にサラエボに生まれた。ベオグラード大学スペイン語科を卒業し、助教となった。

私はなんでも自分でつくることが大好き。暮らしの小さなことに、創造的な才能を発揮してきました。難民になると、自分のすべての創造性を、料理に注ぎ込んで、それを楽しみました。難民生活に入ってから、私はスラトコ（プリザーブのジャム）の作り方を覚えたのですよ。

何からお話したらいいでしょう。私と娘のオルガがサラエボから難民となって出たのは、一九九二年の五月でした。夫のミランは、一九九三年の一月に、難民としてサラエボを出ました。私の名前は、正式にはベドリア（Bedrija）といいます。最初、この名前は、三日月のことだと聞いたのだけど、どうやら満月を意味しているみたいですよ。私の名は、そう、ムスリム人の名前です。私は、まったく無神論者です。だって神様についての考えが違うだけで、どうしてこんな戦争が起こるのですか。だから、私は神を信じません。

娘のオルガは七歳でした。一九八四年生まれです。学校は四月まで授業がありました。難民となって逃げたのは五月です。私たちは、サラエボのオトカ区に住んでいましたが、グルバビツァ区へ引っ越しました。大きな一軒の住居を二つの小さ目の住居と交換して、引っ越しをしたばかりでした。一九九二年の一月に交換できて、二月に家をきれいにリフォームして、三月に入居したのですから、たった二か月だけ、新居に住んだことになりますね。そう、戦争の兆しは、すでに感じられていましたからね、家の交換なんて、正気の沙汰ではありませんよね。でも、奇妙な心理が働いていた。心理的にブロックされてしまったといってもいい。まさか戦争が起こるなんて、信じたくなかったのですね。戦争となる前に、サラエボから出て行った人もいました。でも多くの人は、信じたくはなかった。でも、どんな親も、子供をこんな状況にさらしてはいけない。もし今度、こんなことが起こったら、きっと早めに子供と安全な場所へ逃げるでしょう。戦争が始まると、私の母は心筋梗塞になって、一か月間、なんとか生きていましたが……。

私は、良いことだけ覚えています。サラエボのことは意識的に忘れました。思い出したくない。一九九二年五月十七日のこと。とっても仲良しだった友達が亡くなって、翌日、葬儀に出ました。その友人の死が、私たちをとりまく世界のことを考えさせたのです。翌日、つまり十九日、夫のミランに送ってもらい、娘と二人でサラエボを出たのです。そして私たちは、まさにゴルゴタの丘を越えることになったのでした。道中、二度も、バスから降ろされました。家族とともにサラエボを出るのは、私にとって当然のことでした。しかし私は恐怖におののきました。ミランのお母さんはセルビア人で、彼女も一緒でした。境界線の検問所で「息子の嫁なのですよ。息子は、今、軍に動員されて闘っているのですよ」とお母さんは言いました。どの部隊かと訊かれて、私は夫から聞いていた隊長の名前を言いました。検問所の男の電話がうまく通じなかった。それが私の命を救った。後から聞いたら、その部隊に夫はいなかったのですから。

ボスニアは嫌いです。殺し合うことを主張するどんな意見にも私は賛成できません。信じる神が違うことで殺し合うという思想に、私はとても賛成できません。千人の神様がいて、千人の神様のために殺し合った、さらに新しい神のために殺し合った。私は完全なる無神論者です、倫理的な善、道徳を求めるとしても。信仰のある人のほうが私より良い人間だとは思えません。ある神学の理論によれば、人間そのものが神だといいます。人間は内なる自分のなかに、善き神と悪しき神をもっている。いずれにしても、父親からもらった名がもとで、殺され、差別されるなんて、非人間的なことではありませんか。私たちの間に、なんという憎悪の種が蒔かれてしまったのでしょうか。私たちは、さまざまなことに耐えて、これから生き続けていきます。なんとかして、やっと自分に還ることができました。私は過去には戻らない、私はサラエボに戻ることはありません。

内戦も終わり、状況が落ち着いて、サラエボに一度、戻ったときのことです。五分後に、知り合いと戦争の話になりますと、まったく話が合わない。もう、たまりません。私たちの存在は、サラエボに残った人たちにとって、忌まわしい「話」なのです。でも、私たちが「残らなかったこと」が、憎まれる理由であってよいのでしょうか。男の人のほうが、こうしたことを楽にとらえることができるのでしょう。夫のミランは、今もサラエボに出かけて、昔の友達と連絡をとっていますが。私にとって一番楽なのは、ピリオドを打つことなのです。

私たちはサラエボを後にすると、セルビアの東の町、ブルシャッツ市に住むオルガのクーマ、つまり名付け親の実家にお世話になりました。名付け親は私たちの親友で、やはりサラエボから逃れ実家に身を寄せていたのです。とても大きな家で、彼女のお母さんが、毎日、素晴らしいご馳走を作ってくれました。フルコースです。スープ、サラダ、肉料理、デザート……。すべてをお母さんが準備してくれたのです。素晴らしい人たちでね、私のために高等学校の教師の口も見つけてくれました。家は大きいから、もう一つ、別の玄関を作ってあげようと言ってくれた。でも私たちはベオグラードに行くことにしました。ブルシャッツは小さな町で、私たちの気質に合わないと感じたからです。二か月お世話になって、七月にベオグラードに移りました。

私たちが見つけた家は、ジェラム市場の近くの家でした。家主さんは、古い建物を壊して四つのワンルームを作り、貸していました。部屋は二十五平米です。最初はミランの叔母さん夫妻と、ミランの母と私とオルガ、五人で暮らしました。ミランがサラエボから逃れてきた翌年の一月に、私たちはもう一部屋を借りて、ミランと私とオルガが一部屋に、もう一つの部屋にミランの母と叔母夫妻が暮しました。五年間、ここに住みました。家主さんは、ミロエ・ミロエビッチさん。それは素晴らしい人、上品で、都会的な人でした。よく私たちをダンスに誘ってくれましたよ。彼とは、良い友達になりました。ホーム・パーティーを開いて、私たちを招いてくれたものです。

難民となってから、合わせて十七年、借家暮らしでした。ミロエさんのとこに五年間、次に私たち家族が住んだ家は、年金生活に入った地理学の先生のお宅。そこも小さな家でした。台所を衝立てで仕切って、オルガの「部屋」を作りました。わずか四平米の場所で、高校から大学に進学し、勉強したことになります。玉ねぎを刻んで炒める匂いのなかで、勉強したのです。家主さんはいい方でした。私たちを信頼してくれて、部屋を見回りに来たりしたことは一度もありませんでした。ある日、私たちがリフォームをしたいので、許可していただけないかと尋ねたら、「あなたたちが良いと思うのなら、この部屋にとっても良いはずだから、どうぞ」と、言ってくれました。

こうして借家暮らしが長かったので、箱にさまざまなものを詰めては引っ越してきた感じです。一九九二年にサラエボを出て、今年で二十五年が過ぎました。自分たちのこの家を手に入れることができて八年になります。ようやく箱から本など持ち物を出して、並べることができました。

私たち夫婦は、二人ともボスニアのヤイツェ生まれです。私はそこで高等学校を卒業する十八歳までを過ごしました。大学はサラエボの文学部、セルビア・クロアチア語と文学を専攻しました。夫は法学部です。サラエボには十八年間、住みました。当時のサラエボ大学は、そうそうたる教授陣でしたね。ズデンコ・レシッチ、ヘルダ・クーナ、ミロシュ・オクカ。二十世紀文学を教えるラドバン・ブチコビッチ先生はあなたもご存知だったのね。文体論はマリーナ・カティッチ。力のある先生たちに教わったおかげで、難民生活のなかでもちゃんと実力で暮らすことができました。

サラエボでは、「オスロボジェーニェ（解放）」という大手の新聞社で校閲の仕事をしていましたが、ベオグラードでも校閲の仕事を続けています。「日刊テレグラフ」に勤めていますが、依頼があればほかの仕事も引き受けます。力もないのに、知り合いだからというだけで仕事を紹介する人がいますね。私の場合、実力で仕事を探すしかない。私の仕事に満足した人から、必ず次の仕事の推薦が得られました。同郷の友人はほとんどありません。ヤイツェ市出身で、判事をしている女の人が、唯一、親しいのですが、誰も頼りにできる人はなかった。家畜のように無我夢中で働きました。プロとしての仕事の技量だけが頼りでした。

サラエボのことを忘れたと言いましたね。ある日のこと、サラエボから難民となった知り合いが、ある人のことについて話したのですが、私はその人がどうしても思い出せなかった。きっと無意識のうちに、自分はサラエボのことを思い出さぬように、記憶をどこかに隠してしまったのですね。

私たち、サラエボでは集合住宅の十階に住んでいました。三日三晩、停電して、闇のなかで二センチほどの蝋燭に火を灯して過ごし、最後はサラエボの町から逃げ出すことにしたのでした。そのとき、荷物のなかに水着を入れたのですよ。こんな愚かしいこと、つまり戦争など、すぐ終わるはずだから、夫のミランがサラエボから出てきたら海に行こうと思った。それからバービー人形を、小さなトランクに詰めました。当時はね、輸入品ですから高価だったの。今も、我が家にありますから、後でお見せしましょう。こうして私たちは五月十九日に、「海のトランク」を携えて、サラエボを後にしたのです。

でも、その日のサラエボは、とても寒かった。革のジャケットにブーツ、セーターという格好でベオグラードに着くと、とても暖かかった。私もオルガも、すぐにサンダルを買わなくてはなりませんでした。オルガは七歳です。三、四か月ですぐに靴は小さくなってしまいます。難民生活といえども、子供の靴はいつも買わなくてはなりませんでしたね。

サラエボを逃げ出すことにした、あの日の朝。オトカ区から歩いてミランのお母さんを迎えに行きました。お母さんの家に行くときは、町の中に新しく作られた「国境」を越えなくてはなりません。越えねばならない「国境」は「友愛と団結通り」という通りでした。皮肉な名前でしょう。そこが「境界」でした。兵士たちが双方から撃っています。どうやって渡ったかと言いますとね、連射が止むわずかな隙があるのです。兵士たちが弾倉を入れ替えるわずかな間に、私たちは「境界」を走って向こうへ渡るのです。

サラエボから難民として逃げ出す人々が集まっていました。そこに夫ミランの母の友達も現れました。孫娘と一緒でした。ところが大混雑のなかで、お婆さんがいなくなってしまったのです。孫娘のサンダと大きなトランクだけが残されました。サンダ・トゥジッチという女の子で、父はムスリム人、母はセルビア人。私たちの家族と同じように、異なる民族同士の結婚で生まれた子です。私たちはそのミニバスで、もう一つの国境まで行くことになりましたが、その車を運転している男がひどいことを言うので、ずっとしました。「まず、チビのユーゴスラビア人を一人残らず殺さなくては」と、言うのですよ。オルガもサンダも、「チビのユーゴスラビア人」なのですからね。まったく教養もない、哀れな人たちでしたよ。

もう一つ、問題が起こりました。サンダのお婆さんは見つからないので、そのまま出発することになったのですが、運転手は、他人のトランクは乗せられないというのです。そんなわけにいかないと私が言うと、子供を連れていくか、トランクか、どちらかにしろと言いました。私は、トランクも子供も、と言いました。最後には、トランクの上に子供たちが坐って出発することができました。

オルガが話に加わる

サラエボのことを思い出します。戦争になって、初めてイラクサを食べました。まずいと言われるでしょ。でも、とっても美味しかった。最高だったわ。チュスパイズ（čušpajz、ドイツ語起源で付け合せの意）という名前の料理、ホウレンソウのように湯がいてから、小麦粉でとろみをつけます。

戦争が始まったころのこと、覚えています。ちょうどピアノのレッスンを始めたころでした。初めは、音楽学校に行かなくていいから、嬉しくなりました。でも、大変なことになったと後から気が付きました。

ふたたびベドラ

オルガのためにピアノを買おうと、お金を貯めていました。大切に封筒にしまっていたのです。お金は、あとから家を買うために使いましたがね。この戦争を現実として受け止めた人たちもありましたが、多くの者たちは、それが理解できませんでした。

ベオグラードで最初に住んでいたところは、学校に行くまで車の通りが激しいのに、信号機がありませんでしたから、オルガを学校まで送り迎えしていました。宿題が終わるとオルガを連れて、カレメグダン公園や動物園に行きました。ベオグラードを見せたかったから。最初は、まるで観光でした。

夫のミランは、一九九二年の三月に、サラエボ市内のセルビア人地区へ逃げました。八月の終わりから三か月、まったく彼と連絡が取れなくなりました。私と同じようにサラエボからベオグラードへ逃れた友人は、ロンドンに難民として子供と一緒に移住することになりました。イギリス政府に申請して、許可が下りたのです。彼女は、私にも一緒に行くようにと誘ってくれました。私は、それはできないと言いました。いいじゃないの、とにかくロンドンに行こうと、彼女は言いました。私は断りました。少しでも、夫の近くに居たかったから。

連絡が取れないでいた間、夫のミランには大変なことが起こっていました。十月の終わり、サラエボの市内にあった私設の牢獄に監禁されていたのです。

ミランが話に加わる

それは約十日続きました。僕を逮捕したのは、ムスリム人の民兵組織です。当時のサラエボは、無数の民兵組織が入り乱れていた。そこでモスレム側の軍隊が、民兵組織の一斉検挙を行いました。この一斉検挙のおかげで、命が助かったのです。私設の牢屋に入れられていた者は全員、サラエボの中央刑務所に移された。そこから脱走したのです。そのあとは、十五回くらいも友人や知人の家を転々として隠れていました。

ふたたびベドラ

その後、叔母さんが力を貸してくれて、ミランはユダヤ人協会のお世話になることになったのです。それは十二月でした。ユダヤ人協会で、ミランはいろいろな仕事をしました。ユダヤ人協会には、人道援助物資が届きます。民族に関わりなく配られましたから、これで随分、助かりました。

オルガが語る

長いこと連絡がとれなかった父と、やっと無線ラジオでお話することができたときのこと、今も覚えています。父とお話する前に、身体がぶるぶる震えました。

ミランが語る

ユダヤ人協会で働くようになって、食事は協会でもらうことになりました。人道援助には、おかしいものもあったな。トラック一杯のコンドームとかね。援助物資で多かったのは、ランチ・パケットでした。ユダヤ人協会は、どの民族からも意地悪されませんでしたから安全でした。たまに協会に泊まることもあった。家から五キロメートルほど。歩いて通いました。危険じゃなかったかって。もちろん危険でしたよ。

ふたたびベドラ

戦争が始まって、町では、セルビア人の逮捕が続きました。ミランは隠れなくてはならなかった。セルビア人地区のイリジャという場所が前線で、そこに三か月いたのです。先ほども申し上げましたが、ミランは、一九九三年一月にベオグラードに逃れることが出来ました。手を負傷してギブスをはめていました。夏は、三か月、治療のために、モンテネグロのイガロ市の病院にいました。海辺の町です。私と娘も、彼と一緒でした。

ミランが語る

私設の牢屋に入っていたときのことですがね、食事と水は与えられた。でも恐怖感のなかに日々を過ごした。僕たちが収容されていた間、十三人が殺されたのですから。さっきも言いましたが、ムスリム側の正規軍が、民兵組織を一斉検挙した後、中央刑務所に移され、そのとき脱走に成功したのです。

ベドラは語る

こんなことが起こる前に、ミランの声を電話で聞いたのは、八月十三日でした。私とオルガは、その間、ブルシャッツ市にいたと言いましたね。オルガの名付け親のザゴルカさんの実家、ボイボディナ自治州のお宅で過ごしていたのです。

それにしても、なんという人間の悪でしょう。宗教の違いのもたらす悪です。私は伝統は大切にしています。復活大祭のとき卵を染めるし、家族で降誕祭も祝うし、夫の家族の守護聖人の祭り、スラバも守っている。伝統に反対ではありません。こうした習慣は人々を集めてくれますから。でも宗教によって憎悪をかきたてられてはいけないのです。

オルガが語る

あのころのこと、思い出すと、人々がなんだか山のように買いだめしていたでしょう。たくさんの砂糖、たくさんの小麦粉、たくさんの洗剤、食用油、缶詰とか、飲み物とか。

ベドラが語る

そうだったわね。免税店がサラエボにあってね、香水の大安売りをしていた。ルンバとかクリーツィアとか、香水の名前をまだ覚えているわ。そのあとで戦争になり、サラエボに飢餓がやって来たのでした。

ミランが語る

「教育ケーキ」というお菓子のことを覚えているなあ。たった卵一つで、大きいお菓子ができる。なぜ「教育ケーキ」というかといえば、教員の給料はいつも最低だったから。安上がり、という意味でした。それからパンに塗るペーストがあるでしょう。古くなったパンをぼろぼろの粉にして、市販のペーストによく混ぜる。ペーストは、豚肉でも牛肉でもなんでもいい。それをパンに塗って食べましたっけ。

ベドラが語る

つまり、パンをパンに塗って食べるというわけです。重ね食いですね。

すべてを動かす力はお金でした。軍隊を動かすのもお金、自由もお金があれば手に入る。国連軍には何でもありました。煙草もあった。忌まわしいことです。剥きだしの「存在」があるばかりでした。

さっきも申しましたが、避難した先のブルシャッツでは、とても親切にしてもらいました。オルガの名付け親のお母さんのザゴルカさん。親戚だってこんなに親切にしてくれません。申し上げたように、ザゴルカさんがみんなの食事を作ってくれました。ボイボディナ風の料理で、カロリーたっぷりでした。難民生活では、善き人々に出会い、それは幸福なことでした。さっきも言いましたが、ジェラム市場の近くに五年、そのあとズベズダラ区の地理学のイェレナ先生の家を借りました。年金生活に入った先生は、それは善い人でしたよ。難民となった他の人の話を聞くと、それぞれ大変な苦労だったようです。たとえば、家を借りてしばらくして、家族の誰かがあとから来ると、家賃を上げたりとか。でも善き人は、善き人を集めるといいますでしょ。

人が難民生活を始めますとね、わかることがあります。世の中の人はみんな、すべての難民の人を同じような眼で見る。今、シリアからの難民の人々が問題になっていますね。シリアの人々は、識字率も高く、概して教育レベルも高い人たちで、文明生活をしている人々です。またキリスト教とイスラム教が混在する地域です。ところが難民という言葉を聞くと、みんな別のイメージがある。政治は、人々を洗脳しますし。いずれにしろ受け入れ側の難民に対する態度には、多くの問題がある。難民は、掃除機の使い方なんか知らないと思い込んでいたりね。それから難民の人が新しい自動車に乗ったり、毛皮のコートを着たりすると、「なぜ、あなたたち、そんなに良いものを持っているの」と聞かれることになる。難民についてステレオタイプのイメージができている。

それから「この国に慣れましたか」と、よく聞かれましたが、私は同じ国にいるのですよ。同じユーゴスラビア、同じ国の土地だったではありませんか。政治は、人々から教養を奪い取ります。人を愚かにします。民族のアイデンティティーは、この土地では宗教によって分かれていました。これは人間の内なる世界から発せられるものではないのです。政治的な意図から発せられるものなのです。

たとえば十月二十七日は、セルビア正教会では聖女ペトカ（パラスケーバ）のお祭りですね。病を治すといわれる聖女の祭日。ミランのお母さんは、それほど信仰深いというわけではないのですが、一九九二年、この祭日に、カレメグダン公園の聖女ペトカ教会にお祈りに行きました。大変な人だかりで、身動きもとれないくらい。人の波に押しつぶされそうだったと言います。でも二〇〇七年、同じお祭りに教会へ行きますと、それほどの人ではなかった。これは、信仰心というより、政治的なものだったのではないでしょうか。ミランのお母さんは、民族主義的な考え方と無縁ですし、私たち家族も、誰一人、民族主義的な考え方はしていませんけどね。

そういえば、こんなことがありました。ギリシャに旅行して帰るとき。マケドニアに入ると、私は、ああ、自分の国に戻ってきたなと思うのです。たとえ今、ユーゴスラビアが解体して別の国になったとしても、かつてユーゴスラビアの一部だったマケドニア共和国は、私にとっては民族が異なっても、同じ国なのです。

料理のことに戻りましょうね。私の母は、伝統的な料理を作る人でした。豆スープとかピラフなど。でも私は、いろいろ実験するのが好きです。例えばサルマは、一年に一度しか作りません。お正月だけです。郷土料理の代表といっていいピーマンの肉詰めは、一度だって作りません。よく作る料理は、マカロニなど、麺類の料理ですね。魚もよく料理しますよ。野菜は大好きで、よく使います。オリーブ油、葡萄の種の油などを調理には使います。肉は、鳥肉を揚げたりします。それからパプリカを焼きます。

アイバルですか。もちろん作ります。作り方は暗記していますよ。赤いパプリカを十キロ焼き、一晩、笊にのせて水を切る。私たちは、ブルガリヤ製のチュシクペックという特別の電熱器でパプリカを焼きます。単純な機械ですが、とても便利です。それから茄子を三キロ、サイコロに切って、オーブンで焼く。パプリカは皮をむきます。それを合わせて、肉をひく機械でつぶす。大きな鍋に移し、三十ミリリットルの食用油、大匙二杯の食品保存料、そして好みの量の食塩を混ぜ合わせ、しゃもじでかき混ぜながら弱火で煮詰めます。この量ですと、我が家の大きい鍋に二つ分です。全部で七つの大きな瓶のアイバルができます。

私たちは、野菜が大好き。サラダは大好物です。ルッコラ、チッコリア、ビーツ。そしてコマラッチ、これはいい匂いでしょ。ボスニアでよくとれる野菜には、バミアがありますね。日本ではオクラと言うのですか。輪切りにして、ニンニクと玉ねぎのみじん切りとオクラを炒め、少量の水を加えて蒸し煮にします。首飾りみたいにして糸でつないで干したオクラもあるでしょ。あれは水に少量の酢を入れて戻して同じように料理します。最後に、肉を加えてもいいし、クリームチーズを入れてもいいのです。ボスニアでは、トラブニック（Travnik）のチーズが有名ですね。羊や牛の腸にチーズを入れて、発酵させたのもありますよ。ボスニアの名物は、スジュック（šudžuk）というソーセージです。上質の肉の腸詰です。これにマッシュポテトを添えれば、美味しい一皿になります。

このケーキの作り方ですって。このケーキの名前は、必殺ケーキ。だってとてもカロリーが高いのですもの。まず、卵を数個。いちいち数えずに適当です。お砂糖、それから胡桃のパウダー、塩少々とナツメグ少々、ベーキングパウダーとバター。チョコレート三百グラム。チョコレートを溶かして黄身と合わせ、そこに卵白を泡立てて加える。それを型に入れて焼きます。クリームは、砂糖を焦がして、最後に生クリームを入れて少し煮たてたものです。飾りつけはスライスしたアーモンド。

ふたたびミラン

戦争のときは、ベオグラードの家族から届く小包が楽しみでした。アドラ（アドベンチスト教会の人道援助団体）が、ベオグラードで荷物を集めて、サラエボの住所に届けてくれました。

ふたたびベドラ

私たちは、いろいろ倹約して、ミランのために食糧や煙草を詰めた小包を作り、ベオグラードのアドラの事務所に持っていきました。でも、多くの小包は届かなかったようです。

ふたたびミラン

小包が着くと、ほんとうに嬉しかったなあ。煙草、スジュック・ソーセージ、お菓子などが入っている。大切に食べましたね。

ふたたびベドラ

戦争中にね、パンを焼くのを覚えました。パンを買うときにマルクの紙幣を出すと、ディナールでおつりがくる。でも国連の経済制裁中でハイパー・インフレ、すぐにお金の価値がなくなる。そこで、パンは自分で焼くことにしたの。七本のパンを朝晩、毎日。ハイパー・インフレの一九九四年の九か月間、焼き続けたのです。家主さんのため、私たちのため、叔母さん夫妻のためと、毎日、パンを焼きました。小さな金属のボールに水を入れて、オーブンの中におくと蒸気でパンはしっとりする。材料は、みんな人道援助のものでした。小麦粉、マーガリン、スキム・ミルク。あとはイーストがあればいい。一度、黒パンのための小麦粉が届きました。黒パンの小麦粉は、早く使い切らないと、すぐに腐る。そのときは、黒い生地と白い生地を作って編みあげたパンを作りましたね。食べ物は、喜びです。

追記

何度か電話でお話したが、この日に初めてベドラ夫妻に会った。食事をしながらお話しましょうと、誘っていただいて、一年が過ぎていた。光と二人でお宅を訪ねる。バスを降りると、ミランが二匹の犬を連れて散歩から戻るところだった。一匹はプードル。もう一匹は茶色の雑種、ミランの車に轢かれて怪我をして、その日から家族の一員になった。

ベオグラードの郊外の集合自由宅。光に満ち、白を基調とした明るい家。壁をサラエボの画家の油彩が飾る。食堂のテーブルには、花模様のテーブルクロス。さまざまなご馳走が並ぶ。セロリのクリームスープは優雅な味。メインは仔牛のロールのオーブン焼き。サラダは、マトビベッツという緑の柔らかな野菜。クロアチアやスロベニアで見かけるが、セルビアでは珍しい。最後は、絶妙な味と香りのチョコレート・ケーキ。食事の前にゆっくりお話を伺い、豊かな食卓を囲んだ。初めて会ったのに、善き友と再会をしたような思いだった。

ベドラの先生であるサラエボ大学文学部のブチコビッチ教授は、ノーベル賞作家のアンドリッチの研究の第一人者。私のサラエボ時代の指導教官である。先生も難民となり、夫妻でベオグラードに移り住んだ。ブチコビッチ教授とお会いし、旅や文学の話をするのは喜びであった。二〇一五年一月四日永眠。

Ⅶ　小さな料理手帖

純金は飲めぬ、食えぬ

語り手たちの話に登場する伝統的な家庭料理を、ここに記しておく。セルビア語の料理の名前の七割ほどが、外来語なのだそうだ。オスマン・トルコ帝国の支配下で伝えられたトルコ系の料理、オーストリア・ハンガリー帝国支配下の地域に伝わるドイツ系の料理が混じりあうバルカン半島ならではのこと。トルコ語、ハンガリー語、ドイツ語起源の言葉が、食材や料理の名、道具の名前にまでちりばめられている。例えば、セルビア語では砂糖はシェチェル（šećer）と言うが、これはラテン語を語源とするトルコ語から入った外来語である。ちなみに塩はソー（so）、スラブ語系である。料理は、国境や言葉を越えて旅をして伝えられ、歴史という鍋のなかで煮込まれてきた。唇から耳へと、歌が伝わるようにして……。

セルビアで最初に料理本が出版されたのは一八五五年、オーストリア・ハンガリー帝国の領内にあったゼムン（現在のベオグラードの行政区の一つ）で、著者はセルビア正教の司祭修道士イェロテア・ドラガノビッチ、セルビア民族の伝統料理を紹介したものだと言う。その後、他の著者によって北部の伝統を示す料理本が書かれたが、セルビアの中央部、南部のコソボ・メトヒヤの料理の作り方を収めた本は、なんと一九八四年に出版された旧ユーゴスラビア時代の料理本が最初ということだ。大手出版社ＢＩＧＺにより刊行された。残念ながら、この出版社は社会主義の崩壊とともに倒産した。

セルビア中部と南部、コソボ・メトヒヤの煮込み料理の美味しさは言葉に尽くせないほどだが、本書の語り手たちが言うように、「書き取る」のではなく、母から娘、姑から嫁へと台所で伝えられてきた。口承というより、家族の絆、人と人の繋がりで伝承されているからだろうか。料理の作り方の伝承は、口承文学の一部をなしているのかもしれない。

語り手の話からもわかるように、セルビアでは宮廷料理や貴族料理は発達せず、家庭料理が中心だ。刻み方や煮方、焼き方をはじめ、盛り合わせの仕方など、細かい規則や決まりに縛られず、素朴でおおらかだ。ステーキや揚げ物など一人分を皿に盛り合わせるのでなく、大きな人数が一つの大きな器を囲み、それぞれ食べられる分を取る形が多い。そう言えば、日本の鍋料理と相通じるもの、分け合いの精神がある。

セルビアとボスニアの料理は、トルコの文化の影響を強く受けて発展した。調理の方法からみれば、炭焼き系と煮込み系の二つに大別できるだろう。肉が豊富で新鮮な土地だから、ロシティルと呼ばれる肉の炭焼きは、居酒屋のメニューや野外でのご馳走に欠かせない。子豚や仔牛の丸焼きは、祭りごとの楽しみだ。だが難民生活をくぐりぬけた語り手たちが語るのは、静かな炎でじっくり鍋で煮込む料理、あるいはオーブンでゆっくり焼く料理がほとんどだ。豆スープ、グーラッシュ、肉詰めパプリカなどは、前日から仕込むことができ、煮返すとさらに味が深くなる。不意の客をもてなす知恵でもある。

ブルニャチカ・バニャで伝統料理の作り方を教えてくれたコソボの女性、ラーダが、ひき肉、玉ねぎなど肉詰めパプリカの材料を挙げ、最後に、「そして魂」と言った。また見事なピッタの皮を作るリュビンカは、皮の材料と手順を説明して、最後に、「そして愛をこめて」と言った。心をこめて作ること、食べる人たちの顔を思い浮かべて作ること、食卓を囲んで食物を分け合うこと、それが語り手たちの料理の美学である。

グーラッシュ гулаш; gulaš

ハンガリーの料理だが、旧ユーゴスラビアほぼ全域で食される家庭料理である。パプリカの赤い粉は、日本料理に醤油が欠かせないのと同じ、大切な調味料、辛いものと辛くないものがある。セルビアの北部、ホルゴシュ（Horgoš）というハンガリー系の町のパプリカ工場が有名。どの家の台所にもある。

グーラッシュといえば、忘れられない旅がある。一九九三年の晩秋、セルビアの南部クルシュムリエ村、赤十字が管理する難民センターを訪ねたときのこと。この本の語り手でもあるセーカが、「あの難民センターの自主管理は素晴らしい。難民女性たちが自分の手で取り仕切っている。訪ねてごらん」と言ったのだ。

ボスニア、クロアチアから難民となって来た母子たちが共同生活を送っていた。本来は、子供休暇村の建物。調理された料理が届けられるのが普通だが、ここでは女の人たちが、所長と話し合って、援助物資は食材として支給してもらい、自分たちで台所を切り盛りしていた。自治というより大家族。料理当番、清掃当番、配ぜん係を決め、集団生活する。和やかな空気だ。本職が小学校の教師である所長は、午後の時間に子供たちの宿題を手伝う。庭にはキャンピングカーが二台。戦場に残る夫が、家族に面接に来たとき、一家水入らずで過ごせるようにという配慮だ。日頃は、いくつもベッドのある部屋での共同生活なのだから。

昼食の時間となり、大きな食卓を囲む。誰もがきびきびとしていた。そのときに出たのがグーラッシュ。当番の女性たちが、巨大な鍋でじっくりと煮込んだ。子供たちと食卓を囲む。美味しかった。

サラエボから来た難民の女の人と仲良しになって、部屋を見せていただいた。小さな子の母。近所の農家の畑仕事を手伝い、卵をもらう。部屋の洋服ダンスの上の器に、卵が大切に置かれていた。子供に食べさせるの、と言う。夫がサラエボから出てきたら、外国へ移住したいと言った。当時は、サラエボから男性が脱出するのは困難だった。いずれかの軍隊に動員されていたからだ。あの難民センターは、ずいぶん前に閉鎖になった。みんなどうしているだろうか。

材料（五人分）
牛肉または豚肉の塊　五百グラム
玉ねぎ　中二個
ニンニク　三片
トマトジュース　カップ二杯半
固形スープの素　一個
人参　一本
月桂樹の葉　二枚ほど
水　カップ六杯（好みにより加減する）
小麦粉　大匙一杯
パプリカの粉　大匙一杯
植物油　少々

肉に塩コショウをして手でよくなじませ、大き目のサイコロに切る。ニンニクと玉ねぎをみじん切りにし、厚手の鍋に植物油を少し入れて強火でよく炒め、肉を加えさらに炒める。肉の表面が白っぽくなったら火を弱め、パプリカの粉大匙一杯を加え、トマトジュースを少し注ぎ、月桂樹の葉を入れ、蓋をして弱火で五分ほど煮る。しゃもじでかき混ぜながら、少しずつ残りのトマトジュースを加え、さらに弱火で煮込む。ときどき蓋を開けて、用意した水を少しずつ加える。一時間ほどすると、肉は柔らかくなっている。

小麦粉大匙一杯をコップに入れて、水大匙二杯を少しずつ注ぎかき混ぜ、少しずつ鍋の中央に注ぎながらスープに混ぜ込む。塩とコショウで味を調え、火から降ろしてできあがり。付け合わせはマカロニ、またはマッシュ・ポテト。忙しいときはジャガイモ四個の皮をむき四つ切りにして、トマトジュースを入れる前に入れ、一緒に煮込む。

日本ならば、炊き立てのご飯にも合う。余れば、翌日カレールーを加えカレーにすることもできる。

玉ねぎしきつめ肉団子（チュフテ・ウ・ルーク） ћуфте у луку; ćufte u luku

語り手のゴルダナ・ボギーチェビッチが教えてくれた料理。チュフテはトルコ語起源の言葉で肉団子を意味する。彼女の語りに従って作ると、こんな感じになる。

材料（五人分）
合いびき肉　五百グラム
玉ねぎ　一キロ
ニンニク　四片
植物油　少々
卵　一個
古いパン　少々（食パンなら薄切り一枚、大匙三杯の小麦粉で代用してもよい）
塩、コショウ　少々

オーブンを二百度に温めておく。平たい大きな器を用意し、植物油を薄く塗り、玉ねぎをくし切りにして器にしきつめる。器はホーロー引きでも、耐熱ガラスでもよい。

肉団子を作る。パンは、水または牛乳に浸して絞る。ボールに、ひき肉と卵、ちぎったパン、ニンニクのみじん切りを入れて、塩コショウをして、こねる。このタネをティー・スプーンですくい、手でクルミ大の

肉団子に丸めて、玉ねぎをしいた器に並べていく。

オーブンで三十分ほど焼いて、肉団子に焦げ目がついたら裏返してさらに十分ほど焼いて出来上がり。

肉団子は大きすぎると食べる楽しみが半減するし、焼くときに水っぽくなる。焼く時間は、オーブンや食材の様子で異なるので調整すること。火が強ければ、最初の二十分は、アルミホイルで器を被ってもいいが、焼き時間は少し長くなる。赤ワインがあう。

イラクサのスープ（チョルバ・オト・コプリベ）чорба од копривe; čorba od koprive

春から夏にかけて生える野草のニガヨモギの一種。ラテン名はUrtica dioicaだ。日本のイラクサとは少し種類が違うらしい。正確にはセイヨウイラクサである。草の名前は、スラブ系の言葉である。肌に触れるとちくちく焼けるような痛みがある。ベリスラブやドラガナをはじめ、多くの語り手の話に登場した。痩せた土地にも生える野草である。種にも栄養がある。芥子の実のように小さい緑の粒だ。蜂蜜につけこみ小匙一杯、朝、食べると抵抗力がつく。種はパンの生地に混ぜたり、スープやシチューに入れたりする。葉っぱもビタミンCや鉄分が豊富で、市場には五百グラムほどを袋に入れて売っている。干してお茶にすることもできる。花粉症などのアレルギーにも効く。湯がいて水を切り冷凍してもよし。ここではイラクサのスープを紹介する。素朴な味はなかなか深い。レストランではあまり見かけないが、ベオグラードのレストラン「ブーク」のメニューにある。我が家では、私のほかにイラクサのスープが好きな人はいない。

材料（五人分）
イラクサの葉　五百グラム

固形スープの素　一個
水　一リットル
ニンニク　一片
牛乳　好みで少々
植物油　少々
小麦粉　大匙一杯

大きな鍋にたっぷり湯をわかし、ホウレンソウと同じ要領で、イラクサの葉を湯がく。冷水で粗熱を取り、水を切って絞り、みじん切りにする。ブレンダーにかければ、舌触りがなめらかだ。厚手の鍋に植物油少々を熱し、みじん切りのニンニクを入れてイラクサをさっと炒め、水一リットルを注ぎ、固形スープの素を入れ、強火で煮る。沸騰したら、五分ほど弱火でさらに煮る。小麦粉大匙一杯を少量の水、または牛乳で溶き、静かに鍋に注ぎ、かき混ぜてから火を切る。できあがったスープに、生クリームを落としてもよい。お好みで、最後に牛乳をカップ一杯注いでもいい。湯がいた水は捨てずに、少し冷まして飲むと体によい。

❖肉詰めパプリカ（プーニェナ・パプリカ・サ・メーソム）

пуњена паприка са месом; punjena paprika sa mesom（口絵参照）

夏から秋にかけて、パプリカの黄色と朱色が市場を彩ると、食卓に登場する。コソボの女性たちが、池澤夏樹さんを手料理でもてなしたときにも、使い込んだ土鍋にパプリカが湯気を立てていた。

材料（五人分）

合いびき肉　五百グラム
玉ねぎ　五百グラム
人参　二本
セロリ　半個
米　カップ半杯
パプリカ　一キロ
植物油　少々
塩、コショウ　少々

細長いシーリャ

ころころ形のバブラ

玉ねぎ、人参、セロリをみじん切りにして、植物油少々で炒める。最後に、月桂樹の葉を入れ、炒め終わったら葉っぱを取り除く。米とひき肉を入れて混ぜあわせ、さっと炒める。塩とコショウを少々加える。これをヘタをくりぬいたパプリカに詰め、深鍋にきっちり並べる。二段に重ねない。ひたひたに水を注ぎ、最初は強火、沸騰したら弱火で四十五分ほど煮る。セロリが嫌いなら、なくてもよい。

火の通ったパプリカを土鍋（耐熱ガラスの器）に移して、さらにオーブンに入れ、二百度で三十分焼いてもいい。パプリカには、ころころ形のバブラと、細長いシーリャと二種類ある。この料理はころころ形のものを使う（イラスト参照）。肉なしで作ってもよい。米の量を多くし、胡桃を粉にしたものを詰める。

ジャガイモ詰めパプリカ（プーニェナ・パプリカ・サ・クロンピーロム）

пуњена паприка са кромпиром; punjena paprika sa krompirom

バニャ・ルカのリュビツァの家に泊めてもらったときのご馳走。夏の料理である。熱々でも、冷たくしても美味しい。冷蔵庫で数日、保存できる。

材料（五人分）
パプリカ　八百グラム
ジャガイモ　八百グラム
トマト　大一個
玉ねぎ　大一個
水　カップ半杯
コショウ　小さじ半杯
塩　少々

グレーダー

パプリカのヘタをくりぬく。ジャガイモの皮を剥き、グレーダーなどのおろし器（イラスト参照）で粗くおろす。玉ねぎをみじん切りにして、植物油少々で炒め、そこにジャガイモを加えて炒め、さらにトマトのみじん切りを加えてカップ半杯の水を加えてさらに炒め、塩とコショウで味をととのえる。これをパプリカに詰め、平たい器に並べ、アルミホイルで被い、オーブンに入れて、二百二十度で四十五分焼き、ホイルを取り、さらに十分くらい焼く。こんがり焦げ目がついたら出来上がり。

豆スープ（パスリ）пасуљ; pasulj（口絵参照）

多くの語り手たちの話に登場した家庭料理の定番。豆は安いタンパク源であり、一度に大量に作れるし、乾物だから保存がきく。軍隊や難民センターでも必ず食され、居酒屋の日替わりメニュー、学生寮の食堂にも出てくる。降誕祭や復活大祭の前に四十日間ほど続くセルビア正教会の斎《ものいみ》の時期には、肉を入れない豆スープを作る。修道院の精進料理にも欠かせない。料理の名前はパスリ。素朴にも食材の豆の名そのままである。セルビアの素晴らしい燻製肉が入ると大御馳走だ。豆料理には、何十種類も作り方がある。本書のドレジニツァのバリボもこの料理が基本で、キャベツの塩漬けを千切りにしたものを加えたものだ。

豆料理の伝統は、ローマ帝国の時代のラテン文化、ビザンチン文化の時代にまで遡り、セルビアの歴史と深い繋がりがある。セルビア語の慣用句には「豆のように簡単だ（Prosto kao pasulj）」があるほか「（状況など）やっと納得する、理解する」、「意識するようになる」といった意味の「オパスリティ セ（opasuljiti se）」という動詞もある。セルビアには豆占いの習慣があり、それに由来しているかもしれない。四十二粒の豆を並べ、現在と未来を占うということだ。

豆料理というと思い出すことがある。オシェック生まれ、ザグレブ育ちの義父ブランコ・ブケリッチが、東京で暮らしていたときに懐かしがった故郷の料理もパスリだったと、義母淑子から聞いた。淑子が料理の本を見ながら、ポーク・ビーンズを作ったら、ずいぶん違うな、と言われたそうだ。実際、似て非なるものだ。思わず笑ってしまったが、二人はそれぞれ残念に思っただろう。ユーゴスラビアで第二次世界大戦が勃発し、ナチス・ドイツに占領されたと聞くと、穏やかな性格のブランコは大変に怒り、祖国に行ってすぐ戦いたい、と叫んだと淑子は語っている。東京での任務があり、戦地には向かわなかったが……。

豆料理は厚手の鍋で煮込む。だが土鍋で、ごく弱火の薪の竈で一晩かけて煮ると絶品だと親友ミレニアの夫は目を細めて言った。語り手のゴルダナ・ボギーチェビッチをはじめ、肉なしで作るのが好きと言う人も多い。汁の多いものが好きな人から、とろみの強いものが好きな人までいろいろで、それぞれの家庭の味がある。あなたの味を見つけてください。私は、野菜（パプリカ、人参、セロリの根など）をみじん切りにして別々に炒めて最後に合わせ、煮えかけた豆に入れて弱火で煮込み、最後にトマトのみじん切りを入れるのが好き。

材料（五人分）
豆　五百グラム（金時豆、白花豆、うずら豆など）
豚のベーコンの塊　二百五十グラム、または豚のあばら骨の燻製　五百グラム
玉ねぎ　二個
ニンニク　四片
小麦粉　大匙一杯
植物油　カップ半杯
パプリカの粉　少々
月桂樹の葉　二枚
塩、コショウ　少々

豆を深鍋に入れ、豆の三倍量の水に一晩つけておく。翌朝、水を捨てて豆を洗い、新しい水を深鍋にたっぷり入れて十五分強火で煮て火を止め、煮汁を捨てて水を切り、豆を鍋に戻し、冷水を注いで強火で煮る。そこへ玉ねぎのみじん切り、ニンニクのみじん切り、月桂樹の葉を入れ、熱湯で洗ったベーコン（または、豚のあばら骨の燻製）を加えて、豆がすっかり柔らかくなるまで弱火で煮込む。粒を取り出して、親指と人差し指のあいだで楽につぶれるくらいがいい。このころには、ベーコンもとろけている。

フライパンに植物油を熱し、小麦粉を炒め、パプリカを加えよく混ぜ合わせ、ザプルシカ（ルー）を作り、豆の鍋の中心に注ぎ、よく混ぜる。とろみの具合は、好みにあわせ、熱湯を注いで加減する。このあと弱火でしばらく煮る。ベーコンの塩加減にもよるが、味をみて塩、コショウで味をととのえて出来上がり。ベー

コンは取り出して、小さく切り分け、別の器に入れてすすめる。翌日、温め直すときは少し熱湯を加え、火のそばからはなれず、ヘラでかき回すこと。焦がしてしまうと泣きたい気持ちになる。深鍋は、食卓の真ん中に置き、それぞれがお玉で好きなだけすくって食べると愉しい。パンが合うが、炊き立てご飯でもいい。

◇肉のサルマ（サルマ・サ・メーソム）capма са месом; sarma sa mesom（口絵参照）

コソボから難民となったスターナをはじめ、多くの語り手たちの話に登場する料理である。セルビアやボスニアの冬料理の代表格。一族の守護聖人の祭り、正月や降誕祭（セルビア正教では一月七日）、成人式（当地では十八歳の誕生日が成人式）、結婚式、葬儀や四十日（日本の四十九日にあたる）のご馳走には、サルマが必ずといっていいほど登場する。学生寮の食堂や居酒屋は、晩秋から春の初めまで、キャベツの塩漬けと肉を煮込んだ匂いでいっぱいになるほど、代表的な郷土料理である。日本の家庭料理のロールキャベツとは違って、キャベツの塩漬けの葉っぱを使うので、葉を湯がく手間がない。準備はそれほど難しくないが、弱火で長い時間をかけて煮込む。煮返せばさらに美味しいのは、肉詰めのパプリカと同じである。またパンを使わず、米を使うので味はしっとり優しい感じになる。

キャベツの収穫の時期は秋だ。十月の終わりから十一月にかけて、市場には大きなトラックで新鮮なキャベツが届く。団地の路上に車を停めて、キャベツを量り売りする農家の人も少なくない。多くの家庭は、十キロや二十キロ、大量のキャベツを買って、自分の家で塩漬けする。昔は木の樽だったが、今はプラスチックの樽となった。

今でこそ温室野菜が買えるし、野菜の保存の方法が変わったから冬の市場の野菜は豊富になったが、ひと昔前までは、冬は玉ねぎくらいしかなかった。キャベツの塩漬けは、冬季の貴重なビタミン源である。スーパーマーケットでは真空パックが買えるが、保存料などが入っている。何と言っても自家製のキャベツが最高である。キャベツの塩漬けは、市場で農家の手作りを買うことができる。

サルマとは、野菜の葉にひき肉と米を詰めた料理の総称である。トルコ語の「巻く」を意味する動詞sarmakが語源である。キャベツの塩漬けが最も有名だが、そのほか美味しいのは、葡萄の葉を湯がいて使うサルマ。ゼーリェという細長い葉野菜を使ったものも味わい深い。キセロ・ムレーコというサワークリームをかけて食する。ヨーグルトで代用してもよい。干し肉を入れて煮込むのが美味しいが、日本ではベーコンの塊が手軽だろう。

材料（五人分）
塩漬けキャベツ　一個
合いびき肉　五百グラム
玉ねぎ　五百グラム
米　大匙六杯
植物油　半カップ
パプリカの粉　大匙一杯
月桂樹の葉　三枚
塩、コショウ　少々
ベーコンの塊　百グラム
固形スープの素　一個

塩漬けキャベツの塩味が強ければ、しばらく水につけて塩出しをする。葉を一枚ずつ丁寧に剥がし、筋を取り除く。玉ねぎをみじん切りにして植物油でよく炒め、塩とコショウで味付けをしたひき肉を加え、米を加えてパプリカの粉を入れてさらに炒める。ひき肉を入れてからは長く炒めないこと。ほんの少し、食材をあわせる感覚でよい。これをキャベツの葉で巻き、深鍋に隙間なく並べていく。重ねずに、一段になるようにする。ベーコンを小さく切り、キャベツの間に挟むように並べる。ひたひたになるまで水を注ぎ、弱火で二時間から三時間、じっくり煮込む。

鍋を使わずに、耐熱ガラスに並べ、アルミホイルで被い、オーブンに入れて、百八十度で二時間ほど蒸し焼きにしてもいい。また深鍋で、二時間ほど弱火で煮たものを、耐熱ガラスに移し並べ、百八十度で三十分ほど焼いてもいい。大きな器を食卓の上にのせて、めいめいが取り分ける。

セルビア・サラダ српска салата; srpska salata

夏のサラダの代表である。セルビアの夏野菜の味は素晴らしい。よく熟したものが市場に山のように並ぶ。切り方一つで、同じ材料がこんなに変わる。ある雑誌を見ていたらモロッコのサラダによく似たものがある。これも地中海の料理なのだろうか。

材料（五人分）
- トマト　二個
- 胡瓜　二本
- 玉ねぎ　小一個
- 塩、コショウ　少々
- 植物油　少々

酢	少々

トマトと胡瓜を細かいサイコロに切り、玉ねぎをみじん切りにする。野菜をボールに入れて合わせ、塩、コショウで味をととのえ、好みの量の植物油を入れなじませて、最後に酢を入れて味をととのえる。トマトの酸味がはっきりしていれば、酢はなくてもよい。

◇◈◇バニラ・クッキー（バニリツァ）ванилица; vanilica

スネジャナが夫のために最後に作ったバニラ・クッキー。セルビアの手作りお菓子の代表である。旧ユーゴスラビア各地で食される。ラードを使うのが香り高いが、マーガリンやバターでもよい。パン屋さんでも自家製を売っている。

材料（およそ五十個）

ラード	百五十グラム（マーガリンやバターを代用する場合は、二百グラム）
砂糖	二百グラム
バニラシュガー	四十グラム
小麦粉	五百グラム
卵黄	一個
粉砂糖	七十グラム
アプリコットジャム	百五十グラム

ラードに砂糖を入れて勢いよくしゃもじでかき混ぜ、そこにバニラシュガーを四十グラム入れ、黄身一個を加えてさらにかき混ぜて、小麦粉を約半キロくらい入れてこねる。手につかないくらいの小麦粉の量がいい。少しずつ小麦粉を入れて加減する。板に伸ばして、指一本（つまり一センチ弱）の厚さにする。生地をラキアのグラスを使って型を抜く。つまり直径三センチのグラス、またはクッキーの円形の型を使ってもよい。ラードを薄くひいた天板に並べてオーブンに入れて、二百度で焼く。十分から二十分、焼きすぎないこと。冷えてから一枚にアプリコットジャムを塗って、もう一枚を合わせる。最後に粉砂糖をまぶす。

◇◈◇ マーブル戦争ケーキ（ムラモルニー・ラトニー・コラッチ）

мраморни ратни колач; mramorni ratni kolač

この書物を書き終えようとすると、三男から電話があった。「もう遅いかもしれないけど、美術大学の友達のミリツァに、この本のことを話したらね、彼女は戦場だったボスニアのトゥズラ市の出身で、戦争中の食べ物のことを話してくれた。携帯でミリツァのお母さんの料理の作り方を送ってもいいかな」と言う。ミリツァのお話は次の機会に書きたいけど、お菓子の作り方は、必ず翻訳すると私は言った。届けられた画像は母の古いノートの三ページ。カカオらしい沁みが付いている。Ⅵ章のドラガナ・ゴレタの住んでいた町だ。

マーブル・ケーキは、本来は、卵やバター、牛乳やバニラ、チョコレートが入る。ここに記すのは、厳しい戦時に生まれた質素な菓子だ。私自身もそうだが、作り方をノートに記すとき、材料を書きとめ、残りは速記のような表現で記す。ミリツァの母の料理手帖も同じだ。作り方を記したページの下に、「メンスーラの蜂蜜クッキー」と記されていた。メンスーラはムスリム系の女性の名前。仲良しのお隣さんから教えてもらった作り方に違いない。私のノートにも、料理を教えてくれた人の名を記したものがある。内戦のなかで、セルビア人とムスリム人の女たちは、民族を越え、料理を教え合っていた。胸が熱くなった。

材料（五人分）
砂糖　カップ半杯
牛乳　カップ二杯
重曹　大匙一杯
小麦粉　カップ五杯
カカオ　大匙一杯

砂糖と牛乳をかき混ぜ、小麦粉と重曹を入れる。バットに油をしいて生地の半分を流し込む。残りの生地にカカオ大匙一杯を混ぜて、その上に重ねるように流し込む。オーブンに入れて、二百度で三十分焼く。生地に爪楊枝を刺して、何もつかなかったら焼き上がり。

ラミザ風ユーロクリーム（エブロクリーム、ラミザ）Еврокрем (Рамиза); Evrokrem (Ramiza)

これもミリツァのお母さんの料理手帖から。エブロクリーム（ユーロクリーム）とは商品名で、子供がパンなどに塗って食べる甘いチョコレート入りのクリームのこと。半分はチョコレート味、半分はヘーゼルナッツ味の二色が同じ器に入っている。

ユーゴスラビアが国連経済文化制裁の下にあった一九九二年から一九九五年は、ハイパー・インフレで、ベオグラードの公務員も給料が遅配、援助物資が配られた。その中に、スキム・ミルクがあった。チェルノブィリ産だという噂が流れた。私の勤務先でも配られたが、製造年月日も産地も記されぬ怪しげな袋入りだった。この謎めいた白い粉は、多くの家庭で、子供のための甘いクリームになった。本書のドラガナの母も、やはり同じようなやり方でこのクリームを作っている。括弧のなかにラミザと記されている。ムスリム系の女性の名前で、やはり作り方を教えてくれた人なのだろう。トゥズラ市というボスニアの民族が混住する地域。女たちの生き方が伝わる。

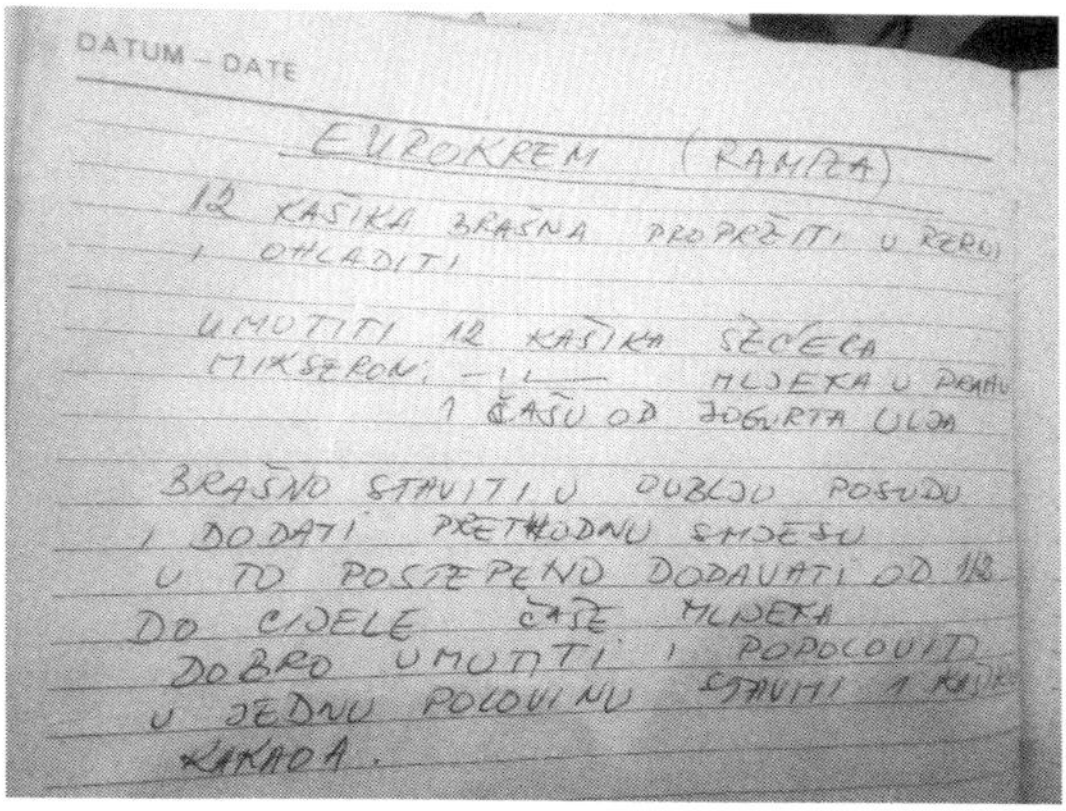
DATUM – DATE

EUROKREM (RAMIZA)

12 KAŠIKA BRAŠNA PROPRŽITI U RERI
I OHLADITI

UMUTITI 12 KAŠIKA ŠEĆERA
MIKSEROM — MLIJEKA U PRAHU
1 ČAŠU OD JOGURTA ULJA

BRAŠNO STAVITI U DUBLJU POSUDU
I DODATI PRETHODNU SMJESU
U TO POSTEPENO DODAVATI OD 1/2
DO CIJELE ČAŠE MLIJEKA
DOBRO UMUTITI I POPOLOVITI
U JEDNU POLOVINU STAVITI 1 KAŠIKU
KAKAOA.

ミリツァのお母さんの料理手帖
ユーロクリーム（ラミザ）

材料（五人分）
小麦粉　大匙十二杯
砂糖　大匙十二杯
スキム・ミルク　大匙十二杯
植物油　カップ一杯
カカオ　大匙一杯

バットに小麦粉を入れて、二百度に温めたオーブンで焦がし、冷やしておく（A）。スキム・ミルクと砂糖と植物油をミキサーで攪拌する（B）。大きな器に（A）を入れて、そこに（B）を少しずつ入れながらかき混ぜる。このうち半分を別の器に入れて、カカオ大匙一杯を加えてよく混ぜて、残りの半分と混ぜ合わせる。プラスチックの器に入れて冷蔵庫で保存する。

セルビア料理の道具

バリャチャ（варјача; varjača）

木製のしゃもじ。日本のものより柄が長い。かき混ぜたり、すくったり、料理には欠かせない。鍋のお焦げを剥がすのにも便利。先がスプーン状のものと、ヘラ状のものとある。

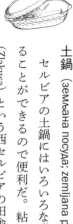

主婦の象徴でもある。なお子供のお仕置きに、お尻を叩くのもこのしゃもじが使われる。あまり痛くないし、怪我もしない。言うことを聞かない子供に、しゃもじを振り上げて、「お尻をたたくよ」と言うだけで効果はある。今はどうか知らないけど。

土鍋（земљана посуда; zemljana posuda）

セルビアの土鍋にはいろいろな形のものがあるが、楕円形で少し浅いものが、オーブンに入れることができるので便利だ。粘土に石の粉を混ぜて作るので、耐久性がある。ズラクーサ（Zlakusa）という西セルビアの田舎町が有名な産地である。ゆっくり熱が伝わり、ゆっくり冷めていく。煮込み料理や肉を焼くときには、この器で作ると味が違う。

レンデ（ренде; rende）

おろし器の一種。ボックスグレーターと呼ばれる箱型のタイプで、四面に大きさの違う穴があり、細かくおろす、粗くおろすなど、食材や用途によって使い分けることができる。素朴な道具だが、ビーツや人参のサラダなどには欠かせない。どの家の台所にもある。名称はトルコ語起源。

まな板（Даска; daska）

セルビアの家庭で使われるまな板は、円形のもの、長方形に取手のついた形のものなどがある。長方形のものは少ない。

追記

一九九九年の四月、ＮＡＴＯによる空爆が続くベオグラードで流行ったお菓子があった。洋装店のスラビツァが、「友情のお菓子」と言って、茶色のケーキと、プラチックの器に手作りのイーストをくれ、作り方を書いた紙片をくれた。甘酸っぱい香りで、果物を使った天然酵母らしい。このイーストを紙片の指示に従って増やし、半分はお菓子にして焼き、残りのイーストは、作り方を別の紙片に書き写して友達に贈りなさいという。焼き上がりは、なかなか美味しい。十三階のドラギツァに持っていくと、彼女は喜ばず、すっかり用心して言った。「でも誰が始めたか分からないし、衛生面だって……」私の作ったイーストは、ここでストップした。やがてＮＡＴＯは送電線をショートさせる新型爆弾を使い、停電続きでオーブンは使えず、「友情のお菓子」も忘れ去られた。だが、ずっと激しい空爆が続いたコソボ・メトヒヤの女性たちには、こんな呑気な生活はなかったろう。

*

一九九四年、国連経済文化制裁下で流行ったクッキーがあった。内戦当時の国連事務総長の名にちなんだブトロスブトロス・ガリ・クッキー。別名は、エンバルゴ・クッキー（制裁クッキー）。作り方は、大学の図書室の司書が教えてくれた。小麦粉、食用油、砂糖、バニラシュガー、トマトジュースを少々。彼からクッキーを一枚もらった。和菓子風の軽いクッキーで、ひよこサブレーみたいだ。作り方を書いた紙片を探したが、どこにもない。幻のクッキーになった。

*

団地の居酒屋『聖ニコラ』にお願いし、料理の写真を撮らせていただいた。写真家のジタレビッチさんが厨房で撮影。店主の家族は、クロアチアの軍政国境地域、クライナ地方の出身で、曽祖父の代から居酒屋を経営している。三十年ほど前、この団地の小学校の前に、最初はプレスカビッツァ（ハンバーグのようなセルビアのひき肉料理）屋さんを開き、その後、郷土料理の店を作った。

先代のスラブコ氏は引退し、息子のニコラ氏が受け継いだ。店に流れる音楽は、旧ユーゴスラビア時代の懐メロのかわりにジャズになったが、柱の木のこげ茶色が美しく、白い壁、白い木綿のテーブルクロスはこれまで通りだ。この日の調理人は、ベーバとドラギツァ。ベーバはビェロ・ポーリェ市出身、ドラギツァはフォチャ市出身。ボスニアの内戦でフォチャは激戦地であった。料理の器を選んだり、位置を変えたり、撮影を手伝ってくださる。内戦のとき、ドラギツァは少女だったはず。サルマは、ゆっくり時間をかけて弱火で煮込むのだと、彼女たちは口をそろえて言った。美しい人たちだった。煮込み料理の温もりは、魂まで温めるなあと思った。撮影の後、ジタレビッチ夫妻とサルマを味わう。新鮮な野菜と肉、そして魂も入っていた。

参考文献

・この本を書くにあたって、次の書物を参考にした。

И. Клајн и М. Шипка, *Велики речник страних речи и израза*, Прометеј, Нови Сад, 2007.（クライン、シプカ共著、『外来語外来表現大辞典』、プロメティ社、ノビ・サド、二〇〇七年）

Б. Грубачић и М. Томић, *Српске славе*, Литера, Београд, 1988.（グルバチッチ、トミッチ共著、『セルビアの守護聖人祭』、リテラ社、ベオ

グラード、一九八八年）

Historijski arhiv u Karlovcu, Zbornik 12, *Partizanska Drežnica*, Karlovac, 1982.（カルロバッツ歴史文書館編、論文集第十二巻、『パルチザンのドレジニツァ』、カルロバッツ、一九八二年）

Damir Pešut, *Spomen područje Partizanska Drežnica i Gornji Brinjski kraj*, povijesno-turistički vodič, Odbor Spomen područje Partizanska Drežnica i Sveučilište Ogulin, 1981.（ダミル・ペシュト著、『記念地域パルチザンのドレジニツァ及びゴールニー・プリンスキー・クライ歴史・観光案内』、記念地域パルチザンのドレジニツァ委員会、オグリン人民大学刊、オグリン、一九八一年）

Златија Продановић-Младенов, *Велики српски кувар*, БГЗ, Београд, 1993.（ズラティヤ・プロダノビッチ＝ムラデノフ著、『セルビア料理』、ＢＧＺ社、ベオグラード、一九九三年）

Kristina Mero Matjašič, *Kuhjmo po domače*, Mladinska knjiga, Ljubljana, 1985.（クリスティーナ・メロ＝マティヤシッチ著、『郷土料理を作ろう』、ムラディンスカ・クニーガ社、リュブリャナ、一九八五年）

Велики народни кувар, према Спасенији-Пати Марковић, Веселим Маслеша, Сарајево, 1971.（『民族料理』、スパセーニヤ＝パータ・マルコビッチ、ベセリン・マスレシャ社、サラエボ、一九七一年）

・各章の冒頭に置いたセルビアの諺は、次の研究書より引用し翻訳した。

Милан З. Влајнац, *Пољска привреда у народним пословицама*, Београд, Радио Телевизија Србије, 2007.（ミラン・ブライナッツ、『諺における農業』、セルビア・ラジオ・テレビ刊行会、二〇〇七年）

・次の拙著も合わせてお読みいただけたら幸いである。いずれも内戦に関わる書物である。

『解体ユーゴスラビア』、朝日新聞出版、一九九三年
『ある日、村は戦場になった』、創美社、一九九五年
『そこから青い闇がささやき』、河出書房新社、二〇〇三年
『みをはやみ』、書肆山田、二〇一〇年
『ベオグラード日誌』、書肆山田、二〇一四年
『戦争と子ども』、西田書店、二〇一五年（山崎光・絵）

・セルビア文学からは、次の翻訳書をお勧めする。

イヴォ・アンドリッチ、『ドリナの橋』、松谷健二訳、恒文社、一九六七年

『ユーゴスラビアの民話Ⅰ』、栗原成郎・田中一生共訳編、恒文社、一九八〇年（ブーク・カラジッチが収集した民話の翻訳書）
『ユーゴスラビアの民話Ⅱ　セルビア英雄譚』、山崎洋・山崎淑子共訳編、恒文社、一九八〇年（ブーク・カラジッチが収集した民謡の翻訳書）
イヴォ・アンドリッチ、『呪われた中庭』、栗原成郎訳、恒文社、一九八三年
イヴォ・アンドリッチ、『サラエボの鐘』、田中一生・山崎洋共訳、恒文社、一九九七年
ダニロ・キシュ、『若き日の哀しみ』、山崎佳代子訳、東京創元社、二〇一三年
谷川俊太郎監修・正津勉編、『白い乳房、黒い乳房』、ホーム社、二〇〇九年（本書で触れたデサンカ・マクシモビッチの詩「血まみれの童話」他、セルビアの詩人の作品を所収）

・その他に
柴宜弘・山崎信一編著、『セルビアを知るための60章』、明石書店、二〇一五年（拙文も掲載）
沼野恭子編、『世界を食べよう！』、東京外国語大学出版会、二〇一五年（拙文も掲載）
ブランコ・ヴケリッチ、『ブランコ・ヴケリッチ　日本からの手紙』、山崎洋編訳、未知谷、二〇〇七年
ブランコ・ヴケリッチ、『ブランコ・ヴケリッチ　獄中からの手紙』、山崎淑子編著、未知谷、二〇〇五年
アントニオ・タブッキ、「雲」、『時は老いをいそぐ』所収、和田忠彦訳、河出書房新社、二〇一二年

表紙画［「世界の項」(Potiljak sveta/ Nape of the World), 水彩、二〇一六年］、挿画：山崎ヴケリッチ光
口絵写真［料理］：ヴェリボル・ジタレヴィッチ、［パン］：山崎ヴケリッチ萌
各章扉写真：山崎ヴケリッチ萌
写真［ブーク・ステファノビッチ・カラジッチ生家（Ⅲ　マルメロとイラクサ）］：Centar za kulturu “Vuk Karadžić” Loznica（ビリヤナ・ラディチェビッチ　Biljana Radičević）
撮影協力［料理］：Restoran Sveti Nikola（聖ニコラ・レストラン）、ベオグラード

結びにかえて　旅は終わらない

ベオグラードに秋がやってきた。今朝のサバ川は、宝石をちりばめたように、明るい光の粒をのせてドナウ河に流れこんでいく。二〇一五年の春に聞き書きをはじめて、二年の歳月が流れた。

ここに言葉を記した「語り手」たちは、いずれも私の親友や友人、またはその知り合い、あるいは旅先で仲良しになった人たちである。多くは、鉛筆でノートに速記、それを書き起こし翻訳した。団地の仲良しとの立ち話は、記憶して書きとめた。十八世紀に民謡を収集したブークが、グスレと呼ばれる一弦楽器を奏でてコソボの戦いを詠う盲目の吟遊詩人の唄を記録したときは、ペンとインクを使っていたが……。

コソボの女性たち（Ⅳ馬の涙）とドレジニツァの人々（Ⅴパルチザンの森へ）の言葉は、メモのほかに録音させていただき、声から翻訳した。限られた時間で、一度に多くの人々の声を記録するためだ。書き起こす作業に膨大な時間がかかったが、ゆったりとした気持ちで語り合い、声を記録できた。若手の作家ベリスラブ・ブラゴエビッチ（Ⅲ嵐の記憶「マルメロとイラクサ」）の言葉は、書き下ろしてもらった。彼は、バニャ・ルカに近い村に住む。ベオグラードからは車で六時間はかかるボスニアのセルビア人共和国の町である。家が遠いこともあり、この形をとった。ボスニア育ちの彼の文学は、「語り」の文学の伝統を秘めている。そのほか、第二次世界大戦を記録した大著『パルチザンのドレジニツァ』からは、子供時代を語った人たちの言葉を翻訳した（Vパルチザンの森へ「見えないパン」、「朝の牛乳」、「ああ、あの子たち」、「手紙を書いてくれ」）。自身がパルチザンだった郷土史研究家ボスニッチ氏の聞き書きによる貴重な記録である。

語り手たちは、お話を聴かせてと頼むと、じゃあ、お家にいらっしゃいよ、ご飯を食べながら話そう、と心尽くしの手料理でもてなしてくれたり、私を家に泊めてくれたりした。忙しい時間をぬって、カフェで長いお話になったのも懐かしい。

ドキュメンタリーではない。語り手の「国境の唄」。現代のバルカン半島の口承文芸、セルビアのバラードはこうして記された。ここには、旧ユーゴスラビアの国民だったセルビア人以外の民族の人々の声も丁寧に織り込まれている。報道や歴史研究からはみ出して行く言葉の美しさ、味や香り、色合いや肌触り、重さと軽やかさを記録したかった。今、語り手の名前を見ていると、なんと素晴らしい仲間たちに守られてきたことか、と改めて思う。繰り返される歴史のなかの、繰り返しのない個人の運命は、民族や国で括ることのできない、宝石のような輝き。

この書物には、いくつもの私の旅が織り込まれている。ターラ山、ブルニャチカ・バニャ、バニャ・ルカ、パルチザンのドレジニツァ、京都、南イタリア、セルビア人共和国（ボスニア北部）のズミヤニア、キャンベラ、東京……。

二〇一五年の八月五日、セルビア人共和国の首都バニャ・ルカ行きのバスを待っていたときのこと。隣のバスはスボティツァ行きだった。ハンガリーとの国境の町である。車掌さんを取り囲むように、人の群れができていた。訛の強い英語で叫ぶ声。「切符のない人は乗せられない」という車掌に、若い男の人が、妻は身重だから乗せてくれと哀願している。シリアから来た夫妻だ。すでに何年も続く、アフガニスタンとシリアからの難民の人たちの長い列は、バルカン・ルートと呼ばれる道をたどり、ベオグラードを通ってヨーロッパに向かう。そのバスは満席だった。乗れない人であふれている。

バニャ・ルカ行きのバスは、がらんとしていた。私の横にいた女の人が言った。「そう、一九九五年の今日、「嵐の作戦」のとき……。私もクロアチアのクライナ地方から難民となってきましたから、シリアの人々の気持ち、わかりますよ。あの日はトラクターに乗ってね、コスタイニツァから夫と逃れてきました。最初は、ブルシャッツの近く村のセルビア正教会の宿舎に住まわせてもらいました。ただではなかった。家賃を納めましたよ。今は、土地も手に入れ、家も建て、牛と豚を飼っている。やっと何とか暮らせるようになったら、重い病気になりましてね。戦争でいろいろ無理したし、子供はできませんでした……」。夏の陽ざしは朝から強い。バスは走り出した。女の人があの「嵐」の日、通ってきた道を反対の方向へ。

二〇一六年の京都の桂坂、国際日本文化研究センターでの半年の研究滞在で、この書物の執筆を休むことになったが、日本を新たに発見し、善き人々との出会いに励まされた。晩秋、ヒロシマ原爆資料館を訪れた日……。ガラスの陳列ケースの中から、無言で語りかける黒焦げの弁当箱……。そして原爆の図丸木美術館の作品群……。心が引き締まった。

南イタリアのレッジョ・カラブリを訪ねたのは二〇一七年の四月だった。セミナーラ村のギリシャ正教会の聖フィラレット・聖エリオ女子修道院で復活大祭を迎えた。修道院は、セルビア人のステファニア女子修道院長が一人で守る。ベオグラードから旅をともにしたのは、レラだ。一九九九年春、NATOによるセルビア南部のバルバリン市の橋の空爆で、父親を亡くした。レラの父は、セルビア正教会のミリボエ・チリッチ神父、負傷者の救助をしている最中、再度の空爆があり昇天した。レラの三人の子供は神学部を卒業した。

この冬、三男のニコラが修道士となる決心をして、コソボ・メトヒヤのゾチシテの修道院へ修業にむかった。ゾチシテ……。そうだ、本書の語り手のラトカの故郷だ（Ⅳ馬の涙「火酒とピストル」）。空爆が終わった夏、ゾチシテの修道院はアルバニア人武装集団により破壊され、セルビア人は村人から追われた。あの村……。レラさんの旅は、祈りの旅だった。

土曜日の深夜の奉神礼のあと、ウクライナ人、ロシア人、ルーマニア人の信徒は、故郷に伝わる手料理やお菓子を籠に入れて蝋燭を灯し、聖堂の庭に並べた。夜気にオリーブの樹海が香りたち、光の波が揺れる。出稼ぎにイタリアへやって来た貧しい人々が、ご馳走を浄めていた。顔を喜びに輝かせ、どの籠の料理も美味しそうだった。

日曜の午後、礼拝堂にイタリア人の若い家族が現れた。ステファニア修道院長は笑顔で迎え、しっかり抱き合い挨拶を交わす。ジョバンニ夫妻と三人の子供たち。ステファニア院長は、赤く染めた卵を一人一人の手にのせた。ジョバンニさんはイタリア軍の軍人である。イタリア軍はＮＡＴＯの多国籍軍に加わり、一九九九年は、ボスニア、コソボ、アルバニアに駐屯した。ユーゴスラビア空爆の年である。だがこのコソボで、セルビア人の悲劇を目の当たりにして以来、復活大祭には必ずこのギリシャ正教会を訪ねるという。私がベオグラードから来たとわかると懐かしそうに微笑み、ゆっくりの英語で話が始まった。

「アルバニアに駐屯していたとき、僕は驚きました。風景がこの南イタリアとまったく同じだ。イスラム教徒ばかりでない。キリスト教徒も住んでいる。同じ樹木、同じ花、食べ物だってそっくりだ。なぜ戦争が起こるのだろうか。妻は隣村の生まれです。復活祭の休みは、この修道院に来てお祈りします。イタリアの難民問題も大変ですよ。シリアやアフガニスタンの難民が、ギリシャを通って船で海を渡り、イタリアにやって来るのをご存知ですね……。世界はどこへ行くのだろう」。

夏のターラ山で、仕事を続けていた八月の初め。湖のあるザオビネ村に向かう途中、土地の人に村の名の由来を聞いた。「夫の姉妹」を意味するザオバという言葉が語源だと思っていたら、ゾーバというセイヨウニワトコの名前に由来しているのだそうだ。ゾーバは、ドラガナ（VI 飢餓ゆえの戦争、戦争ゆえの飢餓「鳩と白い花」）が内戦中に天ぷらにして食べた白い星のような細かい花だ。友達の夫、イギリス人の知り合いは言った。それはイギリスでも食べる、なかなか美味しいよ、と。

湖の岸辺の村の名前はベージャーニャ、Bežanja だ。逃げる（bežati）という動詞に由来する。ベオグラードの我が家の団地の近くにもベジャニア（Bežanija）という村がある。十六世紀、オスマン・トルコ帝国に追われてコソボを逃れてきたセルビア人が作った村だった。「逃げる」という言葉が地名となる土地なのだ。宿で旧ユーゴスラビアの地図を広げると、いくつもあった。「避難」を意味する zbeg や beg に由来する地名は、クロアチアにズビェグ（Zbjeg）とズベゴバチャ（Zbegovača）、セルビアにはズベゴビシテ（Zbegovište）などがある。また「難民」、「逃げる者」に由来する地名は、クロアチアにベジャネッツ（Bežanec）、コソボにベグンツェ（Begunce）があった。南スラブ語起源の地名には、オスマン・トルコ帝国の支配下から逃れて移動する人々の歴史が刻まれている。いずれも大きな町ではなく、ほとんどが寒村だ。

翌朝、宿の近くの野原に出るとテーブルが置かれ、女の人が土産物を売っている。薬草、手作りのジャム、果実酒、刺繍をあしらったラベンダーの香り袋、手編みの毛糸の靴下などが並べられている。薬草の値段を聞くと、「店」の女の人は私を見つめ、「カヨさん、カヨさんでしょ」と笑顔になった。驚いた私は、もしやと思って、「「ずどらぼ・だ・すて」、の時の……」と言うと、「そうよ、私はリーリャ、愛称はリリー。十五年前だったと思うけど、バイナ・バシタ市で手芸作品の展覧会をやったとき、カヨさんも一緒だったはず」

と言う。ああ、記憶の霧のなかからその光景が浮かび上がる。私が難民支援の仲間とドリナ川の岸辺の町へ行った冬……。そうだ、彼女の作品、明るい花の刺繍をあしらったテーブルクロスを思い出した（Ⅳ 馬の涙「逃げた日のこと」）。

彼女はボスニアの内戦で、モスタル市から難民となった。工学関係のエンジニアで、今はバイナ・バシタで友達と間借りをして暮らす。独身を通した。春と夏は、ターラ山で薬草と野いちごを摘み、手作りのジャムや手芸品などを売っている。「姉の夫妻は、難民となってアメリカに渡ったの。姉の夫はムスリム人。私たちはね、結局、一緒に暮らすしかないのよね、民族はみんな混ざっているのだから、はっはっはぁ」と明るい声で笑った。

ターラ山を下りる日の朝、野原に白い帽子が揺れていた。野草を摘んでいる。リリーだ。もう帰ってしまうの、と立ち話が始まる。私がサラエボの歌手ヤドランカが好きだったというと、「彼女のことは、よく知っていた。苦労の多い人生だったわね。善い人だった。私もね、ギターを弾いて歌っていたのよ」と言う。「若いころはね、仕事が終わると、まっすぐ居酒屋に行って、朝までみんなで唄う。私のギターは、朝露しか知らなかった」と笑った。歌になりそうなセリフ。歌の言葉なのかもしれない。再会の記念にと、ターラ山の草原でとったイラクサの種を下さる。スープやサラダに入れてもよし、パンを焼くときに入れてもよし、鉄分が豊富だから、と。

そして八月の終わりは、ふたたびバニャ・ルカ市を訪ねた。作家のベリスラブと妻のマリアが図書館で待っていた。セルビア文学の二十世紀初頭を代表する文学者ペタル・コツィッチを記念した祭りに加わる。コツィッチの生地のズミヤニェ村は、深い森をくぐりぬけると平原が広がり、そこにひっそり在った。セルビア正教会の修道院は、かつてはコツィッチも通った小学校だ。メトディエ修道院長は、ラキアをふるまってくださった。そして、おっしゃる。「人間は、罪を犯さずしては生きられないものです……」と。

コツィッチが育ったストリチッチ村で、仲間と詩を朗読する。ボサンスカ・クライナと呼ばれる軍政国境地帯の寒村である。ボスニアは、オスマン・トルコ帝国から解放されると、今度はオーストリア・ハンガリー帝国に併合された。この土地の農民の苦しみを描いた散文には、語りの伝統が静かに響き、素朴で力強く香り高い。コツィッチは、当時の時代を背景に、西欧の左翼思想と出会い、オーストリア・ハンガリーからの祖国解放運動に参加した人でもある。その生家を訪ねた。それはブーク・カラジッチの家（Ⅲ 嵐の記憶「マルメロとイラクサ」）よりも、さらに粗末な家、小屋とも言うべきもの。部屋はただ一つ、土が剥きだしの床。そして窓が無い。二つの帝国に引き裂かれてきた土地の貧困……。自由を奪われた土地、貧困のどん底で彼の文学は紡がれていたのだ。

さまざまな思いを胸に、仲間とマイクロバスでベオグラードへ向かう。夏の最後の日曜日、アドリア海の休暇を終えて帰る車で道は混んでいる。国境の検問所には長い列ができていた。運転手さんは、別の道にしよう、遠回りだが待ち時間は少ないと言った。詩人のマルチェティッチが囁く。ヤセノバッツ強制収容所の跡を通るよ、と（Ⅰ 第二次世界大戦の子どもたち「橋と子供」）。彼もこの土地の出身だ。

しばらく走ると、サバ川が現れた。コザラチカ・ドゥビツァ村の岸辺に黒々とした大樹が横たわっている。マルチェティッチが言う。「ご覧、樫の木だ。第二次世界大戦のときは岸辺に立っていた。周辺の村からセルビア人が集められ、ウスタシャに、この木の下で殺された。ヤセノバッツ強制収容所に着く前に、木の下で虐殺された人も多い。戦後、老木となり倒れて川に沈んでいたのを引き上げて、今は記念碑として岸辺に置かれている……」。

橋を渡るとサバ川にウナ川が合流するあたり、左手はドーニャ・グラディナ村だ。「この村にもユダヤ人、セルビア人、ジプシーが集められて、ヤセノバッツ強制収容所に送られる前に殺された。今ね、僕の友人が調べている」と、マルチェティッチは川の向こうを指さす。

やがて遠くに赤茶けた線路らしいものが見えて、湿地帯にヤセノバッツ強制収容所の巨大な記念碑が浮かび上がる。本書の語り手たちやその親族の受難の地。記念碑は「石の花」と名付けられ、強制収容所の跡地に大きなコンクリートの花弁を、空に向かって開いていた。「まだ記念センターは残っているが、展示物の数はずっと少なくなり、説明もすっかり変わった。以前はヤセノバッツから生還したセルビア人が学芸員だったが、今はクロアチア人の学芸員だし」と作家のジューリッチ。赤黒い土が放置されているような土地が続く。「以前はこんなじゃなかったね。ひどいな、荒れ果てている」と二人は言った。ヤセノバッツは薄闇に沈みはじめ、やがて車窓から消え、車は国境に向かった。

そして今年の九月の終わり、キャンベラの詩祭から帰ると、ベオグラード空港でヤスナ・グリンフェルド(「ジェネリカの青い実」)が私を迎えてくれた。なんという驚き。サラエボから難民となってアメリカに移住した彼女は、十二年ぶりにセルビアの親戚に会いに来た。午後の飛行機でクロアチアのスプリットに住む叔父のところへ行く。私たちは、空港のカフェに席をとり、それぞれのトランクを置いて、終わりのないおしゃべりをはじめた。あの夏、みんなで作ったアイバルが美味しかったな、と言うと、アメリカではもう作らないし、作り方も忘れてしまったわ、と笑う。バルカンの食材店で、マケドニア製を買うのだそうだ。結構、食べられるわ、と。NATOのランチ・パケットの話になると、プラスチックのフォークとナイフが付いていて、チョコレートのデザートは子供たちのお気に入りだったのよ、と言う。あの春、ジェネリカの青い実を摘んだ息子のユリエはこの春、結婚した。娘ソーニャは大学院で薬学を学ぶ。スプリット行きの便の搭乗手続きのアナウンスが聞こえる。私たちは強く抱き合い、互いの健康を祈る。元気でいてね、みんなによろしく。トランクを傍らに置き、彼女の姿が見えなくなるまで、長いこと手を振っていた。小さな子供のように……。

旅は終わらない。それぞれの旅は……。

最後に、この書物のために食物と戦争の思い出を語ってくれた一人一人に感謝する。本書を書くにあって、洋をはじめ家族の支えがあった。日ごとの料理の大切さ、楽しさを教えてくれた父母がいなかったら、家族と友達がいなかったら、この本は生まれていなかった。そしてこの書物の編集者の関戸詳子さん、心からありがとうございました。

二〇一七年十一月六日、ブーク・カラジッチの誕生日に

山崎佳代子

附記

この本を書き終わりかけていた晩秋を京都で過ごした。十二月三日は東京、西荻窪のギャレリー「数奇和」で野谷文昭氏と戦争と食物について語り合った。その夜、悲しい知らせが届いた。難民支援団体「ずどらぼ・だ・すて」の代表ベスナ・オグネェノビッチが永眠……。内戦という最悪の時代に、私たちの生き方を限りなく豊かにした人。心から、数多くの素晴らしい出会いをありがとう。

著者 山崎佳代子（やまさきかよこ）
詩人・翻訳家。1956 生まれ、静岡市育ち。北海道大学露文科卒業後、サラエボ大学文学部、リュブリャナ民謡研究所留学を経て、1981 年、ベオグラードに移り住む。ベオグラード大学文学部にて博士号取得（アバンギャルド詩、比較文学）。詩集に『みをはやみ』など、翻訳書にダニロ・キシュ『若き日の哀しみ』など、エッセイ集に『ベオグラード日誌』など。

パンと野いちご　戦火のセルビア、食物の記憶

2018年 5 月 1 日　第 1 版第 1 刷発行
2022年 7 月20日　第 1 版第 5 刷発行

著　者　山《やま》　崎《さき》　佳《か》代《よ》子《こ》

発行者　井　村　寿　人

発行所　株式会社　勁《けい》　草《そう》　書　房

112-0005 東京都文京区水道2-1-1　振替　00150-2-175253
（編集）電話 03-3815-5277／FAX 03-3814-6968
（営業）電話 03-3814-6861／FAX 03-3814-6854
本文組版 プログレス・港北メディアサービス・松岳社

ISBN978-4-326-85194-2　Printed in Japan

＊落丁本・乱丁本はお取替いたします。
ご感想・お問い合わせは小社ホームページから
お願いいたします。

https://www.keisoshobo.co.jp

岸　政彦
街の人生
外国籍のゲイ、ニューハーフ、摂食障害、シングルマザーの風俗嬢、波瀾万丈の人生の果てに大阪でホームレスとなった人、さまざまな人たちが語る、「普通の人生」の物語。
二二〇〇円／四六判／三二八頁
65387-4

齋藤直子
結婚差別の社会学
被差別部落出身者との恋愛や結婚を出自を理由に反対する「結婚差別」。結婚をめぐる家族間の対立から和解へのプロセスと差別の実態を聞き取りデータの分析から明らかに。
二二〇〇円／四六判／三一二頁
65408-6

宇都宮徹壱
幻のサッカー王国
スタジアムから見た解体国家ユーゴスラヴィア
新ユーゴ、クロアチアをはじめ、スロヴェニア、ボスニアなど旧ユーゴ圏の独自の美学をもつ華麗なサッカー。その社会背景をドキュメント。
二九七〇円／四六判／二八〇頁
85151-5

菅啓次郎・野崎　歓 編
ろうそくの炎がささやく言葉
「東日本大震災」復興支援チャリティ書籍。ろうそくの炎で朗読して楽しめる詩や短編をあつめたアンソロジー。東北という土地にささやかな言葉の花束をささげます。
一九八〇円／A５判／二〇八頁
80052-0

＊表示価格は二〇二二年七月現在。消費税（一〇％）が含まれております。

勁草書房刊